La vida de los elfos

Novela

Biografía

Muriel Barbery nació en Casablanca en 1969. Estudió en la Escuela Normal Superior de Fontenay-Saint-Cloud y obtuvo su *agrégation* en Filosofía en 1993. Fue profesora de Filosofía en la Universidad de Borgoña, en un instituto y en la escuela de profesores de Saint-Lô. Obtuvo una beca de residencia para la Villa Kujoyama, en Kioto, ciudad en la que residió dos años. Es autora de *Rapsodia Gourmet* (2000; Seix Barral, 2010), galardonada con el Premio Meilleur Livre de Littérature Gourmande, y *La elegancia del erizo* (2006; Seix Barral, 2007), un éxito internacional que obtuvo, entre otros, el Premio de los Libreros Franceses. Su última novela es *La vida de los elfos* (2015; Seix Barral, 2015).

Muriel Barbery
La vida de los elfos

Traducción de Palmira Feixas

Seix Barral

Obra editada en colaboración con Editorial Planeta – España

Título original: *La vie des elfes*

© 2015, Éditions Gallimard
© 2015, Palmira Feixas, por la traducción

© 2015, 2017, Editorial Planeta, S.A. – Barcelona, España

Derechos reservados

© 2017, Editorial Planeta Mexicana, S.A. de C.V.
Bajo el sello editorial BOOKET M.R.
Avenida Presidente Masarik núm. 111, Piso 2
Colonia Polanco V Sección
Deleg. Miguel Hidalgo
C.P. 11560, Ciudad de México
www.planetadelibros.com.mx

Adaptación de portada: Booket / Área Editorial Grupo Planeta
Ilustración de portada: © Julie Filipenko
Fotografía de la autora: © Catherine Hélie / Gallimard

Primera edición impresa en España en colección Booket: enero de 2017
ISBN: 978-84-322-2996-1
Primera edición impresa en México en Booket: agosto de 2017
ISBN: 978-607-07-4288-0

No se permite la reproducción total o parcial de este libro ni su incorporación a un sistema informático, ni su transmisión en cualquier forma o por cualquier medio, sea éste electrónico, mecánico, por fotocopia, por grabación u otros métodos, sin el permiso previo y por escrito de los titulares del *copyright*.
La infracción de los derechos mencionados puede ser constitutiva de delito contra la propiedad intelectual (Arts. 229 y siguientes de la Ley Federal de Derechos de Autor y Arts. 424 y siguientes del Código Penal).
Si necesita fotocopiar o escanear algún fragmento de esta obra diríjase al CeMPro (Centro Mexicano de Protección y Fomento de los Derechos de Autor, http://www.cempro.org.mx).

Impreso en los talleres de Impresora y Editora Infagon, S.A. de C.V.
Escobillería número 3, Colonia Paseos de Churubusco, Ciudad de México
Impreso en México – *Printed in Mexico*

A Sébastien

A Arty, Elena, Miguel, Pierre y Simona

NACIMIENTOS

LA PEQUEÑA DE LAS ESPAÑAS

La pequeña pasaba la mayor parte de su tiempo libre en las ramas. Cuando no sabían dónde encontrarla, iban a los árboles, primero a la gran haya que dominaba el cobertizo del norte y donde le gustaba soñar observando el movimiento en la granja, luego al viejo tilo del jardín del cura tras el murete de piedras húmedas y, por último, y era lo más habitual en invierno, a los robles de la hondonada oeste del campo contiguo, una parte del terreno plantado con las tres especies más hermosas de la región. La pequeña moraba en los árboles todo el tiempo que podía hurtar a una vida de pueblo hecha de estudio, de comidas y de misas, y a veces invitaba a algunos compañeros de la escuela, que se maravillaban de las explanadas ligeras que había acondicionado y pasaban allí días plenos charlando y riendo.

Una tarde en la que se encontraba en una rama baja del roble del centro, aunque la hondonada se estaba llenando de sombra y sabía que irían a buscarla para que regresara a casa, decidió cruzar el prado e ir a saludar a los carneros del vecino. Se puso en camino rodeada por la niebla naciente. Conocía cada matorral en un perímetro que iba desde los contrafuertes de la granja de su padre hasta las fronteras de la de Marcelot; podría haber cerrado los ojos y haberse orientado como bajo las estrellas por las ondulaciones de los campos, los juncos del arroyo, las piedras de los caminos y las inclinaciones de las cuestas suaves; en lugar de eso, y por un motivo particular, los abrió de par en par. Alguien andaba en la niebla a apenas unos centímetros de ella, alguien cuya presencia le encogía el corazón de una manera extraña, como si el órgano se replegara sobre sí mismo mostrándole curiosas imágenes: vio un caballo blanco en un sotobosque cobrizo y un camino adoquinado de piedras negras que relucían bajo la espesura.

Hay que decir qué clase de niña era el día de aquel notable acontecimiento. Los seis adultos que vivían en la granja —el padre, la madre, dos tías abuelas y dos primas mayores— la adoraban. Tenía un encanto que no se parecía al de los niños cuyas primeras horas han sido clementes, esa especie de gracia nacida de la mezcla de ignorancia y de felicidad; no, era más bien un halo irisado que uno veía cuando se movía y que los espíritus forjados en los pastos y en los bosques comparaban con las vibraciones de los grandes árboles. Sólo la tita de más edad, en virtud de una inclinación especial por lo que carece de explicación, pensaba para sus adentros que había algo mágico en la pequeña, pero lo que se daba por supuesto era que se movía de una manera inusual en alguien tan joven: llevaba consigo algo de la invisibilidad y del temblor del aire, como las libélulas o los ramos en el viento. Por lo demás, era muy morena y muy viva, un poco flaca pero muy elegante; tenía los ojos como dos obsidianas relumbrantes; la piel mate, tostada; un arrebol circular en lo alto de los pómulos un poco eslavos; los labios muy perfilados y del color de la sangre fresca. Una belleza. ¡Y qué carácter! Siempre corriendo campo a través, echándose sobre la hierba y quedándose a mirar el cielo demasiado grande, cruzando el arroyo descalza, incluso en invierno, por el frescor o el mordisco del frío, y contando a todos con la seriedad de un obispo las grandes y pequeñas cosas de sus días al aire libre. A la vez, traslucía una ligera tristeza, como suele ocurrirles a las almas cuya inteligencia desborda la percepción y que, por los indicios que están en todas partes, incluso en los lugares protegidos, aunque sean muy pobres como donde ella había crecido, ya presienten las tragedias del mundo. Así, fue esta joven rama ardiente y secreta la que sintió junto a ella en la niebla de las cinco de la tarde la presencia de un ser invisible del que sabía, con más certeza de la que el cura predicaba que el buen Dios existía, que era a la vez amistoso y sobrenatural. No tuvo miedo, pues. En lugar de eso, torció en su dirección, manteniendo el rumbo que había decidido antes, el de los carneros.

Algo le dio la mano. Era como si hubieran envuelto una enorme mano en una madeja ligera y tibia que formaba una zarpa suave en la que se hundía su propia mano, pero ningún hombre podría haber apretado así con la palma, de la que sentía, a través del ovillo sedoso, los huecos y los bultos de una pata de jabalí gigante. En aquel instante fueron hacia la izquierda, casi en ángulo recto, y ella comprendió que se dirigían hacia el bosquecillo rodeando los carneros y la granja de Marcelot. Allí había un baldío lleno de una bonita hierba tupida y húmeda que subía en una pendiente suave y luego llegaba a la colina por un paso zigzagueante, hasta desembocar en un hermoso bosque de álamos rebosante de fresas y de vincapervincas que formaban un tapiz, un bosque donde, hasta hacía poco, cada familia tenía derecho a cortar madera cuando caían las primeras nevadas. Por desgracia, aquella época ha pasado, pero hoy no hablaremos de ello, por tristeza o por olvido, y porque a esta hora la pequeña corre delante de su destino estrechando con fuerza una pata de jabalí gigante. Era una tarde del otoño más clemente en mucho tiempo. Aún no habían dejado las manzanas y las peras en los zarzos de madera del sótano para que se arrugaran, y durante todo el día llovían insectos ebrios de la gran cosecha de los viñedos. Y además en el aire había una especie de languidez, un suspiro perezoso, una apacible certeza de que las cosas no se acabarían nunca, y aunque los hombres trabajaran como de costumbre, sin descanso y sin queja, gozaban secretamente de aquel interminable otoño que les decía que no se olvidaran de amar.

Con todo, resulta que la pequeña se dirige hacia el claro del bosque del este y que de nuevo se produce un acontecimiento inesperado. Se pone a nevar. Se pone a nevar de repente, y no esos pequeños copos tímidos que sueltan pelusa en la grisura del cielo y apenas parecen posarse en el suelo; no, se pone a nevar con copos densos, grandes como yemas de magnolia, que se espesan formando una pantalla muy opaca. En el pueblo, a las seis, todo el mundo se quedó sorprendido; el padre, que partía leña con una simple camisa de dril; Marcelot, que espabilaba a la jauría cerca del estanque; Jeannette, que amasaba una hogaza, y muchos otros, que, en aquel final de otoño lleno de sueños de felicidad perdida, se ocupaban, yendo y viniendo, del cuero, la harina y la paja; sí, todos estaban atónitos y echaban la aldaba en las puertas de los establos, regresaban con los carneros y los perros y se preparaban para lo que sienta casi tan bien como la bella lasitud del otoño: la primera velada junto al fuego cuando afuera nieva endiabladamente.

Se preparaban y pensaban.

Pensaban, los que se acordaban, en un atardecer de otoño de diez años atrás en que nevó de repente como si el cielo se desmigara de golpe en virutas inmaculadas. Y especialmente pensaban en ello en la granja de la pequeña, donde acababan de descubrir que no estaba, y el padre se había encasquetado su gorro de piel y una chaqueta de caza que apestaba a antipolillas a cien metros de distancia.

—Que no vengan a llevársela —susurró antes de desaparecer en la noche.

Llamó a la puerta de las casas del pueblo donde se encontraban otros granjeros, el guarnicionero, el alcalde (que también era el jefe de los peones camineros), el guarda forestal y algunos otros. En todas partes le bastó decir: «Falta la pequeñina», antes de volver a marcharse camino de la siguiente puerta, y detrás de él el hombre gritaba en su chaqueta de caza o su gabán para el frío, se arropaba y se adentraba en la tormenta hacia la próxima casa. Así, se reunieron quince hombres en la de Marcelot, cuya mujer ya había preparado una sartén de tocino y un cántaro de vino caliente. Lo devoraron todo en diez minutos entrecortados por instrucciones de batalla no muy distintas de las que daban las mañanas de caza, salvo que el trayecto de los jabalíes no tenía misterio, mientras que la pequeña era más imprevisible que un duende. El padre, como todos los demás, simplemente tenía una idea al respecto, porque en las tierras donde el buen Dios y la leyenda casan bien y donde sospechan que conocen trucos que la gente de la ciudad ha olvidado desde hace tiempo, no creen en las coincidencias. ¿Saben?, allí raramente se pide socorro a la razón para los náufragos, más bien el ojo, el pie, la intuición y la perseverancia, y es lo que hacían aquella noche, porque se acordaban de una noche parecida justo diez años antes, en que subieron el paso de la montaña buscando a alguien cuyas huellas llevaban derecho al claro del bosque del este. Sin embargo, el padre temía por encima de todo que, una vez que llegaran allí arriba, los muchachos no pudieran sino abrir los ojos como platos, santiguarse y negar con la cabeza exactamente igual que hicieron cuando las huellas cesaron de manera brusca en el centro del círculo y se encontraron contemplando una nieve lisa como la piel de un recién nacido y un espacio virgen y mudo por donde nadie, como podrían haber jurado todos los cazadores, había pasado desde hacía dos días.

Dejémoslos subir a la tormenta de nieve.

La pequeña, por su parte, ha llegado al claro. Nieva. No tiene frío. Quien la ha traído aquí le habla. Es un gran y hermoso caballo blanco cuyo pelaje humea en la noche y desprende una bruma clara en todas las direcciones del mundo: hacia el oeste, donde azulea el Morvan; hacia el este, donde han segado sin una lluvia; hacia el norte, donde se despliega la llanura, y hacia el sur, donde los hombres apenas están en la subida, con nieve hasta la cintura y el corazón lleno de angustia. Sí, un gran y hermoso caballo blanco con brazos y piernas, y espolones también, y que no es ni un caballo, ni un hombre, ni un jabalí, sino una síntesis de los tres, aunque sin partes ensambladas: en ocasiones la cabeza de caballo se vuelve la de un hombre, al mismo tiempo que el cuerpo se alarga y se dota de pezuñas que se retraen en patas de jabato y luego crecen hasta convertirse en las de un jabalí, y así continúa indefinidamente, y la pequeña asiste con recogimiento a esa danza de esencias que se llaman y se mezclan trazando el paso del saber y de la fe. Él le habla con dulzura y la bruma se transforma. Entonces ella lo ve. No comprende lo que dice pero ve una tarde de nieve como esa en el mismo pueblo donde está su granja y, frente a la puerta, hay una forma blanca posada sobre la blancura de la nieve. Y esa forma es ella.

No hay ni un alma que no se acuerde cada vez que se cruza con la pequeña, vibrante como un polluelo cuya vida pura le palpita hasta en la espalda y en el corazón. Fue la tita Angèle quien, al ir a encerrar las gallinas, encontró a la desdichada, que la miraba con su carita ambarina invadida por unos ojos negros tan visiblemente humanos que allí se quedó, con un pie en el aire, antes de reponerse y gritar «¡Una niña en la noche!», y luego estrecharla para llevar adentro a la pequeña sin copos, a pesar de que seguía nevando. Un poco más tarde, aquella misma noche, la tita declaró: «Creía que el buen Dios me hablaba», y luego se calló, con la embrollada sensación de que era incapaz de expresar el vuelco de las curvas del mundo que se había producido con el descubrimiento del recién nacido con sus mantillas blancas, la deslumbrante fisión de los posibles caminos desconocidos que rugían en la noche de nieve mientras los espacios y los tiempos se retraían y se contraían, pero al menos ella lo había sentido y encomendaba al buen Dios el comprenderlo.

Una hora después de que Angèle hubiera descubierto a la pequeña, la granja estaba llena de lugareños que debatían y el campo de hombres que seguían un rastro. Buscaban la pista de los pasos solitarios que salían de la granja y subían hacia el bosque del este sin apenas hundirse en la nieve que a ellos les llegaba hasta la cintura. La continuación ya la conocemos: al llegar al claro, abandonaron la batida y regresaron al pueblo con un gesto sombrío.

—Ojalá —dijo el padre.

Nadie contestó, pero todos pensaron en la desdichada que, tal vez; y se santiguaron.

La pequeña lo observaba todo desde el fondo de las mantillas de fina batista con encajes de una forma desconocida en aquel país, bordados con una cruz que encendió el corazón de las abuelas y con dos palabras en una lengua desconocida que las asustó mucho. Dos palabras en las que se concentró en vano la atención de todo el mundo hasta que llegó Jeannot, el encargado de correos que, a causa de la guerra, de la que veintiún hombres del pueblo no habían regresado y por la que tenían un monumento delante del ayuntamiento y la iglesia, antaño había ido muy abajo en el territorio que llamaban Europa —que, en la cabeza de los salvadores, no tenía otra localización que la de las manchas rosas, azules, verdes y rojas del mapa de la sala municipal, pues ¿qué es Europa cuando pueblos situados a tres leguas de distancia están separados por fronteras estrictas?

Jeannot, que acababa de llegar todo cubierto de copos de nieve y a quien la madre había servido un café y un vaso lleno de licor, miró la inscripción bordada en el algodón satinado y dijo:

—Pues claro, está en español.

—¿Estás seguro? —preguntó el padre.

El buen mozo asintió vigorosamente moviendo la nariz bañada de licor.

—¿Y qué significa? —volvió a preguntar el padre.

—¿Cómo voy a saberlo? —respondió Jeannot, que no hablaba bárbaro.

Todos asintieron con la cabeza y digirieron la noticia con la ayuda de otro trago de licor. Conque la pequeña venía de las Españas... Caramba.

Entretanto, las mujeres, que no bebían, habían ido a buscar a Lucette, que acababa de dar a luz y estaba amamantando a dos pequeñines guarecidos en dos senos tan blancos como la nieve de afuera, y todos miraban sin una pizca de malicia aquellos dos senos hermosos como panes de azúcar y que daban ganas de lamerlos igual, sintiendo que una especie de paz reinaba en el mundo porque allí había dos pequeños colgados de dos tetas nutricias. Después de mamar, la pequeña soltó un pequeño eructo, redondo como una canica y tan sonoro como un campanario, y todos se echaron a reír y se dieron unos golpecitos fraternales en la espalda. Se distendieron. Lucette se abrochó la blusa y las mujeres sirvieron paté de liebre sobre gruesas rebanadas de pan calentadas en grasa de oca; porque sabían que era el pecado del señor cura y tenían intención de que alguna casa cristiana se quedara con la señorita. Por lo demás, no causó los problemas que habría en otra parte si una pequeña hispánica apareciera de repente en la puerta de un fulano.

—Pues, bien —dijo el padre—, yo soy del parecer que la pequeña está en su casa.

Y miró a la madre, que le sonrió, miró a cada uno de los comensales, cuya mirada ahíta vagaba por los niños de pecho instalados sobre una manta junto a la gran estufa, y por último miró al señor cura, que, aureolado de paté de liebre y de grasa de oca, se levantó y se acercó a la estufa.

Todos se levantaron.

No repetiremos aquí una bendición de cura rural; todo ese latín, cuando lo que nos gustaría es saber un poco de español, nos dejaría demasiado confusos.

Pero se levantaron, el cura bendijo a la pequeña y todos supieron que la noche de nieve era una noche de gracia. Se acordaban del relato de un abuelo que les había hablado de una helada para morirse tanto de espanto como de frío cuando estaban en la última campaña, la que los proclamaría victoriosos y condenados para siempre al recuerdo de sus muertos —la última campaña, mientras las columnas avanzaban en un crepúsculo lunar en el que ni siquiera él sabía si los caminos de su infancia habían existido alguna vez, o el avellano de la curva, o los enjambres de San Juan; no, ya no sabía nada, como los demás hombres, ya que hacía tanto frío, allí, tanto frío..., nadie puede imaginarse lo que fue aquel destino. Pero al amanecer, tras una noche de desgracia en que el frío derribaba a valientes a quienes el enemigo no había sabido abatir, de repente se puso a nevar y aquella nieve... aquella nieve era la redención del mundo porque ya no helaría más sobre las divisiones y pronto sentirían en la frente la tibieza insigne y milagrosa de los copos de la templanza.

La pequeña no tenía frío, no más que los soldados de la última campaña o los muchachos que habían alcanzado el claro y contemplaban la escena quietos como perros de muestra. Más tarde, no se acordarían con claridad de lo que vieron tan nítidamente como en pleno día y, a todas las preguntas, responderían con el tono vago de quien busca en su interior un recuerdo embrollado. La mayoría de las veces sólo dirían:

—La pequeñina estaba en medio de una puñetera

tormenta de nieve pero bien viva y caliente, y hablaba con una bestia que después se marchó.

—¿Qué bestia? —preguntarían las mujeres.

—Ah, una bestia —responderían ellos.

Y como estamos en la comarca donde el buen Dios y la leyenda, etcétera, nos atendremos a esta respuesta y sólo continuaremos velando por la niña como si fuera el mismísimo Santo Sepulcro.

Una bestia singularmente humana, tal y como sentían todos al mirar las ondas tan visibles como la materia dando vueltas alrededor de la pequeña, un espectáculo desconocido que les causaba un curioso estremecimiento, como si de pronto la vida se abriera en dos y al fin pudieran mirar dentro. Pero ¿qué se ve dentro de la vida? Se ven árboles, un bosque, nieve, quizá un puente, y paisajes que pasan sin que el ojo pueda retenerlos. Se ve la labor y la brisa, las estaciones y las penas, y cada cual ve un cuadro que tan sólo pertenece a su corazón, una correa de cuero en una caja de hojalata, un trozo de campo donde hay espino blanco en abundancia, el rostro arrugado de una mujer amada y la sonrisa de la pequeña que cuenta una historia sobre ranitas de San Antonio. Y luego no se ve nada. Los hombres recordarían que el mundo volvió a caer sobre sus pies bruscamente en una deflagración que los dejó a todos tambaleándose, y que después vieron que el claro estaba despejado de niebla, que nevaba a mares y que la pequeña se encontraba sola en el centro del círculo, donde no había más huellas que las suyas. Entonces todos volvieron a bajar a la granja, donde instalaron a la niña delante de un bol de leche ardiendo y donde los hombres descargaron las escopetas a toda prisa porque había un guisado de setas con paté de morro y diez botellas de vino de reserva.

Ésta es la historia de la niña que estrechaba con fuerza una pata de jabalí gigante. En verdad, nadie sabría explicar completamente su sentido. Pero todavía hay que decir una cosa, las dos palabras bordadas en el reverso de la batista blanca en un hermoso español sin complemento ni lógica, y que la pequeña aprenderá cuando ya se haya marchado del pueblo y haya desencadenado las maniobras del destino; y antes de eso también hay que decir otra cosa: todo humano tiene derecho a conocer el secreto de su nacimiento. Así se reza en las iglesias y en los bosques, y uno se va a correr mundo porque ha nacido en la noche de nieve y ha heredado dos palabras que vienen de las Españas.

Mantendré siempre.

LA PEQUEÑA DE LAS ITALIAS

Quienes no saben leer entre líneas la existencia tan sólo retendrán que la pequeña había crecido en un pueblo perdido de los Abruzos con un cura rural y su vieja criada iletrada.

La residencia del padre Centi era un alto caserón que, encima de la bodega, tenía un jardín de ciruelos donde tendían la ropa a la fresca para que se secara a lo largo de las horas con el viento de las montañas. Se encontraba a media altura del pueblo, que subía como una flecha hacia el cielo de manera que las calles se enredaban alrededor de la colina como los hilos de un tupido ovillo donde hubieran colocado una iglesia, una posada y la piedra necesaria para acoger a sesenta almas. Después de pasarse el día corriendo al aire libre, Clara jamás regresaba a su casa sin atravesar el vergel donde rogaba a los espíritus del cercado que la prepararan para volver entre las paredes. Luego iba a la cocina, una larga sala baja con una despensa que olía a ciruelas, al viejo mueble donde guardaban las mermeladas y al polvo noble de las bodegas.

Desde el amanecer hasta la puesta del sol, la vieja criada contaba allí sus historias. Al cura le había dicho que las sabía por su abuela, pero, a Clara, que se las susurraban en sueños los espíritus del macizo del Sasso, y la pequeña consideraba verosímil esa confidencia porque había oído los relatos de Paolo, quien los recogía de los genios de los pastos. Pero no sólo apreciaba las figuras y los giros por el terciopelo y el canto de la voz de la narradora, ya que esta mujer basta a la que sólo dos palabras salvaban del analfabetismo —únicamente sabía escribir su nombre y el de su pueblo y, en misa, no leía las plegarias, sino que las recitaba de memoria— tenía una dicción que contrastaba con la modestia de aquella parroquia a espaldas de las escarpaduras del Sasso. De hecho, es preciso imaginarse cómo eran los Abruzos en esa época en la parte montañosa donde vivían los protectores de Clara: ocho meses de nieve entrecortados por tormentas sobre macizos encajados entre dos mares, donde no era raro ver algunos copos de nieve en pleno verano. Además, padecían una enorme pobreza, la de las regiones donde sólo cultivan la tierra y crían rebaños que en verano llevan hasta el punto más elevado de las laderas. Poca gente, por tanto, y aún menos con nieve, cuando todos se han marchado a acompañar a la bestias bajo el sol de Apulia. En el pueblo quedan campesinos laboriosos que cultivan esas lentejas oscuras que sólo crecen en suelos pobres, y mujeres valerosas que, pese al frío, se ocupan de los niños, de las devociones y de las granjas. Pero si el viento y la nieve esculpen a la gente de esas tierras como a crestas de roca dura, también les da forma la poesía de sus paisajes, que hace componer rimas a los pastores en las nieblas heladas de los pastos y presenciar las tormentas en aldeas suspendidas en el lienzo del cielo.

Así, la anciana, cuya vida había transcurrido entre los muros de un pueblo atrasado, tenía una voz sedosa que venía de la fastuosidad de los paisajes. La pequeña estaba convencida: el timbre de aquella voz la había despertado al mundo, aunque le aseguraran que entonces no era más que una niña de pecho hambrienta en el escalón más alto de la entrada de la iglesia. Pero Clara no dudaba de su fe. Había un gran vacío de sensaciones, una ausencia festoneada de blancura y de viento; y la cascada melodiosa que traspasaba la nada y que reconocía cada mañana cuando la vieja criada le deseaba buenos días. De hecho, la pequeña había aprendido italiano a una velocidad milagrosa, pero lo que la embriagaba como la estela de un perfume prodigioso era la música. Paolo, el pastor, lo había advertido y, como quien no quiere la cosa, una noche de velatorio le había susurrado: «¿Música, eh, pequeña, oyes música?». Levantando hacia él sus ojos tan azules como los torrentes del glaciar, ella había respondido con una mirada en la que cantaban los ángeles del misterio. Y en las cuestas del Sasso la vida transcurría con la lentitud y la intensidad propia de las regiones donde todo exige esfuerzo y lleva su tiempo, en el curso de ese sueño pretérito en el que los hombres han conocido la languidez y la aspereza del mundo entrelazadas. Trabajaban mucho, rezaban en igual medida y protegían a una pequeña que hablaba como si cantara y sabía conversar con los espíritus de los peñascos y de las hondonadas.

Un atardecer de junio llamaron a la puerta de la parroquia y dos hombres entraron en la cocina secándose la frente. Uno de ellos era el hermano menor del cura y el otro el carretero que había conducido desde L'Aquila el gran remolque arrastrado por dos caballos en el que se veía un bulto macizo envuelto con mantas y correas. Clara había seguido con la mirada el convoy que avanzaba por la carretera del norte mientras, después del almuerzo, permanecía en la cuesta situada en lo alto del pueblo, desde donde se abarcaban los dos valles al mismo tiempo que Pescara y el mar, si el día era claro. Cuando estaba a punto de alcanzar la última subida, Clara se había precipitado por las pendientes y había llegado a la parroquia con la cara iluminada de amor. Los dos hombres dejaron la carreta delante del porche de la iglesia y treparon hasta el jardín de ciruelos, donde los abrazaron y escanciaron para ellos una copa de vino blanco frío y dulce que servían los días calurosos, junto con un tentempié; luego, aplazando la cena, se secaron la boca con el reverso de la manga y acudieron a la iglesia, donde les esperaba el padre Centi. Hizo falta el refuerzo de otros dos hombres para instalar el gran bulto en la nave y liberarlo de las ataduras, mientras el pueblo empezaba a esparcirse entre los bancos de la pequeña iglesia y en el aire flotaba una dulzura que coincidía con la llegada de aquel legado inesperado de la ciudad. Pero Clara se había apartado, inmóvil y muda, a la sombra de una columna. Aquella hora era su hora, como sabía por lo que había experimentado al descubrir el punto que se movía por la carretera del norte, y si la vieja criada le había notado una exaltación de recién casada en la cara, era porque se sentía en el umbral de una boda familiar y extraña. Cuando desataron la última correa y al fin pudieron ver el objeto, hubo un murmullo de satisfacción seguido por una salva de aplausos, ya que se trataba de un hermoso piano, negro y tan pulido como un guijarro, y casi sin arañazos, pese a que ya había viajado y vivido mucho.

Ésta es su historia. El padre Centi venía de una familia acaudalada de L'Aquila cuya descendencia se marchitaba, puesto que él se había hecho sacerdote, dos de sus hermanos habían muerto precozmente y el tercero, Alessandro, que expiaba en casa de su tía los errores de una vida romana disoluta, nunca se había decidido a casarse. El padre de los dos hermanos había muerto antes de la guerra dejando a su viuda un inesperado contingente de deudas y una casa demasiado señorial para la mujer pobre en la que se había convertido de la noche a la mañana. Cuando los acreedores dejaron de llamar a su puerta, una vez que hubo vendido todos sus bienes, se retiró al mismo convento donde murió algunos años después, mucho tiempo antes de que Clara llegara al pueblo. Con todo, al abandonar la vida secular para recluirse definitivamente en el convento, había hecho llevar a casa de su hermana, una anciana que vivía cerca de las murallas, el único vestigio de su gloria pasada, que había conservado a pesar de los buitres, y le había pedido que lo cuidara para los nietos que quizá tendría algún día. «Yo ya no los conoceré, pero lo recibirán de mí, y ahora me marcho y te deseo que tengas una buena vida», había transcrito fielmente la tía en su testamento, legando el piano a aquel de sus sobrinos que tuviera descendencia el día que ella también muriera, añadiendo: «Haced lo que ella quería». Cosa que el notario, que se había enterado de la llegada de una huérfana a la parroquia, creyó cumplir rogando a Alessandro que escoltara la herencia hasta la residencia de su hermano. Como durante la guerra el piano había permanecido en la buhardilla, sin que nadie pensara en volver a bajarlo después, el mismo notario avisó por carta de que habría que afinarlo cuando llegara, a lo que el cura respondió que el afinador que una vez al año recorría las villas de los alrededores tenía previsto dar un rodeo por el pueblo a comienzos del verano.

Y contemplaban el hermoso piano que brillaba bajo los vitrales y se reían, charlaban y se abandonaban a la alegría de aquella bonita velada de finales de primavera. Pero Clara callaba. Ya había oído tocar el órgano en los funerales de la iglesia vecina, donde la vieja santurrona que ejecutaba las piezas litúrgicas era tan dura de oído que resultaba una intérprete mediocre, y hay que decir que los acordes que tocaba sin oírlos probablemente tampoco eran memorables en sí mismos. Clara prefería mil veces la melopea que Paolo arrancaba a su flauta en las montañas, que encontraba más bonita y evocadora que el estrépito del órgano dedicado a la gloria del Altísimo. Con todo, al distinguir la carreta más abajo de los zigzags de la larga carretera, el corazón le había dado un vuelco de una manera que anunciaba un acontecimiento extraordinario. Ahora que el objeto se hallaba frente a ella, el sentimiento se acrecentaba vertiginosamente y Clara se preguntaba cómo podría soportar la espera, ya que habían dicho, muy a pesar de quienes deseaban un anticipo de los placeres, que no tocarían el instrumento hasta que estuviera afinado. Pero respetaban el decreto del pastor de las conciencias y se disponían a pasar una bonita noche paladeando el vino bajo la clemencia de las estrellas.

Por lo demás, fue una velada espléndida. Habían puesto la mesa debajo de los ciruelos del vergel y habían invitado a cenar a los viejos amigos de Alessandro. En el pasado éste era muy apuesto, y bajo las marcas del tiempo y de los excesos de antaño aún se le veían los rasgos y el modelado altivo del rostro. Además, hablaba italiano con un tono regular que no menguaba su melodía, y siempre contaba historias sobre mujeres muy hermosas y tardes sin fin en las que fumaban bajo un toldo conversando con poetas y sabios. Aquella noche empezó a referir algo que sucedía en salones perfumados donde ofrecían cigarros finos y licores dorados, algo que a Clara se le escapaba, de lo desconocidos que le eran aquellos decorados y costumbres. Pero cuando iba a contar una cosa misteriosa llamada concierto, la vieja criada lo interrumpió diciendo: «*Sandro, al vino ci pensi tu?*». Y el hombre afable, cuya vida entera se había quemado en unos cuantos años de juventud incandescente y fastuosa, fue a la bodega a buscar algunas botellas que abrió con la misma elegancia con la que había desbaratado su vida y, en los labios, la misma sonrisa con la que siempre se había enfrentado al desastre. Entonces, bajo los rayos de la luna cálida que iluminaban partes arrebatadas a la oscuridad de la mesa de la cena en la parroquia, por un instante fue el joven brillante del pasado. Luego las cenizas de la noche cubrieron la expresión que los había cautivado a todos. A lo lejos veían luces en el vacío y sabían que otros servían el vino del verano agradeciendo al Señor la ofrenda del crepúsculo tibio. Había amapolas en toda la montaña, y una pequeña más rubia que los brotes de hierba a quien pronto el cura le enseñaría a tocar el piano, como si fuera una señorita de ciudad. Ah... pausa y respiro en la incesante rueda de las labores... Aquella noche era una gran noche y todos los presentes lo sabían.

Alessandro Centi se quedó en la parroquia los días posteriores a la llegada del piano y fue él quien recibió al afinador con los primeros calores de julio. Clara siguió a los dos hombres hasta la iglesia y miró en silencio al hombre que desembalaba sus herramientas. Los primeros golpes en las teclas desafinadas le dieron la sensación de una hoja afilada y de un desvanecimiento voluptuoso a la vez; Alessandro y el afinador charlaban y bromeaban mientras su vida daba un vuelco hacia el tacto del marfil y del fieltro. Luego Alessandro se sentó frente al teclado, colocó una partitura ante él y tocó bastante bien, pese a los años de sequía. Al final del pasaje, Clara fue a su lado y, señalándole la partitura con el dedo, le hizo gestos para que fuera pasando las páginas. Él le sonrió divertido pero algo en la mirada de ella lo desconcertó y pasó las páginas tal y como le había pedido. Las pasó despacio, una tras otra, y después volvió a empezar desde el comienzo. Cuando terminó, Clara dijo: «Sigue tocando», y él tocó de nuevo aquel trozo. A continuación nadie dijo nada. Alessandro se levantó y fue a la sacristía a buscar un gran cojín rojo que colocó sobre el taburete de terciopelo. «¿Quieres tocar?», le preguntó con la voz ronca.

Las manos de la pequeña eran finas y graciosas, más bien largas para una niña que había cumplido diez años en noviembre, y extremadamente ágiles. Las mantuvo sobre las teclas como se suele hacer antes de tocar, pero las dejó en suspenso durante un instante en que los dos hombres tuvieron la sensación de que un viento inefable soplaba en la nave. Luego las apoyó en el teclado. Entonces una tormenta barrió la iglesia, una verdadera tormenta que hizo volar las hojas y rugió como una ola que se encarama a las rocas y vuelve a caer. Al fin la ola pasó y la pequeña tocó el piano.

Tocó despacio, sin mirarse las manos y sin equivocarse ni una sola vez. Alessandro le pasó las páginas de la partitura y ella continuó tocando con la misma inexorable perfección, a la misma velocidad y con la misma precisión, hasta que se hizo el silencio en la iglesia transfigurada.

—¿Lees lo que tocas? —preguntó Alessandro al cabo de un rato.
　Clara contestó:
　—Lo miro.
　—¿Puedes tocar sin mirar?

La niña asintió con la cabeza.

—¿Sólo miras para aprender?

Ella volvió a asentir con la cabeza y se miraron indecisos, como si les hubieran entregado un cristal tan delicado que no supieran cómo sostenerlo en la palma de la mano. Del cristal, Alessandro Centi había frecuentado antaño las transparencias y las vertiginosas purezas, y conocía tanto sus gozos como sus agotamientos. Pero la existencia que llevaba desde entonces ya no le devolvía el eco de sus embriagueces pasadas más que por los trinos de los pájaros al amanecer o las grandes caligrafías de las nubes. Por eso, cuando la pequeña había empezado a tocar, el dolor que sintió había cortejado a una tristeza que ni siquiera sabía que se encontraba en su interior... breve reminiscencia de la crueldad de los placeres... Al preguntar: «¿Miras para aprender?», Alessandro supo la respuesta que le daría Clara.

Llamaron al padre Centi y a su criada, y reunieron todas las partituras que Alessandro había traído de la ciudad. El cura y la anciana se sentaron en el primer banco de los fieles y Alessandro le pidió a Clara que volviera a tocar aquel trozo de memoria. Cuando empezó a tocar, la sorpresa aplastó a los dos recién llegados como un martillazo. Luego la vieja criada se santiguó un centenar de veces mientras Clara avanzaba por el pasaje a un ritmo el doble de rápido, porque entonces se celebraba la verdadera boda y leía una tras otra las partituras que le daba Alessandro. Más tarde contaremos cómo tocaba Clara y por qué el rigor de la ejecución no era el verdadero milagro de aquellos esponsales de julio. Baste decir que en el instante de abordar una partitura azul que Alessandro había colocado frente a ella con solemnidad, la niña tomó aliento y a los presentes les pareció una brisa de montaña perdida bajo los grandes arcos. Después tocó. Las lágrimas corrían por las mejillas de Alessandro sin que tratara de contenerlas. Lo atravesó una imagen tan preciosa que ya no la olvidaría jamás, y en la visión fugaz de aquel rostro con una pintura de fondo en la que sollozaba una mujer que apretaba contra su pecho a Cristo, se dio cuenta de que no había llorado en diez años.

Se marchó al día siguiente, diciendo que regresaría a primeros de agosto. Se fue y volvió como había prometido. Una semana después de su regreso, un hombre alto y un poco encorvado llamó a la puerta de la parroquia. Alessandro bajó a recibirlo a la cocina y se abrazaron como hermanos.

—Al fin, Sandro —dijo el hombre.

Clara había permanecido inmóvil en el umbral de la puerta trasera. Alessandro la tomó de la mano y la condujo frente al corpulento hombre encorvado.

—Te presento a Pietro —le dijo.

Se miraron con mutua curiosidad por razones contrarias: él había oído hablar de ella y ella no sabía nada de él. Luego, sin apartar los ojos de la niña, Pietro le dijo a Alessandro:

—¿Ahora me lo explicarás?

Era un hermoso atardecer y había gente en el umbral de las casas mientras el trío bajaba por la calle de la iglesia. Los lugareños miraban a los dos hombres que, aun conociendo a uno de ellos, de todas formas eran singulares, tanto por la vestimenta como por las maneras, y cuando pasaban, se levantaban para seguirlos con la mirada, pensativos. Luego Clara tocó el piano y Pietro comprendió el largo camino que lo había llevado desde Roma hasta aquellas remotas escarpaduras del Sasso. Cuando tocó la última nota, el hombre experimentó un vértigo de una intensidad prodigiosa que le hizo tambalearse y luego estalló en un ramillete de imágenes que desapareció casi enseguida, aunque la última se quedó grabada en su interior durante mucho tiempo después de que se hubiera marchado del pueblo, y miró con deferencia a la niña tan frágil a través de la cual se había producido el milagro de aquel renacimiento y a cuyo rostro se superponía el de una mujer que se reía en la penumbra de un jardín olvidado.

Clara tocó hasta que anocheció. Entonces un gran silencio cubrió las bóvedas de la iglesia donde había aparecido un piano náufrago el verano antes de que cumpliera once años. ¿Saben?, es un cuento, por supuesto, pero también es verdad. ¿Quién puede desentrañar estas cosas? Nadie, en cualquier caso, de los que han oído la historia de aquella niña que encontraron en un pueblo perdido de los Abruzos con un cura rural y su vieja criada ignorante. Lo único que sabemos es que se llamaba Clara Centi y que la historia no terminó allí porque Pietro no había ido desde tan lejos a escuchar tocar a aquella pequeña un poco salvaje para marcharse enseguida a Roma con indiferencia. Por eso diremos una última cosa antes de seguirlos a la gran ciudad, donde ya se prepara la guerra, lo que el mismo Pietro le dijo a Clara en el secreto de la iglesia después de que tocara la última partitura.

*Alle orfane la grazia.**

---

* A las huérfanas la gracia.

ARQUEROS

los sin raíces la última alianza

ANGÈLE
Las flechas negras

La pequeña, a la que llamaron Maria para rendir un doble homenaje en primer lugar a la Santa Virgen y después a las palabras que venían de las Españas, crecía en la granja bajo la protección de cuatro viejas temibles que siempre tenían el rosario a mano y también el ojo del Señor, como se dice de las abuelas a quienes no se les escapa nada a veinte leguas a la redonda aunque no abandonen su hogar más que para ir al entierro de algún primo o a la boda de alguna nieta, y que, por lo que se recuerda, nunca han llegado a cruzar las fronteras de su región.

Desde luego, eran verdaderas mujeres. La más joven apenas tenía ochenta y un años y se callaba respetuosamente cuando las mayores se pronunciaban sobre la salazón del cerdo o la cocción de las hojas de salvia. La llegada de la niña no había cambiado demasiado el curso de los días, dedicados a las actividades piadosas y laboriosas que, en tierras cristianas, son el destino de las mujeres de bien; sólo se ocupaban de darle temprano la primera toma de leche y de leerle la Historia Santa, cuando no tenían que poner a secar las grandes artemisias, y entonces le enseñaban las plantas, de las que debía enumerar, y en orden, por favor, las propiedades medicinales y morales. No, aparentemente la llegada de la pequeña no había modificado en absoluto la configuración de los meses y de los años repletos de las cuatro cosas de las que se alimentaba la gente de aquellas tierras, a saber: la devoción, la labor, la caza y el yantar. Pero, en realidad, había transfigurado las horas, y si no se habían dado cuenta enseguida, fue porque su acción llevó su tiempo, al igual que sus poderes se desplegaban y se curtían sin que ni siquiera ella misma lo supiera. Pero hubo primaveras fecundas e inviernos espléndidos que a nadie se le ocurrió relacionar con la primera noche de nieve, del mismo modo que la ampliación de los dones de las abuelas no se interpretó sino como una bendición de las regiones donde las mujeres rezan en abundancia, sin que a nadie se le pasara por la cabeza que aquellas viejas y maravillosas peonzas debían su exceso de talento a dos palabras españolas.

La más suspicaz de las cuatro viejas era la tita Angèle, la hermana de la abuela paterna, de un linaje reputado por sus mujeres menudas como ratones pero de voluntad más tenaz que un ojeador de jabalíes. A Angèle la suspicacia le venía de familia, e incluso la había acrecentado un poco cultivando una forma especial de obstinación que, sin inteligencia, hubiera sido abstrusa, pero puesto que ella era viva como la corriente, liberaba un añadido de sagacidad que empleaba para comprender el mundo sin pisarlo. Desde el comienzo, como se sabe, Angèle se olía que la pequeña era en cierto modo mágica. Tras el episodio de la bestia, que los hombres no eran capaces de decir a qué se parecía pero que ella habría jurado que no era una bestia, ya no le cupo más duda y fue albergando la certeza, alimentada a diario por nuevos injertos de pruebas, de que la pequeña, además de ser mágica, también era muy poderosa. Y como saben a ciencia cierta las viejas que sin embargo sólo conocen del mundo tres colinas y dos bosques, temía adivinar que ello convertía a la niña en una presa nata. Por eso todos los días, antes de los maitines, rezaba por ella un par de avemarías y el mismo número de padrenuestros, y vigilaba con el rabillo del ojo del Señor cada una de sus idas y venidas, por lo que la leche debió de caérsele más de una vez sobre el fuego.

Había transcurrido un año desde el suceso en el claro del bosque del este y ese año había pasado como un sueño, en plácidas zancadas de felicidad. Con todo, una mañana de finales de noviembre, Angèle lanzó su ojo del Señor en busca de la niña, a la que habían visto al amanecer en la despensa sirviéndose un trozo de queso y saliendo a la carrera hacia sus árboles y sus lecciones. Algunos, que han olvidado la vida en contacto con una naturaleza primitiva, pensarán en la metáfora y que se trata sólo de chismorrear sobre los vecinos y que, en verdad, esa red del campo, más tupida que las celdas de una colmena, siempre ha existido. Pero el ojo del Señor va mucho más allá de las gacetillas pueblerinas y se parece más bien a una sonda que permite distinguir en la penumbra a seres o cosas que se encuentran fuera del alcance inmediato de la vista. Por supuesto, la tita Angèle no se decía nada de esto en su fuero interno, y si alguien hubiera interrogado a las abuelas sobre su ojo habrían desgranado su rosario y mascullado algo vago sobre la clarividencia de las madres —porque la magia es el diablo, del que se guardaban al precio de negar aptitudes que, aunque probadas, no por ello eran poco cristianas.

Aquella mañana el campo estaba resplandeciente. Había helado durante las primeras horas del día y la escarcha crepitaba por todas partes; entonces salió el sol repentinamente sobre la tierra recubierta por una capa que centelleaba como un mar de luz. Por eso, cuando Angèle lanzó su ojo sobre los campos cubiertos de escarcha y encontró a la pequeña casi de inmediato en la linde de un oquedal al este de la granja, no le sorprendió la claridad de su visión y se abismó un instante en la contemplación de la escena, muy bella en verdad, porque Maria se recortaba sobre un fondo de árboles enfundados de blanco arqueados sobre su cabeza como ojivas de diamante. Contemplar aquello no era pecado, ya que no se trataba de holgazanería, sino de alabanza de las obras del Señor —hay que decir que por aquel entonces, en el campo, donde se vivía con gran sencillez, era muy fácil rozar con el dedo la mejilla de lo divino, debido al trato diario con las nubes y las piedras y con los grandes amaneceres mojados que lanzaban hacia la tierra transparencias como salves—. Así, en su cocina, con la mirada perdida, Angèle sonreía ante la visión de la pequeña en el lindero de aquel bonito bosquecillo, como una homilía de hielo, cuando la repentina conciencia de algo hizo que se sobresaltara violentamente. ¿Cómo se le había podido pasar por alto? Se dijo con crudeza que aquella claridad no era habitual y que los arcos luminosos y las catedrales de diamantes habían enmascarado el hecho de que la niña no estaba sola y, por tanto, posiblemente se hallaba en peligro. No vaciló ni un instante. La madre y las otras abuelas se habían marchado pronto a un entierro del que no regresarían hasta al cabo de dos horas largas. En la granja vecina no encontraría más que a Marcelotte, porque aquella mañana todos los hombres del pueblo se habían ido juntos a la primera de las grandes cazas del invierno. En cuanto al cura, a quien habría podido ir a buscar corriendo hasta la vicaría, se le apareció en todo su esplendor con su enorme panza llena de grasa de oca y (se prometió expiar más tarde aquel pensamiento impío) radicalmente inepto para luchar contra las fuerzas oscuras del universo.

En aquellos tiempos ignorantes de la tibieza culpable de los hogares del progreso, Angèle llevaba tres blusas y siete faldas y enaguas, a lo que añadió una pesada capa de paño antes de salir acorazada así, con la cofia bien apretada sobre los tres cabellos que le quedaban, a la luz traidora de aquel día de peligro. El conjunto, es decir, la abuela y sus ocho capas de invierno, sus zuecos, tres rosarios y una cruz de plata colgando de una cadenita, sin olvidar la cofia con cintas sobre la que había colocado una mantilla de fieltro grueso, no debía de pesar ni cuarenta kilos, y por eso sus noventa y cuatro primaveras parecían sobrevolar los caminos de tierra, hasta tal punto que no se oían los crujidos que suelen hacer las suelas sobre las hojas de escarcha. Y apareció casi en silencio, con poco aliento y la nariz enrojecida, en la esquina del campo que anteriormente había barrido con la mirada. Apenas le dio tiempo a distinguir a la pequeña gritando algo en dirección a un gran caballo gris con reflejos plateados mates, y a exhalar un sonido que quería decir: «¡Por todos los santos y la gran mansedumbre de la Virgen María!», pero que al final resumió elegantemente en: «¡Oh, oh, oh!», y las tinieblas se desplomaron sobre el campo. Sí, un huracán se abatió sobre la pequeña y el intruso, y habría tumbado a Angèle si ésta no se hubiera agarrado a uno de sus rosarios que, créanlo o no, se transformó al instante en un báculo. Un milagro.

Así, la tita blandía el rosario en la tormenta y maldecía la barrera de remolinos opacos que la separaban de Maria. Había perdido la mantilla y la cofia con cintas, y sus dos trenzas blancas de hilos tan finos como los de una araña se erguían muy derechas sobre un cráneo que agitaba llena de frustración ante la adversidad de los vientos. «¡Oh, oh! ¡Oh, oh!», repetía, y esta vez significaba: «No vengáis a llevaros a la pequeñina o acabaré con vuestra cara de malvados». Ya se sabe que un zueco lanzado con fuerza por una abuela indignada puede abrirse camino en las trombas, un poco a la manera de Moisés, que quizá también acabara con todas las enaguas del revés, hasta la última, que era tan roja como el mar del gran libro. Cuando vio la brecha abierta por su zueco, Angèle se metió en ella de un brinco como un cabrito y aterrizó con todas sus ropas por encima de la cintura en un furioso remolino cuyas corrientes restallaban a su alrededor. Pero las trombas que le tapaban la vista y le impedían reunirse con la pequeña se movían en torno a ese magma de energía y (como comprendió en un relámpago de conciencia que jamás se traduciría en palabras) la mantenían como en una olla a vapor. Abrió de par en par sus ojos miopes y, sirviéndose del rosario convertido en báculo, trató de levantarse y de arreglarse las enaguas. La ropa de Maria remolineaba en el flujo chillón y ella le gritaba algo al caballo gris, que había retrocedido hasta la linde de los árboles porque una línea negra de vapores que rugían como el trueno y se espesaban dando vueltas los separaba. Pero el caballo también estaba rodeado de brumas que palpitaban delicadamente delante de su noble cabeza de ollares lustrosos; y era muy hermoso, desde los jaeces de mercurio brillante hasta la crin estriada de finos hilos de plata, que la tita, aunque no veía tres en un burro, no se sorprendió nada de distinguir a veinte pasos (lo que, tras el rosario, no era moco de pavo). La pequeña continuaba gritando algo que la anciana no oía, pero los vapores negros eran más oscuros que el deseo del caballo de alcanzar a Maria, y en el gesto que hizo éste en su dirección, arqueando la cabeza de manera compasiva para expresar sosiego al mismo tiempo que el adiós, ella leyó tristeza pero asimismo esperanza, algo que decía: «Volveremos a vernos», y tontamente (no en vano seguimos en medio de los relámpagos) tuvo ganas de llorar y de sonarse durante mucho rato.

Y el caballo desapareció.

Durante algunos segundos, su suerte pareció incierta a las dos almas atrapadas en el sombrío remolino. Luego se oyó un espantoso silbido, los nubarrones se aclararon, los vapores negros subieron hacia el cielo como flechas mortales disipándose allí en una salpicadura rabiosa, y el campo recobró su aspecto de gemas y de sal en un silencio petrificado, hasta que la tita volvió en sí y estrechó a la pequeña casi hasta ahogarla contra su capa de paño grueso.

Aquella noche convocaron a los hombres a la granja. Las mujeres preparaban la cena y esperaban al padre, que antes había hecho una breve aparición (con dos liebres y la promesa de buenos pedazos de cerdo) en el transcurso de la cual le habían contado las extravagancias de la jornada, de ahí que se hubiera vuelto a marchar para llamar a algunas puertas mientras las mujeres ponían la mesa para quince. De costumbre habrían cenado sopa, panceta, medio queso por cabeza y un poco de dulce de membrillo de Eugénie; en lugar de eso, se atarearon con un *civet* y un pastel de rebozuelos de los que acababan de abrir tres tarros de aquel año. Maria, sentada frente a una bonita pera bañada en miel que olía al tomillo que las abejas habían libado durante todo el verano, callaba. Habían intentado hacerle algunas preguntas, pero habían renunciado inquietos por el brillo un poco febril de sus pupilas negras y preguntándose qué le habría gritado al caballo gris de las brumas. Pero se creían las historias de Angèle a pies juntillas, y la cena, pues, fue un guirigay en el que hablaron de los rosarios, de la tormenta y de los días de finales de noviembre, y Angèle debió de repetir media docena de veces un relato detallado del que tuvo a gala no cambiar ni una coma.

Un relato detallado pero no del todo completo, tal y como observaba Maria, que sentada delante de la pera callaba y pensaba. Pensaba que Angèle la había mirado de soslayo al abordar cierta parte de la historia, aquella en la que los vapores negros tomaban la apariencia de flechas afiladas que sólo mirándolas uno sabía que eran mortíferas. Uno las miraba y lo sabía, eso es todo. Y Maria veía que la tita, por una serie de razones que torturaban su amor a la verdad, callaba el horror que había grabado en su seno la funesta visión. Sólo había dicho: «Y los vapores se fueron al cielo sin más y explotaron de golpe allí arriba y el cielo volvió a ser azul», y luego se había callado. Maria pensaba. Pensaba que sabía muchas cosas que aquella buena gente ignoraba, y que ella los quería con toda la fuerza que una niña de once años puede dedicar a un amor que no sólo nace de los apegos precoces, sino también de la comprensión del otro en sus grandezas y sus indecibles miserias. Si Angèle no había hablado de la fuerza mortífera de las flechas negras, en parte era porque temía que las palabras pronunciadas se volvieran una predicción, en parte porque no quería asustar a la pequeña, pues no sabía si ésta también lo sabía, y en parte, por último, porque antaño fue una mujer ardiente. Aunque su tita se pareciera a una nuez seca alimentada de plegaria inmaterial, Maria podía ver, porque a los diez había adquirido el don de conocer el pasado en imágenes, que otrora Angèle había sido una bonita luciérnaga que su carne y su espíritu destinaban a los vientos de la libertad. Podía ver que a menudo cruzaba el arroyo descalza y soñaba observando el cielo; pero también veía el tiempo y el destino, las líneas de fuga que no se fugan nunca, y sabía que poco a poco el fuego de Angèle se había encerrado en ella misma y se había concentrado en un punto ya olvidado. Pero el descubrimiento de la pequeña de las Españas frente a la puerta de la granja le había reavivado el recuerdo de un calor que antaño corría por sus venas y cuya segunda vida ordenaba que Maria fuera libre y ardiente. Por eso Angèle temía que si hablaba de las flechas de la muerte, los demás consideraran razonable poner trabas a la vida cotidiana de la pequeña, y creía que podía protegerla, o al menos lo esperaba, en lugar de permitir que pusieran entre rejas a una niña para quien seguramente sería más mortal una tarde entre cuatro paredes que todas las flechas que un simple rosario había logrado rechazar.

Maria pensaba y los adultos conversaban. El vino de la Côte-d'Or había ablandado a los hombres, a quienes las bestias fantásticas y los vapores negros ya no les parecían tan amenazantes, pero conversaban de todas formas para decidir si había que movilizar a las fuerzas del orden o a los exorcistas, o más bien encomendarse a la sabiduría ancestral que dice que el campo protege del mal si el corazón es puro. A los hombres les bastaba mirar a la tía Angèle en la mecedora donde la habían instalado por imperativo las mujeres; Angèle, cuya vieja figura reconfortada por el *civet* y el vino parecía, bajo su nueva cofia con nomeolvides en las cintas, esculpida en una hermosa madera mate de venas nobles. Sí, a los hombres les bastaba echar un vistazo a su querida abuela para contemplar el coraje que bendecía su región; e incluso llegaban a creer que eran las tierras de la baja comarca las que habían moldeado a las mujeres tal y como ellos las veían en sus butacas de vejez, mujeres que, a pesar del horno, del huerto, de las gallinas, de las vacas, de las plantas medicinales y de las plegarias, no dudaban en ponerse la mantilla y la capa para ir a prestar auxilio a los inocentes en peligro. Qué buenas compañeras tenemos, pensaban los hombres mientras bebían el vino a sorbitos, y qué hermoso es nuestro país. Y que el pastel de rebozuelos formara parte de la aseveración no contradecía su sinceridad natural, ya que los hombres de la baja comarca amaban sus tierras y a sus mujeres y sabían que las unas estaban entremezcladas con las otras, al igual que ellos pertenecían a sus propios terrenos y concebían la labor de las cosechas y las batidas como un tributo que se paga a la magnanimidad del destino.

El cura, que no aprobaba que se hablara de exorcistas y que habitualmente no perdía ni una ocasión de amonestar a su rebaño, sentía que el combate contra la superstición se ahogaba en la pera con miel que le habían servido junto con una copa llena de buen vino. Pero era un buen hombre a quien le gustaba el yantar porque era benévolo (mientras que otros sólo son tolerantes porque pecan comiendo sin cesar), y al salir del seminario, a su llegada al pueblo, había aprendido que la gente sencilla raramente se desvía de su fe y que debía elegir bien sus combates si quería permanecer entre ellos. De hecho, concebía su ministerio exactamente así: quería estar entre ellos y no en contra de ellos, y eso le valía, además de la consideración de sus feligreses, larguezas seculares en forma de paté de liebre y de dulce de membrillo que Eugénie sabía transformar en manjares principescos.

En esta atmósfera apacible, estando todos ellos impregnados de la dulzura de la miel de tomillo y de los taninos de las viñas, Marcelot abordó un tema que le pareció que venía al caso:

—Desde que la pequeñina está aquí, hemos tenido unas estaciones más hermosas que nunca, ¿verdad?

En la sala bien caldeada donde las abuelas se adormilaban, los hombres que saboreaban el último trago de licor del día se recostaban en el respaldo de sus sillas y Maria pensaba y no miraba a nadie pero lo observaba todo, hubo un largo suspiro, como si la granja inspirara y luego exhalara una bocanada de aire nocturno antes de contener el aliento y aguardar. Se hizo un gran silencio, colmado de la agitación de quince cuerpos propagando a su alrededor un enorme flujo de acecho y de concentración. Con todo, en esa súbita petrificación sentían correr un poderoso caudal de deseo, y sabían que si se quedaban quietos era a la espera de una floración largo tiempo deseada. Sólo Maria parecía ausente de los acontecimientos de la sala, pero los otros estaban tensos como los arcos de los cheyenes (tal y como se le ocurrió al cura, que estaba leyendo el libro de un misionario que había ido con los indios), y no habrían sabido decir, en aquel instante de introspección absoluta, cuál sería su resolución.

Finalmente, Marcelot, que no esperaba gran cosa, se aclaró la garganta y miró al padre con un poco más de insistencia. Fue la señal de la templanza y todos se pusieron a hablar en un gran desorden febril.

—Llevamos once veranos con mieses tan doradas... —decía el alcalde.

—Y como siempre nieva a tiempo, ¡hay caza en abundancia! —exclamaba Jeannot.

Y era verdad que sus bosques eran los más ricos en caza de la región, hasta tal punto que les costaba mantenerla para ellos, porque los hombres de las comarcas vecinas, privados de la misma abundancia, iban allí regularmente a descargar su frustración.

—¡Y nuestros vergeles son tan hermosos —terció Eugénie— que los melocotones y las peras son como en el paraíso!

En ese punto echó un vistazo inquieto al cura, porque así se imaginaba ella el jardín del Edén, con melocotones dorados y aterciopelados como el beso de un inocente y peras tan jugosas que sólo añadiría vino a la cocción por debilidad culpable (ése era el verdadero pecado de la cosa). Pero el cura tenía otras preocupaciones aparte de la del aspecto de los melocotones en el paraíso según una abuela que por lo demás era tan devota que podría habérselos figurado azules o dotados de palabra, a él le habría dado igual. Veía sobre todo que los razonamientos de sus ovejas rozaban a las claras la magia. Con todo, estaba confuso. Por muy cura rural que fuera, tenía una cultura poco habitual en un hombre con un cargo tan modesto. Le apasionaban los relatos de exploradores y a veces acababa sollozando bajo la lámpara con la narración de los sufrimientos padecidos por los hermanos que habían ido a predicar a América. Pero ante todo le apasionaban las hierbas medicinales y aromáticas, y cada noche escribía, con su bella caligrafía de seminarista, sus observaciones sobre la desecación o el uso terapéutico, y poseía una impresionante colección de grabados preciosos y de obras eruditas sobre plantas. Y como era bueno y curioso, su cultura lo convertía en un hombre capaz de dudar que no blandía el misal ante un acontecimiento inhabitual, sino que más bien lo abordaba con una circunspección razonada. No obstante, a propósito de la prosperidad de la baja comarca desde hacía once años clavados, debía reconocer que ésta era real y, más que real, hechizada. Bastaba recorrer los caminos vecinales, observar qué bellos eran los árboles y qué profundas las labores, la abundancia de insectos que libaban y polinizaban y hasta el número creciente de libélulas que no se encontraban en ninguna otra parte, cuyos enjambres vibrantes y compactos miraba Maria en el cielo de verano. Y aquella nebulosa de dones, aquel derroche de frutos ambarinos y de cosechas espléndidas se concentraba en el pueblo, sus pasos y sus bosques comunales, y cesaba abruptamente allende una frontera invisible pero más tangible para los lugareños que las de los grandes tratados europeos. Aquella noche recordaron una mañana de primavera de dos años antes en que todos se precipitaron a sus puertas gritando de sorpresa y de alegría ante un inmenso tapiz de violetas que cubría los campos y los taludes con su inundación vaporosa; o bien un amanecer de caza cuatro inviernos atrás en el que los hombres, al salir al aire glacial con sus gruesas bufandas y sus gorros con orejeras, se asombraron al ver las calles del pueblo negras de liebres que se dirigían hacia los bosques. Sólo había ocurrido una vez, pero ¡menuda vez! Siguieron a las liebres hasta el bosque sin que a nadie se le ocurriera disparar a ninguna por el camino, y luego los animales se dispersaron y la caza empezó con normalidad. Pero era como si las bestias hubieran representado su propia abundancia antes de que las cosas volvieran a su orden conocido.

Por eso el cura estaba confuso. Su voz primitiva sentía, como un perro que huele una presa, que Maria era una anomalía del mundo que nada debía a Dios, y aquella parte secreta que en el hombre de Iglesia no puede expresarse más que a través de páginas sobre la decocción curativa de la artemisa o la aplicación de la ortiga en forma de ungüento, también sentía el vínculo entre la aparición de la recién nacida en la nieve y la asombrosa dulzura que mimaba la comarca. Miró a la niñita, que parecía dormitar, pero percibió en ella una vigilancia palpable, y comprendió que oía y veía todo lo que la rodeaba, y que su distracción aparente se debía a uno de esos estados que se experimentan en el trance de la plegaria, cuando el espíritu está desligado del cuerpo pero percibe el mundo con una agudeza decuplicada.

Respiró hondo.

—Es un misterio que habrá que aclarar —dijo levantando el pocillo de licor que alguna mano caritativa había colocado junto a su plato de pera con miel—. La pequeña está bendecida y ya descubriremos cómo aclararlo.

Y tras la resolución de no llamar a capítulo a la buena gente que quería ver bestias fantásticas esparciendo vapores hasta el gran Morvan, tomó también la de hablar con Maria en la próxima oportunidad. Sus palabras produjeron exactamente el efecto previsto: todo el mundo estuvo satisfecho del reconocimiento del misterio por parte de la autoridad espiritual, a la que les gustaba cebar pero que no por ello se mostraba menos distinta y por encima de su rebaño, y bastante satisfecho también de que se añadiera un sentimiento de seguridad, porque algún día iban a saber, y por el buen Dios, qué se estaba fraguando. Todo el mundo, pues, quedó *bastante* satisfecho de la conclusión que el cura ponía a una constatación que los aliviaba que al fin se expresara, pero nadie quedó *profundamente* satisfecho, empezando por el cura: se trataba de una pausa aceptable en el esclarecimiento de los enigmas, podían recobrar el aliento y aguardar de manera sosegada, pero todos sabían que algún día habría que entrar en un círculo de vida que les depararía muchos tumultos y sorpresas. La verdadera fe, como se sabe, se preocupa poco por las capillas, cree en la confabulación de los misterios y arranca de su sincretismo cándido las tentaciones demasiado sectarias.

GUSTAVO
Una voz de muerte

A comienzos de septiembre, dos meses antes de los acontecimientos de la granja francesa, Clara llegó a Roma escoltada por Pietro.

Marcharse de las montañas le causó un dolor que no pudo apaciguar la gloria de los paisajes que fue atravesando. Hasta en sus más lejanos recuerdos, siempre había sufrido cuando debía regresar a la parroquia; pasaba cada vez por el jardín cerrado antes de empujar la puerta de la cocina; y puesto que aquella antesala plantada con hermosos árboles le resultaba tan necesaria como el aire, temía más los muros de la ciudad que cualquier otro azote de sus sueños. De hecho, estaba claro que hasta entonces ningún humano había logrado llegarle al alma como la montaña, de manera que la nieve y las tormentas vivían en el interior de un corazón abierto aún por igual a la felicidad y a los sortilegios de la desdicha. A medida que se adentraban en la ciudad, le sangraba el corazón. No sólo descubría una tierra que había capitulado bajo la sepultura de las piedras, sino lo que les habían hecho a aquellas piedras, que se elevaban hacia el cielo en masas lisas y rectilíneas y habían dejado de respirar bajo el asalto que las había mutilado para siempre. Así, en la oscuridad naciente que empujaba afuera una humanidad alegre turbada por el regreso de las brisas tibias, Clara observaba un montón de piedras muertas y un cementerio en el que los vivos se enterraban voluntariamente.

El tiro avanzaba hacia la cima de una colina donde se cruzaban con poca gente y donde ella podía respirar un poco mejor. A lo largo del camino, Pietro había velado por su confort, pero no había tratado de darle conversación y ella había callado como todos los días, con el espíritu ocupado por laderas, pentagramas y notas. Al fin se detuvieron ante una gran casa con altísimos muros pardos escondidos tras unos pinos deshilachados que formaban caminos en un patio interior y sobrepasaban la cerca con su altura de fuente inmóvil. En lo alto de los muros había madreselva, que caía con crepitaciones perfumadas sobre los adoquines de la calle, y las ventanas lanzaban al crepúsculo sus largos visillos transparentes. Los hicieron entrar en un inmenso vestíbulo donde Pietro la dejó, antes de que la guiaran a través de gigantescas estancias con las paredes y las superficies recubiertas de cuadros y de esculturas que miró con un espanto que enseguida se tornó esperanza a medida que comprendía que tal vez aquella extrañeza la consolaría del duelo de las montañas. Por último abrieron una puerta que daba a una habitación blanca y desnuda, con un único cuadro en una pared. Le dijeron que pronto vendrían a prepararle el baño y a traerle la cena, que se acostaría pronto para recuperarse de la fatiga del viaje y que irían a buscarla temprano para llevarla a casa del Maestro. La dejaron sola. Se acercó al cuadro con una curiosa mezcla de reverencia y de temor. «Lo conozco pero no sé cómo.» Transcurrió un largo momento. Luego algo cambió en el éter de la habitación y un ligero trance se apoderó de Clara, que se reveló en los estratos de la pintura, porque ya no veía en las dos dimensiones del plano, sino en una nueva profundidad que le abría la puerta de los barrios del sueño. Ya no sabía si estaba dormida o despierta, aunque el tiempo pasaba al mismo ritmo que las nubes muy altas por un azur de tinta negra y de plata. Sin duda, debió de dormirse, puesto que la escena cambió y entrevió a una mujer que se reía al atardecer en un jardín estival. No podía distinguir su rostro pero seguramente era joven, y muy alegre; después desapareció y Clara ya no vio más que reflejos de tinta moviéndose antes de sumirse en un último sueño sin visiones.

—Vamos a ver al Maestro —le dijo Pietro al día siguiente—. No es un hombre fácil, pero tú tocarás el piano y eso bastará.

El gabinete de ensayo del maestro Gustavo Acciavatti se encontraba en el último piso de un bonito edificio con grandes ventanales por los que se derramaba el día, que transformaba el parqué en un lago de luz líquida. El hombre sentado frente al teclado del piano parecía a la vez muy joven y muy viejo, y Clara pensó cuando sus miradas se cruzaron en un árbol al que iba cuando se sentía triste. Sus raíces se hundían profundamente en la tierra pero sus ramas viejas eran tan vigorosas como las jóvenes, y velaba y observaba, resplandeciente, escuchándola sin que ella tuviera que hablar. Clara podría haber descrito la forma de cada una de las piedras de sus caminos y haber dibujado de memoria todas las ramas de sus árboles, pero las caras pasaban por delante de ella como en un sueño antes de fundirse en una confusión universal. Con todo, aquel hombre que la miraba en silencio estaba tan presente y vivo como sus árboles, y la pequeña podía distinguir un lunar de su piel y las irisaciones de sus ojos con un deslumbramiento que casi le dolió. Se quedó de pie frente a él. «Lo conozco pero no sé cómo.» La revelación de que él sabía quién era ella desgarró el espacio de su conciencia y luego se desvaneció al instante. De repente, en un rincón de la sala, advirtió una forma encogida en una silla. Le había llamado la atención un movimiento y creyó ver que se trataba de un hombre pequeño y al parecer ligeramente barrigón. Era pelirrojo y roncaba con la cabeza inclinada sobre un hombro. Pero como nadie le hacía caso, ella también lo ignoró.

Entonces el Maestro habló.
—¿Quién te ha enseñado música? —preguntó.
—Alessandro —contestó ella.
—Según él, has aprendido sola —dijo—. Pero nadie aprende en un día. ¿Te daba clases el cura?
Ella negó con la cabeza.

—¿Alguien del pueblo?

—No miento —dijo ella.

—Los adultos mienten —contestó—, y los niños los creen.

—Entonces usted también puede mentir —dijo Clara.

—¿Sabes quién soy?

—El Maestro.

—¿Qué quieres tocar?

—No lo sé.

Le hizo un gesto para que ocupara su lugar, ajustó el taburete, se sentó cerca de ella y abrió la partitura del atril.

—Vamos, toca —dijo—, toca ahora. Yo pasaré las páginas.

La mirada de Clara barrió rápida e intensamente las dos páginas abiertas de la partitura —un pestañeo, dos, tres— y una expresión indescifrable atravesó la cara del Maestro. Luego ella tocó el piano. Tocó tan lenta, tan dolorosa, tan perfectamente, tocó con una lentitud tan infinita, con una dulzura tan infinita y una perfección tal que nadie pudo hablar. Dejó de tocar y nadie pudo hablar. No conocían a ningún adulto que supiera tocar así aquel preludio, porque aquella niña tocaba con una tristeza y un dolor de niña, pero con una lentitud y una perfección de hombre maduro cuando ya nadie, entre los adultos, sabe acceder al hechizo de lo joven y viejo a la vez.

Tras un largo silencio, el Maestro le pidió que le cediera su lugar y tocó el primer movimiento de una sonata. Introdujo al final una ínfima modificación. Ella miraba fijamente un punto ciego situado frente a todas las visiones. El hombre le pidió que tocara lo que había oído. Así lo hizo. Él fue a buscar la partitura. Clara siguió lo que estaba escrito, sin introducir la modificación, pero al abordar el compás levantó la cabeza y lo miró. Luego trajeron muchas otras partituras y las desplegaron ante ella. Las abrió una tras otra, un pestañeo, dos, tres, y todos morían y renacían a cada pestañeo en una avalancha de copos de nieve salidos de un sueño olvidado. Entonces todo pareció cuajarse en un gran silencio vibrante. Un único pestañeo, y Clara clavó la mirada en las páginas de una partitura roja y usada, tan estremecedora que todos se estremecieron con un estremecimiento que abría un abismo en su interior. Se dirigió al gran piano y tocó la sonata rusa que la había embargado con un vértigo de cimas; y supieron que así debían vivir y amar los hombres, en aquel furor y aquella paz, con aquella intensidad y aquella pasión, en un mundo barrido de colores de tierra y de tormenta, en un mundo que se azulaba al amanecer y se ensombrecía bajo el aguacero.

Transcurrió un instante. «Lo conozco pero no sé cómo.»

Llamaron discretamente a la puerta.
—¿Sí? —dijo el Maestro.
—El gobernador Santangelo —contestaron.

Clara se quedó en la sala en compañía del pequeño panzudo pelirrojo que no se había movido y no parecía dar muestras de estar despierto. Le trajeron té y unas frutas desconocidas recubiertas de terciopelo anaranjado y le dieron más partituras, insistiendo en que el Maestro había dicho que sólo tocara una. La primera le pareció una profanación y la cerró enseguida, repelida por pentagramas que se asemejaban a los desahogos rimbombantes del órgano de los oficios de difuntos. Ninguna otra partitura le causó la misma impresión mortífera, pero abrió muchas sin encontrar lo que la había emocionado de la sonata rusa y, en Santo Stefano, del último trozo que Sandro había puesto frente a ella en la iglesia. Al final llegó a un librito cuya primera página soltó arabescos de un género desconocido. Formaban curvas que revoloteaban como plumas y tenían la misma textura que la piel aterciopelada de aquellas frutas. Antes, tocando la sonata rusa, había experimentado una fastuosidad de árboles de hojas plateadas entremezclados con grandes prados secos atravesados por ríos y, al final de todo, había tenido la visión de una ventada en un campo de trigo, con los tallos aplastándose bajo la borrasca antes de renacer con un movimiento que gritaba como una bestia. Pero la nueva música introducía en la ecuación de los paisajes una amabilidad que poseía el mismo centelleo que los relatos de Alessandro, y sentía que era necesario tener raíces profundas para que semejante ligereza fuera posible, y se preguntaba si conocería algún día los toldos sonrientes donde había nacido aquella afabilidad —al menos ahora sabía que existían lugares donde la belleza nacía de la dulzura, a pesar de que ella no conocía sino la aspereza y la grandeza, y eso le gustó—. Mientras, descubría el sabor de la fruta desconocida gracias a una música que hablaba de la tierra donde se cultivaba. Cuando hubo terminado de tocar el fragmento, permaneció un instante soñando con continentes extraños y acabó sonriendo en la soledad del mediodía.

Llevaba una hora sumida en aquella ensoñación luminosa cuando le llegaron sonidos amortiguados de la sala contigua. Hubo una efervescencia en medio de la cual reconoció la voz del Maestro, que acompañaba al visitante, y luego oyó una voz extraña y, aunque sus palabras fueran inaudibles, Clara se puso en pie, con el corazón palpitante, pues era una voz de muerto lanzando advertencias que ella oía como si doblaran las campanas, y dondequiera que mirara de aquel cuadro de desorden, se quedaba helada al ver una sombra proyectándose sobre una extensión de terror y de caos. Además, aquella voz era doblemente espantosa porque también era bella, y aquella belleza venía de una energía antigua que se había pervertido. «Lo conozco pero no sé cómo.»

—Hay que reconocer que manca no eres —dijo una voz tras ella.

El pelirrojo se había levantado con bastante dificultad, al parecer, dado que se acercaba tambaleándose y se pasaba la mano por el pelo con torpeza. Tenía la cara redonda, un doble mentón que le daba un aire infantil, y unos ojos vivos y brillantes que en aquel momento bizqueaban un poco.

—Me llamo Petrus —dijo inclinándose frente a ella, y acto seguido se cayó sobre el parqué.

Clara lo miraba atónita mientras él se levantaba trabajosamente y reiteraba enseguida su saludo.

—El Maestro no es sencillo, pero esta ralea es maléfica —dijo cuando hubo recuperado el equilibrio.

Clara comprendió que hablaba de la voz de muerte.

—¿Conoces al Gobernador? —le preguntó.

—Todo el mundo conoce al Gobernador —replicó perplejo. Y luego, sonriéndole, añadió—: Siento estar tan poco presentable. Es que a nosotros no nos sienta bien el alcohol, por razones de constitución. Pero el moscatel de la cena era divino.

—¿Quién eres? —le preguntó ella.

—Ah, es verdad —dijo—, no nos han presentado.

Y se inclinó por tercera vez.

—Petrus, para servirte —dijo—. Soy una especie de secretario del Maestro. Pero desde esta mañana soy tu carabina, sobre todo.

Luego, sonrió arrepentido:

—Reconozco que la resaca no es el mejor augurio en un primer encuentro, pero haré todo lo que pueda para resultarte agradable, ya que además tocas verdaderamente bien.

Así transcurrieron los primeros días en Roma. Clara no olvidó la voz de muerte, pese a trabajar sin descanso y ajena al mundo exterior. Acciavatti le dijo que fuera temprano a su gabinete desierto para que nadie supiera de la existencia de la niña prodigio que había tomado como alumna.

—Roma adora a los monstruos —le dijo—, y no quiero que te conviertan en uno.

Cada día, al amanecer, Petrus iba a buscarla a su aposento y la conducía por las calles silenciosas. Se marchaba enseguida a la villa Volpe, donde Clara volvía a encontrárselo en el almuerzo. Después la dejaba en la sala del patio, en cuyo piano ensayaba hasta la hora de la cena, que tomaba en su compañía y la de Pietro. A veces el Maestro se reunía con ellos después de cenar y seguían trabajando antes de acostarse. A Clara le sorprendía la indulgencia que mostraban Acciavatti y Pietro con Petrus. Lo saludaban amistosamente y no prestaban atención a su extraño comportamiento. Sin embargo, no se podía decir que hiciera gala de buenos modales; cuando iba a despertarla por la mañana estaba sin aliento, con el cabello alborotado y la mirada perdida. Clara ya no creía que el moscatel del primer día hubiera sido una excepción, porque Petrus solía tropezarse con las alfombras y durante las horas de estudio se desplomaba en un sillón y dormía babeando ligeramente; de vez en cuando soltaba gruñidos indistintos; cuando se despertaba, parecía sorprendido de encontrarse allí. Luego intentaba recuperar la compostura estirándose con convicción la chaqueta o el pantalón, pero en general no lograba nada concluyente y acababa renunciando a su pesar. Finalmente, cuando se acordaba de que ella estaba allí y quería decirle algo, tenía que intentarlo dos veces, ya que al principio sólo le salían vocales. Con todo, Clara lo apreciaba mucho, sin llegar a comprender qué hacía junto a ella, pero su nueva vida de pianista la absorbía por completo, de modo que le quedaba poca energía para los otros aspectos de su existencia romana.

Las lecciones con el Maestro no se parecían en absoluto a lo que ella se había imaginado. Gran parte del tiempo le hablaba. Si le daba partituras, nunca le decía cómo tocarlas. Pero enseguida le hacía preguntas que ella siempre sabía responder porque él no quería saber qué pensaba sino qué veía. Como Clara le había dicho que la sonata rusa le había despertado imágenes de llanuras secas y de ríos de plata, él le había hablado de las estepas del norte y de la inmensidad de aquellas tierras de sauces y de hielo.

—Pero la energía de un gigante así va pareja con su lentitud, por eso has tocado tan despacio.

Le preguntaba por su pueblo natal y Clara describía las vistas entre dos tejados desde donde se veían unas cumbres de las que ella conocía de memoria todas las laderas y todos los picos. Le gustaban tanto las horas junto a él que a comienzos de noviembre, dos meses después de su llegada a Roma, el sufrimiento por las montañas perdidas ya no le resultaba insoportable. Sin embargo, el Maestro no le mostraba ningún afecto especial y ella tenía la impresión de que sus preguntas tenían un propósito que no era el aprendizaje, sino que la preparaba para algo que sólo él sabía, a pesar de que de vez en cuando tenía la intuición de que ya la conocía, aunque los hubieran presentado aquel septiembre. Un día que estudiaban una partitura espantosamente aburrida y ella puso de manifiesto su humor acelerando de manera absurda la interpretación, el Maestro le dijo irritado:

—Ahora sí que te reconozco.

Ella le preguntó el nombre de la fruta del primer día, y le dijo:

—Entonces dame melocotones.

La miró más irritado aún, pero colocó ante ella una partitura y comentó:

—Para su desgracia, ese hombre era alemán, pero de todas formas sabía de melocotones.

Mientras tocaba y reanudaba las volutas aéreas del placer, Clara meditó sobre lo que había percibido tras la irritación del Maestro: un arrebato que se dirigía a alguien cuya vaga silueta había flotado fugazmente por la atmósfera de la estancia. Y aunque los días siguientes fueron parecidos a los anteriores, la novedad era que estaban marcados por aquel apóstrofe a un fantasma.

Muy a menudo también iba a visitarla a casa de Pietro después de la cena. El piano se encontraba en la gran sala del patio y, mientras trabajaban, dejaban las ventanas abiertas al aire fresco de la noche. Pietro los escuchaba fumando y bebiendo licores, pero no decía nada hasta que terminaba la lección. Por su parte, Petrus dormitaba o roncaba en una gran poltrona hasta que el piano callaba y el silencio lo despertaba. Entonces Clara los oía charlar mientras ella leía o soñaba, después la acompañaban a su aposento y ellos se quedaban departiendo y, a través del patio dormido, el timbre de sus voces la arrullaba durante mucho rato. Así, una noche de mediados de noviembre en que habían dejado cerradas las puertas vidrieras porque llovía mucho, Clara los escuchaba conversar mientras hojeaba las partituras que le habían traído para que las estudiara. Oyó a Acciavatti decir: «Pero acabarán tocándola con el tempo adecuado». Luego abrió una vieja partitura arrugada.

Había dos líneas escritas con tinta negra en el margen de los primeros pentagramas.

*la lepre e il cinghiale vegliano su di voi quando
camminate sotto gli alberi
i vostri padri attraversano il ponte per abbracciarvi
quando dormite**

Transcurrió un instante en un gran vacío de sensaciones, y Clara vio una burbuja de silencio que se propagaba a la velocidad de las ondas antes de explotar en una apoteosis muda. Releyó el poema y ya no se produjo deflagración alguna, pero algo había cambiado, como si el espacio se hubiera desdoblado y más allá de una frontera invisible hubiera un país al que deseaba ir. Aunque sospechaba que la partitura no tenía nada que ver con aquella magia, fue igualmente al piano y tocó el fragmento, que llenó el aire de un perfume de corrientes y de tierra mojada, y de un misterio en forma de estelas arboladas y emociones ocultas.

Cuando levantó los ojos tras la última nota, vio frente a ella a un hombre que no reconoció.

* la liebre y el jabalí velan por vosotros cuando camináis bajo los árboles / vuestros padres atraviesan el puente para abrazaros cuando dormís

—¿De dónde viene esta partitura? —le preguntó el Maestro.

Clara señaló la colección que le habían traído antes por orden suya.

—¿Por qué razón la has tocado?

—He leído el poema —dijo ella.

El Maestro rodeó el piano y fue a mirar por encima de su hombro. Clara sintió su aliento y las oleadas de sus emociones mezcladas. Al verlo a la brusca luz que la sorpresa arrojaba sobre el escenario de sus sentimientos, se quedó asombrada por el desfile de imágenes que transparentaba su alta silueta: primero una manada de caballos salvajes cuyo rumor siguió oyendo durante mucho tiempo después de que se hubieran alejado; a continuación, entre las sombras de un sotobosque con senderos dorados por el sol, una enorme piedra colocada sobre el musgo, de la que todos los ángulos y los huecos, y todas las nobles fisuras, eran fruto de la obra conjunta de los diluvios y de los siglos. Y supo que aquella magnífica piedra viviente era el Maestro, dado que el hombre y la roca, en una inexplicable alquimia, se superponían perfectamente. Al final las imágenes se desvanecieron y se encontró de nuevo frente a un hombre de carne y hueso que la miraba con gravedad.

—¿Sabes qué es la guerra? —le preguntó—. Sí, claro que lo sabes... Por desgracia, viene una guerra, una guerra todavía más larga y terrible que las anteriores, deseada por hombres todavía más fuertes y terribles que en el pasado.

—El Gobernador —dijo Clara.

—El Gobernador —remachó él—, y también otros.

—¿Es el diablo? —preguntó ella.

—En cierto modo, sí —asintió—, puedes decir que es el diablo, pero el nombre no es lo más importante.

En tanto que huérfana criada en la parroquia de un pueblo de montaña, ya había oído hablar del diablo, y no había nadie en todos los Apeninos que no conociera las batallas que se habían librado contra él y que no hiciera la señal de la cruz al evocar a los que habían perecido en ellas. Pero más allá de las historias de su infancia, Clara creía comprender de dónde venía el deseo de guerra del diablo: que vivieran en tumbas alineadas unas junto a otras le parecía suficiente para explicar las maniobras de la voz de muerte, y se preguntaba si la piedra viviente que el Maestro era pensaba lo mismo que ella.

—Las guerras tienen lugar en campos de batalla, pero se deciden en aposentos de gobernadores, que son hombres expertos en el manejo de ficciones. Sin embargo, también hay otros lugares, y otras ficciones... Quiero que me cuentes lo que ves y lo que oyes, los poemas que leas y los sueños que tengas.

—¿Aunque no sepa por qué? —le preguntó ella.

—Hay que confiar en los músicos y los poetas —le contestó él.

—¿Quién ha escrito este poema? —siguió preguntando.

—Un miembro de nuestra alianza.

Y, tras un largo silencio, añadió:

—Sólo puedo decirte que está destinado a ti. Pero no creía que pudieras leerlo tan pronto.

En aquel instante, Clara vio que Pietro buscaba el poema en la partitura y, por la manera en que la miraba, comprendió que no lo encontraba.

Entonces Gustavo Acciavatti, frente a ella, le sonrió.

Al cabo de poco, Petrus la acompañó a su dormitorio, donde habían cerrado las ventanas ya que el terco estrépito de las lanzas del agua seguía resonando.

—No me dejan hacer mi trabajo —le dijo en el momento de despedirse.

—¿Qué trabajo? —le preguntó Clara.

—Mi trabajo —dijo Petrus—. Son todos tan serios y tan fríos... Yo estoy aquí porque soy sentimental y parlanchín. Simplemente te hacen tocar el piano durante todo el día y por la noche te marean con guerras y alianzas.

Se rascó la cabeza graciosamente.

—Yo empino el codo y quizá no soy muy listo. Pero yo, al menos, sé contar una historia.

Se marchó y Clara se durmió, o eso creyó hasta que, con una claridad ajena a los muros y a las persianas cerradas, oyó a Pietro, que decía al otro lado del patio:

—La pequeña tiene razón, es el diablo.

Y la voz del Maestro que le contestaba:

—Pero ¿quién fue el que engañó al mismo diablo?

Luego se sumió en un profundo sueño.

Fue una noche extraña en la que durmió de una manera extraña. Los sueños tenían una intensidad inaudita que los convertía en visiones más que en quimeras nocturnas. Podía recorrer los paisajes con la mirada del mismo modo que se abarca un territorio desde un punto elevado, y se encontró explorando los caminos de una campiña desconocida como si anduviera por sus laderas. Aunque no hubiera montañas, aquella tierra tenía un enorme encanto, y Clara sentía la fuerza de terrenos prósperos y gozaba de la variedad de los árboles. Aunque su encanto no se parecía al de los bonitos melocotones, la tierra poseía una especie de suavidad desconocida en la montaña, y eso le daba al fin un equilibrio que conmovía a Clara, un vigor sin aspereza, una exigencia que en el fondo sonreía, a pesar de que en dos meses había visto todo el espectro de las geografías: las bellos campos de labranza, los melocotones aterciopelados del placer y, en el otro extremo, las montañas rudas y fieramente erigidas de las que venía. Es más, admirando la cuidada disposición de los cercados, Clara cobró conciencia de un hechizo invisible y poderoso que superaba la prosperidad de las regiones ricas y transformaba el paisaje de árboles vigorosos y de senderos sombreados en una aventura de follaje y de amor. También vio un pueblo a media altura de una colina, con una iglesia y unas casas cuyos gruesos muros revelaban la severidad de los inviernos. Sin embargo, se intuía que en primavera empezaba una hermosa estación que duraba hasta las heladas de otoño, y tal vez fuera por la ausencia de montañas, o por la profusión de árboles, pero uno sentía que siempre llegaba el momento de descansar de las tareas. Luego vislumbró unas sombras fugitivas, carentes de silueta y de rostro; pasaban con indiferencia, aunque ella habría querido preguntar qué pueblo era y qué frutos crecían en sus vergeles.

Fue como una flecha. Clara no sabía ni de dónde había surgido ni a dónde había ido, pero la había visto pasar por delante de ella y desaparecer en la curva del camino. Por fugaz que hubiera sido la aparición, cada rasgo se había grabado en ella con una exactitud dolorosa que le hacía ver de nuevo el rostro con los iris oscuros, los rasgos flacos y marcados, la piel dorada y la boca manchada de sangre. Siguió su estela y descubrió a la chiquilla en la linde de un oquedal por el que se acercaba un gran caballo gris. Todo el panorama se iluminó y a la campiña helada se le superpuso un paisaje de montañas y de nieblas. No se intercalaban pero se enlazaban como si fueran nubes: Clara vio paisajes que se enrollaban pero también climas que se fusionaban, hizo bueno y nevó bajo una tormenta lanzada sobre un cielo claro. Entonces un tornado se abatió sobre la escena. En una visión fulgurante que condensaba las acciones y los tiempos, Clara avistó las grandes distorsiones de la tormenta, los enfurecidos remolinos y las flechas negras que subían al cielo con rabia mientras una viejecita blandía un báculo por encima de su cabeza despeinada. En el instante del balanceo entre el sueño y la vigilia, también vio otra escena: la chiquilla cenaba en compañía de seis adultos que la rodeaban de un halo tornasolado y apacible en el que, por vez primera en la vida de Clara, se encarnaba la materialidad del amor. Luego todo desapareció y la pequeña permaneció despierta en el silencio de la habitación oscura. Por la mañana le contó al Maestro lo que había visto en sueños. Al final de su relato, añadió el nombre de la pequeña extranjera porque se le apareció en una salpicadura de evidencia.

Por segunda vez, Gustavo Acciavatti le sonrió.

Pero esta vez su sonrisa era triste.

—Todas las guerras tienen sus traidores —le dijo—. Desde ayer, Maria ya no está segura.

VILLA ACCIAVATTI
Consejo élfico restringido

—¿Quién es el traidor? —preguntó el Maestro.

—No lo sé —dijo el Jefe del Consejo—. Ya no confiamos en la mitad del cenáculo. Puede ser cualquiera de los diez. No me pareció que me siguieran y han borrado las huellas enseguida.

—No he visto que te siguieran. Además, hay otro puente y otro pabellón —dijo el Guardián del Pabellón—. Hay que reforzar la protección de Maria.

—No —dijo el Maestro—, sus poderes tienen que crecer y Clara debe consolidar su vínculo.

—No tenemos la más remota idea de lo que estamos haciendo —dijo el Jefe del Consejo—, y sin embargo convertimos a nuestras hijas en soldados.

—Hay que reconocer —terció Petrus— que no les dais tiempo para que jueguen a muñecas y que tampoco las ayudáis mucho.

—Escribiste el poema justo después de la muerte de Teresa —dijo el Maestro al Guardián del Pabellón—, y Clara lo ha descubierto hoy. Se lo mandaré a Maria.

—Un poema por aquí, una partitura por allá, ¡menudo derroche de explicaciones! —dijo Petrus—. ¿Cómo van a comprender quiénes son la liebre y el jabalí?

—Maria me vio el día que cumplió diez años —dijo el Guardián del Pabellón—, y el jabalí le hablará. Y su gente está tallada como diamantes. Superan con creces nuestras esperanzas.

—¿Y qué pensáis de la gente que rodea a Clara? —preguntó Petrus—. No tiene amigos, ni familia, ni madre. Sólo un profesor irascible y sibilino y trabajo hasta las cejas. Pero Clara es la artista de vuestro equipo de pequeñas guerreras. Hay que mimar su corazón y su sensibilidad, y eso es imposible entrenándola como a una recluta.

—Hace falta una mujer en la vida de Clara —dijo el Jefe del Consejo.

—Cuando Pietro esté satisfecho de las condiciones de seguridad, las dos se conocerán —dijo el Maestro.

Luego, tras un momento de silencio, le dijo al Guardián del Pabellón:

—¿La has oído tocar el piano?... Sí, ya sé que es tu hija y que la oíste antes que yo... Qué desgarro... y qué maravilla.

MARIA
La liebre y el jabalí

Tras las emociones del caballo gris y de los tornados ofensivos, la vida en la granja volvió a su cauce campestre lleno de cazas, de quesos salados y de paseos por el bosque. Desde que las granjas y el campanario habían corroborado la hermosura de las estaciones, podían gozarlas más a sus anchas, contemplando la nieve ligera que aquel invierno cubrió las tierras en el momento preciso en que pensaban ir a recoger leña, saboreando muchos amaneceres crujientes como el hojaldre que dejaban trazas rosas en cielos más transparentes que el amor, salando y adobando grandes piezas de caza, que parecía no agotarse nunca. Considerando todo aquello, no dejaban de asentir con la cabeza o de intercambiar una mirada, y luego volvían a sus quehaceres sin comentar nada más.

A propósito de la caza, una noche el padre comentó algo que hizo que Maria enarcara una ceja. Estaban cenando panceta y remolachas a la brasa, aderezadas con una cucharada de nata mezclada con sal gorda.

—Las presas son más abundantes, pero la caza es más escasa —dijo.

Maria sonrió y luego volvió a acercar la nariz a la remolacha humeante. El padre era un hombre de campo, brusco y poco conversador, que andaba pesadamente y siempre se tomaba su tiempo. Partía los troncos a un ritmo que cualquiera del pueblo habría podido aventajar, pero como veían que la regularidad acompañada de tenacidad era preferible a la velocidad, todas las viudas de la comarca le rogaban que se encargara de su leña, por la que él les pedía una módica suma cuando ellas habrían querido darle el quíntuplo. Cultivaba la misma cadencia en todos sus asuntos, incluidos los íntimos. No expresaba demasiada tristeza ante las pruebas y los duelos que, sin embargo, habían sido terribles, ya que su mujer y él habían perdido a sus dos hijos cuando éstos eran muy pequeños y la pena continuaba siendo cruel más años de los necesarios. Por suerte, era igual con las alegrías, y Maria era la bendición de su madurez, aunque ello jamás se tradujera en demostraciones en las que su amor se concentrara, en lugar de eso lo repartía regularmente del mismo modo que rastrillaba su huerto y trabajaba sin prisas y sin pausas, y de tal manera lo disfrutaba, como un regalo que bañara uniformemente sus años. Asimismo, al conversar velaba por que sus palabras no rompieran el equilibrio de las emociones, sino que abrazaran amorosamente sus contornos. Maria era consciente de todo aquello, así que respondió con una sonrisa a la observación de su padre, que pasó por encima de la cena como un vuelo de jóvenes tordos.

Pero tenía razón: la caza se había vuelto más escasa. Los hechos habían desmentido asombrosamente a quienes hubieran podido pensar que la abundancia de presas llevaría al gozo de matar a porfía. Ante aquella generosidad que inundaba sus bosques y les ofrecía mejores presas que a sus antepasados, los hombres del pueblo habían desarrollado una contención que les hacía elegirlas con esmero. Los últimos inviernos habían puesto fin a algunas incursiones de jabalíes que desenterraban las patatas, habían llenado las despensas de salazones en conserva y habían apartado su diezmo de comida, pero únicamente lo necesario para reconstituir el cuerpo tras sus labores. Es más, tenían la impresión de mandar a los monteros como emisarios en lugar de como batidores y de hacerles ordenar las posiciones con una suavidad inhabitual que convertía la caza en un nuevo arte del intercambio. Por supuesto que los hombres no iban a espantar a las presas en los bosquecillos agitando una bandera blanca y pidiendo educadamente a los conejos que se colocaran delante de las escopetas, pero, de todas formas, los desemboscaban con respeto y no los perseguían más de la cuenta. En verdad, la observación del padre se debía a que aquella misma mañana habían tenido que echar a unos cazadores del cantón vecino que, dada la escasez de caza, habían ido de contrabando a matar el tiempo en las faldas de sus colinas, donde habían encontrado gran abundancia de liebres y de faisanes, e incluso algunos gamos a los que habían disparado varias veces como salvajes, con groseras carcajadas que asquearon a los del pueblo, que fueron a decírselo a golpe de granalla y de plomo. Pero lo peor era que aquella vez el juego no había provocado la vanagloria viril que constituía su verdadero objetivo, porque los hombres del pueblo habían tenido la sensación de profanar algo, como uno de ellos (Marcelot, como tenía que ser) resumió bastante bien cuando hubieron regresado a las granjas tras haber expulsado a todos aquellos brutos y haber controlado cada rincón del bosque: «Malditos infieles, no tienen ningún respeto por el trabajo». De ahí la observación del padre. Pero Maria intuía que éste había sacado conclusiones de los acontecimientos del día que desbordaban la indignación.

Por lo demás, en cuanto a las demostraciones de afecto, Maria no sufría carencia alguna, pues las mujeres del pueblo eran tan pródigas en ellas como en padrenuestros y leche, con la que trataban incansablemente de fortalecer a aquella niña demasiado flaca (pero tan bonita) que no recordaba haber vuelto a la granja ni una sola vez sin que la recibieran con chicharrones. Pero a Maria le chiflaba el queso de vaca y, para gran desesperación de Jeannette, la mejor cocinera de los seis cantones, esquivaba los *civets*, los guisos y, en general, las preparaciones mezcladas. Iba al horno y cogía su parte de la cena en forma de productos separados: mordisqueaba una zanahoria y le asaban un pedacito de carne que se comía aparte, con un pellizco de sal y una pizca de ajedrea. La única excepción a aquel régimen de caza y de bosque eran los prodigios de Eugénie, que era una maestra de las mermeladas y de las decocciones de flores bonitas. Pero ¿quién habría podido resistirse a sus manjares? Llevaban su dulce de membrillo a las comuniones solemnes e incluso a las bodas, y hasta sus infusiones parecían mágicas; así se explicaban los suspiros de satisfacción que se permitían al final de la cena. Por lo demás, Eugénie vivía volcada en el estudio de las plantas medicinales, y el cura la consultaba a menudo y la respetaba mucho, dado que conocía un número impresionante de especies y de usos terapéuticos cuyo origen se remontaba a una antigüedad que él desconocía por completo. Sin embargo, Eugénie privilegiaba sobre todo lo que se encontraba en abundancia en la región y había probado su eficacia a lo largo de los años, razones por las que había instaurado una tríada victoriosa que parecía, al menos en la granja, haber demostrado sus virtudes: tomillo, ajo y espino blanco (que ella llamaba noble espina o pera de pájaro, nombres que el cura había comprobado y que, en efecto, eran los más populares para designar el arbusto). A Maria le apasionaba el espino blanco. Le gustaba la corteza gris plateada que sólo se vuelve castaña y granulosa con el tiempo, y las flores ligeras de un blanco teñido de rosa con tanta delicadeza que dan ganas de llorar, y le encantaba recogerlas con Eugénie los primeros días de mayo, cuidando de no arrugarlas y poniéndolas a secar enseguida a la sombra de una despensa engalanada como una novia. Por último, le gustaba la infusión que preparaban cada noche vertiendo una cucharada de flores en una taza de agua hirviendo. Eugénie juraba que fortalecía el alma y el corazón (cosa que ha demostrado la farmacopea moderna) y que también devolvía la juventud (cosa que no se ha demostrado en los libros). En fin, que si Eugénie no tenía ni la misma edad ni el mismo ojo que Angèle, de todas formas era una abuela a la que tampoco se le podía tomar el pelo impunemente. Y si Angèle había conjeturado muy pronto que Maria era de naturaleza mágica, Eugénie también lo percibía con una intensidad creciente desde los acontecimientos del oquedal. Un amanecer en que bajó a la cocina tras las primeras oraciones, se detuvo en seco ante la gran mesa de madera donde comían. La sala estaba en silencio. Las otras abuelas daban de comer a las gallinas y ordeñaban las vacas, el padre se había marchado a inspeccionar sus vergeles, y Maria aún dormía bajo el grueso edredón rojo. Eugénie permaneció sola frente a la mesa en la que sólo había una cafetera de barro cocido, un vaso de agua por si alguien tenía sed durante la noche y tres dientes de ajo de la cena. Hizo un esfuerzo de concentración que no produjo más que la visión presente de la que quería deshacerse, y luego se relajó y se aplicó a olvidar lo que miraba.

Entonces vuelve a ver la mesa tal y como estaba la víspera, cuando ella es la última en marcharse después de apagar la lámpara. Saborea la quietud de la sala todavía tibia donde una familia feliz ha cenado, se entretiene en los recovecos oscuros que la tenue iluminación engalana con algunas perlas de luz; y su mirada regresa a la mesa donde sólo queda un vaso de agua junto a una cafetera y tres dientes de ajo olvidados. Entonces comprende que Maria, que a veces atraviesa la casa durante las horas sombrías del sueño, ha venido durante la noche y ha cambiado de sitio los dientes de ajo —algunos centímetros— y también el vaso de agua —unos milímetros más bien—, y que esa ínfima traslación de cinco elementos triviales ha cambiado el espacio por completo y, a partir de una mesa de cocina, ha engendrado una pintura viviente. Eugénie sabe que no tiene palabras porque ha nacido campesina; jamás ha visto un cuadro aparte de los que adornan la iglesia y cuentan la Historia Sagrada, y no conoce más belleza que la del vuelo de los pájaros, las auroras primaverales, los senderos de bosques claros y las risas de niños queridos. Pero sabe con una certeza de hierro que lo que ha llevado a cabo Maria con tres dientes de ajo y su vaso es una composición del ojo que corteja lo divino, y entonces observa que, además de los cambios en la disposición de las cosas, hay un añadido que el sol le revela al instante: una ramita de hiedra colocada justo al lado del vaso. Es perfecto. Tal vez Eugénie no tenga palabras, pero tiene talento. Del mismo modo que *ve* la acción de las plantas medicinales en los cuerpos y la medida de los gestos de la curación, puede ver el equilibrio en el que la pequeña ha situado los elementos, la espléndida tensión que los habita y la sucesión de vacíos y de llenos sobre un fondo de oscuridad sedosa en el que se esculpe un espacio sublimado por un marco. Entonces, aún sin palabras pero por la gracia de la inocencia y del don, Eugénie, sola en la cocina con las cintas que peinan ochenta y seis años de infusiones de espino blanco, recibe en pleno corazón la magnificencia del arte.

Aquella mañana Maria bajó temprano a cortarse un trocito de queso en la despensa. Pero en lugar de ir a pasar un rato en los árboles antes de clase, regresó a la cocina, donde Eugénie, en su puesto de combate, removía una cacerola con una mezcla de ramas de apio, de flores de vincapervinca y de hojas de menta con la que preparaba una cataplasma para una joven madre que padecía una obstrucción mamaria. Maria se sentó a la gran mesa donde los dientes de ajo no habían cambiado de lugar.

—¿Le has puesto apio? —preguntó.

—Apio, vincapervinca y menta —contestó Eugénie.

—¿Del apio que cultivamos? —preguntó Maria.

—Del apio que cultivamos —volvió a decir Eugénie.

—¿Que has recogido del jardín?

—Que he recogido del jardín.

—¿Que no huele tan mal como el silvestre?

—Que huele mejor que el silvestre.

—Pero ¿que no es tan eficaz?

—Eso depende, cielo mío, eso depende del viento.

—¿Y la vincapervinca no es melancólica?

—Sí que es melancólica.

—¿No se da para expresar la tristeza?

—También se da para expresar educadamente la tristeza.

—¿Es vincapervinca del bosque?

—Es vincapervinca del talud que hay detrás de las jaulas de los conejos.

—¿Que no es tan eficaz como la del bosque?

—Eso depende, hija mía, eso depende del viento.

—¿Y la menta, tita?

—¿Qué pasa con la menta, hija mía?

—¿De dónde viene a esta hora?

—Viene del viento, cielo mío, como todo lo demás, viene del viento que la deja donde le dice el buen Dios y nosotros la recogemos en reconocimiento de sus favores.

A Maria le encantaban aquellos diálogos, cuyos responsorios prefería infinitamente a los de la iglesia, y que ella misma provocaba por una razón que se esclarecerá a la luz de un nuevo acontecimiento que aquel día inundó el pequeño mundo de la granja con sus efluvios exóticos. Hacia las once, Jeannot llamó a la puerta de la cocina, donde estaban reunidas las abuelas oficiando la misma tarea de envergadura, ya que se acercaba el final de la Cuaresma y dentro de poco iban a celebrar la gran cena que los recompensaría de las privaciones sufridas. La cocina olía a ajo y a caza, y la mesa estaba repleta de cestas suntuosas, la más imponente de las cuales rebosaba de las primeras senderuelas del año, que habían recogido en tal cantidad que se derramaban alrededor del mimbre y de las que tendrían para una década de guisados perfumados y de fragantes tarros de conserva. Todo eso a finales de abril.

Enseguida vieron que Jeannot venía por algo relacionado con su cargo, ya que llevaba la gorra de cartero y sostenía la cartera de cuero con las dos manos. Lo hicieron entrar y, aunque se morían de curiosidad, primero le sirvieron una rebanada de pan con paté y un vasito de vino, dado que el acontecimiento merecía los honores que en aquellas tierras se rendían con un poco de cerdo y un trago de tinto. Apenas lo tocó. Dio un sorbo de cortesía, pero se notaba que estaba sumido en algún drama del que llevaba la carga. El silencio se extendió en la sala mecida por el silbido del fuego de debajo de la marmita donde se cocía un conejo. Las mujeres se secaron las manos, doblaron los trapos, se ajustaron la cofia y, todavía en silencio, acercaron las sillas y se sentaron de común acuerdo.

Transcurrió un instante, trémulo como la leche a punto de hervir.

Afuera empezó a llover, un buen chaparrón, a fe mía, que venía de una nube negra que reventó de golpe y que daría de beber para todo el día a las violetas y a los animales, y la sala estaba llena del ruido del agua y de los susurros del fuego ahogados en aquel silencio demasiado pesado para las cinco personas sentadas a la mesa, que estaban tomándole el pulso al destino. Porque no les cabía ninguna duda: era el destino quien otorgaba a Jeannot aquella expresión solemne que sólo mostraba al hablar de la guerra, en la que había hecho de cartero pero que también le había permitido, como a los demás, oler la pólvora y sufrir la miseria de los combates. Lo observaron mientras tomaba otro sorbo de vino, pero esta vez para darse valor, y conscientes de que necesitaba recobrar las fuerzas antes de empezar, esperaron.

—Bueno —dijo al fin Jeannot secándose la boca con el reverso de la chaqueta—, debo entregar una carta.

Y abrió la cartera para sacar un sobre que colocó en medio de la mesa con el fin de que todas pudieran mirarlo a sus anchas. Las abuelas se levantaron y se inclinaron. Volvió a reinar el silencio, tan vasto y sagrado como una gruta primitiva. En la oscuridad de la tormenta, el sobre era como un pequeño pozo de luz, pero de momento las ancianas sólo mostraban interés por las letras de tinta negra que simplemente decían:

Maria
Granja de la Hondonada

Iban acompañadas de un sello que no habían visto jamás.

—Es un sello italiano —dijo Jeannot rompiendo el silencio, porque veía que a las abuelas se les cansaba la vista con el pequeño cuadrado misterioso.

Éstas se desplomaron como un solo cuerpo sobre la paja de las sillas. Afuera la lluvia arreciaba y estaba más oscuro que a las seis de la mañana. El olor del conejo que se cocía a fuego lento con vino se mezclaba con el sonido del agua, y el interior de la granja era un mismo salmo fragante que envolvía a la pequeña sociedad inclinada ante el sobre de Italia. Transcurrió otro instante en el limbo de la circunspección. Luego Jeannot se aclaró la garganta y volvió a tomar la palabra, ya que le parecía haber dejado un lapso de tiempo decente para hacer cualquier observación.

—Bueno, ¿hay que abrirla? —preguntó con una voz a la vez neutra y alentadora.

Las abuelas se miraron bajo sus cofias con cintas pensando lo mismo, es decir, que semejante acontecimiento requería el consejo familiar al completo, que no podría celebrarse hasta que el padre regresara de sus labores y la madre de la ciudad, donde llevaba tres días al lado de su hermana, cuya hija menor era tuberculosa (había ido con una bolsa llena de los ungüentos de Eugénie, remedios que esperaban con impaciencia, desesperados por los medicamentos oficiales, que tenían poco efecto, mientras las fuerzas de la joven declinaban a ojos vistas). O sea —y es el cálculo que las cuatro ancianitas hacían para sus adentros, pensando en Italia—, al cabo de dos días y dos noches. Una tortura.

Jeannot, que presenciaba los plazos interiores de las señoras como si las oyera, se aclaró de nuevo la voz y, con un tono que esta vez pretendía ser firme y paternal, sugirió:

—Es que tal vez sea urgente.

Las rutas postales que van de Italia a la baja comarca son enigmáticas, pero al menos se puede dar por sentado que no se recorren en tres horas y que no se privilegian en épocas de peligro. Más aún sin dirección ni patronímico. Con todo, de repente la sala se tiñó de un inquietante color a urgencia, además de la lluvia y del conejo. Angèle miró a Eugénie, que miró a Jeannette, que miró a Marie, y así se cruzaron las miradas hasta que los mentones entraron a su vez en el baile y se pusieron a oscilar suavemente con un canónico sentido del ritmo que incluso maravillaría a un experimentado director de coro. Asintieron con la cabeza durante dos o tres minutos más, con una determinación tan creciente que arrastró a Jeannot, a quien de pronto le apeteció un poco de paté, aunque no quería romper la concordia de aquel admirable ordenamiento de mentones. Entonces se decidieron.

—Al menos podemos abrirla —dijo Angèle—. Eso no nos compromete a nada.

—Desde luego —dijo Eugénie.

—Sólo la abriremos —dijo Marie.

Y Jeannette no dijo nada pero pensó lo mismo.

Angèle se levantó, fue a buscar al cajón del aparador el cuchillo fino que antaño había abierto tantas cartas de soldados, tomó el sobre italiano con la mano izquierda y con la derecha introdujo la punta afilada y empezó a cortar el borde.

Entonces todo estalló. La puerta se abrió al vuelo y en el marco se perfiló la silueta de Maria bajo la tormenta, con un fondo de campo; y la lluvia, que caía a mares desde hacía media hora, se transformó en un diluvio tan recio que sólo se oían las trombas de agua en el patio. Ya conocían los aguaceros torrenciales que en un abrir y cerrar de ojos inundan la tierra volviéndola sumergible, pero ¡aquello no tenía nada que ver! Era otra cosa, puesto que el agua no permanecía en el suelo, sino que se arrojaba contra él con una violencia que hacía zumbar todo un territorio convertido en un gigantesco tambor y luego volvía hacia el cielo en forma de géiseres humeantes cargados y retumbantes del estrépito de los impactos. Maria permaneció un instante más en la puerta, en medio del alelamiento general y del espantoso estruendo de las aguas. Luego la cerró, se dirigió hacia las abuelas y alargó la mano en dirección a Angèle, quien, sin saber qué hacía, le tendió la carta. El mundo se desbarató y se restableció repentinamente, la lluvia cesó y, en el silencio recobrado, un chisporroteo del conejo que chapoteaba en su jugo sobresaltó a todo el mundo. Angèle miró a Maria, que miró a Angèle. Callaban y saboreaban como nunca la incomparable alegría de estar en silencio en una cocina que olía a guiso de conejo, mientras miraban a Maria, cuyo rostro traslucía una nueva gravedad, sintiendo que algo se había metabolizado en ella en un armazón desconocido del alma.

—¿Y bien, pequeña mía? —acabó diciendo Angèle con voz trémula.

Maria susurró:

—No lo sé.

Y como nadie decía palabra, añadió:

—Sabía que la carta era para mí y he venido.

¿Qué hacer cuando el pulso del destino se acelera así? Lo bonito del candor que se concentraba en aquella sala de granja burbujeante de guiso al vino blanco es que acepta lo que no entiende. Las palabras de Maria convenían a la creencia secular de que el mundo era más viejo que los hombres y, en consecuencia, reacio a explicaciones exhaustivas. Lo único que querían era que la pequeñina estuviera bien, y mientras Eugénie preparaba una infusión de espino blanco, se sentaron de nuevo en las sillas de las que se habían levantado de golpe al desatarse la tormenta, y esperaron pacientemente a que Maria abriera una misiva que esta vez no rechistó ante la ofensa del cuchillo. Maria sacó del sobre una hoja de papel doblada en cuatro de una textura tan frágil que la tinta había traspasado, en la que habían escrito en una cara sólo las siguientes líneas:

la lepre e il cinghiale vegliano su di voi quando
camminate sotto gli alberi
i vostri padri attraversano il ponte per abbracciarvi
quando dormite

Maria no sabía italiano, pero al igual que le gustaban las respuestas de Eugénie porque arrastraban un compendio del mundo que lo volvía más lírico y puro, sentía el soplido de las líneas en el oído, tan sólo mirándolas, sin comprenderlas del todo, con una vibración de cántico. Hasta entonces, los cánticos más hermosos que conocía eran los de la violeta y el espino blanco que cantaba Eugénie en sus oficios de recolectora, y si se les unían los de las jaulas de los conejos y los apios del huerto, no le parecía que los apartaran de lo divino, sino que daban a la fe una forma mucho más intensa que el latín de la iglesia. Pero aquellas palabras que ni siquiera sabía pronunciar dibujaban una nueva tierra de poesía y despertaban en su corazón un hambre inédita.

Con todo, Maria cultivaba la religión de la poesía a diario, cuando subía a los árboles y escuchaba el canto de las ramas y de las hojas. Había comprendido muy pronto que los otros se movían por el campo como ciegos y sordos para quienes las sinfonías que ella escuchaba y los cuadros que abarcaba no eran sino ruidos de la naturaleza y paisajes mudos. Recorriendo los campos y los bosques, estaba en contacto permanente con flujos materiales, trazados impalpables pero visibles que le mostraban los movimientos y las radiaciones de las cosas, y si en invierno le gustaba ir a los robles de la hondonada del campo vecino, era porque a los tres árboles también les gustaba el invierno y esbozaban vibrantes estampas que ella veía y de las que sentía las pinceladas y las curvas como si fueran grabados encarnados en los aires. Además, Maria no sólo dialogaba con la materia, sino que también conversaba con los animales de aquellas tierras. No siempre había sabido hacerlo tan fácilmente. La capacidad de ver el pasado en imágenes, la de discernir la disposición adecuada de las cosas, la de que la avisaran de un acontecimiento relevante como la llegada de la carta y la inminencia de un peligro si no la abría ella misma, y, por último, la de charlar con los animales de los pastos, de los valles y de los bosques, se había acrecentado tras la aventura del claro del este. Aunque siempre hubiera visto las grandes cascadas magnéticas del universo, nunca las había contemplado con tanta claridad, que ignoraba si venía de la revelación del jabalí fantástico o de algo que había cambiado esa noche. Tal vez la sorpresa de descubrir el secreto de su llegada al pueblo le hubiera permitido reconocer en sí misma la existencia de sus dones, o tal vez la magia de aquel ser sobrenatural la hubiera bendecido con nuevos talentos y la hubiera transformado en una Maria inédita cuya sangre irrigaba de manera distinta. Lo cierto era que podía hablar con los animales con una soltura que aumentaba a diario y, al igual que con los árboles, esto pasaba por la captura de las vibraciones y de los flujos que emanaban de ellos, que ella leía como extractos topológicos y que retorcía ligeramente para hacer oír sus propios pensamientos. Es difícil describir algo que no se puede experimentar, pero es probable que Maria jugara con las ondas del mismo modo que otros pliegan, despliegan, ensamblan, anudan y desanudan cuerdas. Así, empujaba con la fuerza de su espíritu la curvatura de las líneas en las que estaba presa su percepción del mundo y ello creaba un vivero de palabras mudas que daba cabida a toda la paleta de diálogos posibles.

De entre todos los animales, prefería hablar con las liebres. Su modesto resplandor se modelaba fácilmente y sus conversaciones ligeras le proporcionaban información a la que otras bestias más pretenciosas no prestaban atención. Por las liebres supo del caballo gris después del día de las flechas oscuras, y por ellas comenzó a sospechar que desde entonces contaba con algún tipo de protección —no sabría decir cómo ni por qué, pero las liebres hablaban de un vaivén de las estaciones y de una especie de sombra que de vez en cuando vagaba por el bosque—. Por otra parte, las liebres no supieron decirle cómo había llegado el caballo, pero habían percibido su angustia al no lograr alcanzarla. Tampoco tenían respuesta para lo que ella le había gritado —«¿Cuál es su nombre?»—, pero presentían que una fuerza que no era ni buena ni, por desgracia, estaba desarmada le había impedido revelárselo. Con todo, Maria iba constatando los estigmas de aquella fuerza en la hermosa campiña. Una tarde que estaba tumbada en la hierba del baldío y dejaba vagar su pensamiento a merced de los cantos que aquí y allí se manifestaban en el atardecer de marzo, de pronto se puso en pie de un salto con una vivacidad de gato asustado porque la música de los árboles había cesado de repente y había dado paso fugazmente a un gran silencio helado. Era para morirse. Es más, estaba convencida de que aquello no era natural, que algún poder había obrado con determinación, que aquel poder ardía en deseos de cumplir algún propósito muy morboso y muy negro y que lo que apenas había durado tres segundos se reproduciría con más vigor. Maria también sabía que era demasiado joven para comprender el juego de rivalidades de las grandes fuerzas, pero percibía la agitación de un enloquecimiento que creía más lejano. No podía penetrar la sustancia de aquella intuición que la llevaba al bosque en busca de alguna liebre con la que compartir su desasosiego, pero estaba convencida de que algún desbarajuste en el firmamento de las potencias provocaba semejantes acontecimientos inéditos.

Fue en aquella época, durante una primavera que era un poco menos espléndida que las anteriores (no llovió en el momento exacto en que lo hubieran deseado y heló algo más tarde de lo necesario para los albaricoqueros del vergel), cuando Maria tuvo un sueño del que se despertó con una sensación de júbilo y de espanto entremezcladas.

El poema italiano ya había suscitado un alboroto considerable. Nadie podía traducirlo, y el señor cura lo miró con perplejidad, porque su conocimiento del latín le permitía adivinar las palabras, pero no comprender la intención del conjunto, ni tampoco las circunstancias de su distribución postal. Sopesó la posibilidad de presentar a las autoridades eclesiásticas una serie de hechos que ni la razón ni la fe permitían aclarar satisfactoriamente, pero resolvió *in fine* no escribirles y de momento guardarse para sí la lista de cosas asombrosas de aquellos tiempos. En lugar de eso, se hizo traer de la ciudad un buen diccionario de italiano cuya cubierta roja de textura de pétalo iluminó la austeridad clerical de su viejo vade gastado. La belleza que descubrió en las sonoridades de aquella lengua superaba en beatitud todos los trances verbales que conocía, incluidos los del latín, lengua que, no obstante, amaba con ternura. Comoquiera que pronunciara el italiano, tenía en la boca el mismo sabor de agua clara y de violetas mojadas y ante los ojos la misma visión de alegres remolinos en la superficie de un lago verde. Mucho tiempo después de haber traducido el poema y meditado sobre su llegada a la granja, continuó leyendo palabras del diccionario y en algunos meses atesoró un conocimiento básico que le permitía comprender las citas que a veces acompañaban a las definiciones —ya que al final del volumen había un compendio de conjugación que le dio destreza sin quitarle el ardor—. Resumiendo, en seis meses el cura hablaba un italiano vacilante con giros quizá inhabituales en Roma y un acento que la fonética indicada no podía asegurar por completo, pero también con la solidez que se adquiere cuando se estudia bien algo que no se puede practicar. Compartió el resultado de su traducción y no lograron ir mucho más lejos de algunas conjeturas y asentimientos de cabeza: creían que la carta no había llegado allí por casualidad y que, en efecto, iba destinada a Maria; se preguntaban qué sentido tenían la liebre y el jabalí en aquel paisaje, y si cuando pasearan bajo los árboles, a fe mía... Suspiraron. Pero impotencia no significa quietud, y todo aquello prosiguió en silencio en los corazones, que se preguntaban cuál sería el próximo trajín y si la pequeña aún estaba a salvo. Por eso Maria, que sabía todo aquello, no dijo palabra de su sueño. Un gran caballo blanco se acercaba por la niebla, luego pasaba y ella caminaba bajo un arco de árboles desconocidos a lo largo de un camino de piedras planas. Entonces comenzaba la música. No hubiera sabido decir cuántos cantantes había, ni si eran hombres, mujeres o incluso niños, pero oía claramente sus palabras, que repitió con fervor en la oscuridad del amanecer. Una lágrima corrió por su mejilla.

el renacimiento de las brumas
los sin raíces la última alianza

Al final, cuando los coristas callaron, oyó una voz que repetía «la última alianza», y luego se despertó maravillada por las músicas y entristecida por aquella voz que no era ni joven ni vieja y contenía todas las alegrías y las penas. Maria ignoraba por qué entonces quiso saber el nombre del caballo plateado, pero durante algunos minutos le había parecido la única cosa importante en el mundo. Asimismo, aquella mañana nada le interesaba tanto como volver a escuchar la voz de plata pura. Y si la perspectiva de tener que marcharse del pueblo algún día la llenaba de una aflicción tanto más grande cuanto presentía que sucedería antes de cuando los niños suelen abandonar los lugares donde los protegen y los quieren, el deseo que le despertaba aquella voz también le enseñaba que se marcharía sin vacilar, fueran cuales fueran los desgarros y las lágrimas.

Esperaba.

LEONORA
Tanta luz

Tras el descubrimiento del poema en el margen de la partitura y la revelación de una oscura traición que amenazaba a una desconocida llamada Maria, Clara estuvo unos días sin ver al Maestro, y parecía que Pietro lo hubiera acompañado, ya que reapareció en la villa la tarde que la informaron de que las lecciones matinales se reanudarían al día siguiente. Clara se sorprendió de la alegría que sintió al volver a verlo, aunque se mantuvieron fieles al pacto lacónico del primer día y apenas cruzaron algunas palabras antes de retirarse a sus aposentos. Pero en la voz y los gestos del corpulento hombre un poco encorvado había algo familiar que le dio la impresión de un regreso al hogar, y se asombró de que en un lapso de tiempo tan corto, salpicado de muestras de ternura tan raras, quisiera más a los dos únicos hombres que frecuentaba en Roma que a todos aquellos con los que había vivido hasta entonces. No era el reflejo engalanado que envolvía a los seres humanos reunidos alrededor de la mesa de la granja, sino que los caballos salvajes y las piedras del sotobosque creaban un afecto sin efusiones cuyo campo de resonancia se extendía hasta Pietro Volpe. Así acudió la mañana siguiente al gabinete de ensayo, donde la lección empezó igual que las demás. Pero a la hora en que debería haberse marchado, el Maestro hizo traer té.

—¿Has tenido más sueños? —le preguntó.

Clara hizo un gesto de negación.

—Las verdaderas visiones no vienen al azar —dijo el Maestro—. Quien quiere ver las controla.

—¿Tú puedes ver a Maria?

—Me dicen dónde está y qué hace. Pero yo no la veo como tú la viste en aquel sueño, ni como podrías verla simplemente decidiéndolo.

—¿Cómo sabes que podré?

La cara del Maestro se transfiguró con una expresión cuyas células de carne y hueso gritaban amor.

—Lo sé porque conozco a tu padre —dijo—. Tiene un grandísimo poder de visión, y creo que tú tienes el mismo.

Una burbuja de silencio parecida a la de la tarde del poema le reventó en el pecho y le dolió.

—¿Conoces a mi padre? —preguntó Clara.

—Lo conozco desde hace mucho tiempo —dijo el Maestro—. Escribió el poema de la partitura para ti. Cuando lo leíste, te condujo hasta Maria.

Transcurrió un largo momento durante el cual la burbuja se rehízo y luego reventó una decena de veces.

—¿El jabalí y la liebre son nuestros padres? —preguntó.

—Sí.

Clara se quedó sin aire.

—Pero no sé cómo hacerlo —dijo al fin.

—Cuando tocas el piano, tienes visiones.

—Veo paisajes.

—La música te une a los lugares y a los seres. Esos paisajes existen y Maria es real. Vive lejos, en Francia, en un lugar donde pensábamos que estaría protegida durante mucho tiempo. Pero ahora el tiempo apremia y debes confiar en los poderes de los tuyos y de tu arte.

Entonces el Maestro se puso en pie y Clara comprendió que la mañana en el gabinete de ensayo había terminado. Pero una vez en la puerta, éste aún le dijo:

—Esta noche te presentaré a una señora que se llama Leonora. Ayer nos recordó que cumpliste once años en noviembre y me pidió que te invitara a cenar.

Al anochecer se dirigieron a la ladera de otra colina. El propio Maestro los acogió en la escalinata de una bella mansión, al final de una alameda con unos árboles grandes que Clara aún no había visto en Roma. En la oscuridad que reinaba a aquella hora no se distinguía el jardín, pero se oía la corriente de un arroyo cuyas piedras componían un motivo melódico que le despertó imágenes de luciérnagas vacilantes y de montañas envueltas en niebla. Miró al Maestro y le pareció que tenía ante sí a otro hombre, que no era ni el profesor de música ni aquel al que los fantasmas daban el rostro de las pasiones, sino un alma colmada de anhelos que volaban como flechas en la misma dirección. Entonces la vio, morena y muy alta, escondida en la sombra del Maestro. Tenía el pelo corto y los ojos inmensos; llevaba un vestido sobrio que podía parecer austero; nada de maquillaje y, en el dedo anular, un anillo de plata de una finura extrema. La edad había añadido a su magnífica sobriedad unas arrugas que redoblaban las líneas puras de su vestimenta. El trazado de sus hombros, ataviados con una tela de seda sin pliegues ni motivos, resultaba admirable, y la palidez del tejido, el piqué en el dobladillo de su escote, la piel desnuda y un poco nacarada, y el brillo oscuro de sus rizos eran como los paisajes marítimos donde se encuentran los vaivenes de la arena y del cielo, con ese refinamiento de colores apagados que sólo alcanzan las obras maestras del diseño.

Conviene decir quién era Leonora, además de la hermana de Pietro y de la mujer del Maestro. La casa Volpe era una vieja dinastía de prósperos marchantes de arte. Antes de que Clara fuera a vivir allí, Pietro celebraba grandes recepciones, a las que había renunciado con el fin de que Clara permaneciera oculta. Asimismo, los Acciavatti recibían a artistas de su tiempo que, desde las primeras visitas, adquirían sus propias costumbres en la villa hasta el punto de ir a comer allí a diario o a charlar después de la cena. Por eso Leonora Acciavatti, nacida Volpe, nunca había vivido sola. El permanente flujo de huéspedes de la casa familiar se había desplazado hacia la que compartía con el Maestro, y Leonora había conservado la misma manera singular de acoger que antaño tenía allí. Los invitados no la seguían por las galerías sino que, por el efecto de una geometría que ignoraba la línea recta, se adaptaban a las trayectorias curvas de sus movimientos. Por otra parte, no se sentaban *delante* de ella sino que se colocaban a su alrededor según las coordenadas geodésicas que dibujaban en el espacio íntimo los contornos de una esfera invisible. Entonces, cenando, seguían con los ojos una red de líneas curvas cuyo arqueo abrazaban los gestos de Leonora, y luego se marchaban llevándose consigo un poco de la gracia de aquella mujer que no era hermosa pero a la que encontraban sublime, cosa que, en aquel lugar lleno de arte, resultaba insólito, ya que ella no era música, no pintaba ni escribía, y se pasaba el día conversando con espíritus más brillantes que ella. Pero a pesar de que no viajara y de que no tuviera querencia por los cambios, a pesar de que muchas mujeres con el mismo destino no fueran sino elegantes, Leonora Acciavatti era un universo. De heredera prometida a engorro de su casta, el destino la había convertido en un alma soñadora dotada del poder del más allá, tanto que, junto a ella, uno sentía nacer ventanas al infinito y comprendía que sólo ahondando en uno mismo se escapa de las cárceles.

Aunque jamás le hayan acariciado, todo humano posee una conciencia innata del amor, y aunque todavía no ame a nadie, lo conoce por una memoria que atraviesa los cuerpos y las edades. Leonora no caminaba, sino que se deslizaba dejando tras ella una estela de barco fluvial, y a cada paso, que deformaba y volvía a formar una atmósfera tan sedosa como la arena de las orillas, el corazón de Clara se acercaba un poco más al conocimiento que siempre había tenido del amor. La siguió hasta la mesa y contestó a sus preguntas sobre el piano y las lecciones. Sirvieron una cena exquisita y festejaron alegremente sus once años. Por último se despidieron en la escalinata, con la extraña música del agua, y Clara regresó por la noche fría al solitario aposento del patio. Pero se sentía menos sola que nunca desde que estaba en Roma, porque había percibido en Leonora la pulsación familiar de las montañas de los Abruzos, la misma que brotaba continuamente de sus tierras de rocas y de cuestas. Durante mucho tiempo no había conocido aquella pulsación bajo ninguna otra forma. Pero tras la partitura azul de la iglesia, percibía la misma vibración recorriendo los caminos o tocando obras bonitas, una vibración que no sólo venía de los lugares a los que sus ojos o su piano la unían, sino también de su espíritu y de su cuerpo iluminados por el hecho de tocar música. Y aquella frecuencia conjunta de la tierra y del arte se encontraba en los ojos y los gestos de Leonora —a quien Roma veía como parte de la élite con la que era natural que el Maestro se aliara—, aunque Clara fuera la única que comprendiera verdaderamente qué había reconocido el Maestro en ella.

Pero no volvieron a verse durante el invierno. Clara trabajó arduamente bajo la dirección del Maestro, que continuó pidiéndole que afinara su poder de visión. Pero ella no veía nada, ni en sueños ni de día. Con todo, el Maestro no manifestaba impaciencia alguna y sólo velaba por que tocara partituras que a ella le parecían tan muertas como las piedras de la ciudad. Acciavatti nunca le respondía cuando le preguntaba por qué elegía aquellas piezas tan aburridas, pero había aprendido a discernir las razones en la pregunta que él le hacía a continuación. Así, una mañana que Clara le interrogaba por un fragmento que la hacía bostezar, el Maestro frunció el ceño y le preguntó qué hace que un árbol sea bonito en la luz. Ella cambió el tempo y la pieza adquirió una elegancia que no había sospechado al principio. En otra ocasión en que se dormía con una pieza de una tristeza tan inútil que ni siquiera podía llorar tocándola, el Maestro quiso saber qué sabor tenían las lágrimas bajo la lluvia y, volviendo sus dedos más ligeros, Clara sintió una melancolía blanca enterrada bajo el academicismo de los sollozos. Pero el diálogo más importante ocurrió una mañana de abril en que, harta de ensayar una partitura vacía, simplemente dejó de tocar.

—No se ve nada —dijo—, sólo hay gente que parlotea y que pasa.

Para su gran sorpresa, el Maestro le indicó que se levantara y se sentara con él a la mesa donde tomaba el té.

—Tienes mucho talento, pero sólo conoces tus montañas y tus cabras, y lo que te enseñó del mundo el cura, que todavía sabe menos que las cabras —le dijo—. Sin embargo, había una vieja criada y un pastor que te contaban historias.

—Yo escuchaba su voz —dijo ella.

—Olvida las voces y acuérdate de los relatos.

Y como Clara lo miraba sin comprender, el Maestro añadió:

—Las historias no interesan en el lugar de donde vengo, basta con el canto de la tierra y del cielo.

A continuación, tras un titubeo:

—En tu aposento hay un cuadro, ¿verdad? Lo pintó

hace mucho tiempo un hombre que venía de mi comarca y a quien, como a mí, le interesaban los relatos. Esta noche vuelve a mirar el cuadro y quizá veas lo que la tierra y los paisajes ocultan en tu corazón, a pesar de las leyendas de la vieja criada y de los poemas del pastor. Sin tierra, el alma está vacía, pero sin relatos, la tierra está muda. Tú debes contarlos tocando.

Le ordenó que volviera a su lugar ante el piano y Clara tocó de nuevo la partitura vocinglera. No había entendido lo que trataba de decirle el Maestro, pero oyó una voz más profunda por debajo de las que peroraban y pasaban.

Alzó los ojos hacia él.

—Acuérdate de los relatos —dijo poniéndose en pie—. Son la inteligencia del mundo, de éste y de todos los demás.

Por la noche fue a casa de Pietro para trabajar con ella. Era finales de abril, hacía un tiempo muy templado para aquella época del año y en el patio había rosas en abundancia, así como lilas ya floridas cuyo perfume había realzado la lluvia menuda de antes de la cena. Cuando Clara llegó a la sala del piano, se sorprendió al encontrarse a Leonora.

—Acabo de llegar y ya me marcho —le dijo—, pero quería darte un beso antes de la lección.

Y, en efecto, iba arreglada para salir con un vestido largo de crepé negro, iluminado por dos lágrimas de cristal que aún oscurecían más sus cabellos y sus ojos. Era imposible imaginarse un refinamiento más absoluto que el de la fluidez de aquel vestido y de aquellos pendientes de perlas de agua inmóvil, y como Leonora le añadía los arabescos de sus movimientos, Clara ya no sabía si miraba un río o una llama que se enroscaba sobre sí misma.

—Sé que te cuentan muy pocas cosas y que te piden que trabajes en soledad —dijo Leonora.

Se volvió hacia Gustavo y Pietro.

—Pero confío en estos hombres. Así que vengo a compartir contigo mi ceguera y mi fe, y a preguntarte si quieres tocar el piano para mí.

Y propagando en la noche su frecuencia como si fuera un perfume raro y ligero, siguió diciendo:

—Me gustaría escuchar la partitura que tocaste en la iglesia la primera vez, la que te dio Alessandro al final y que era azul, creo.

Clara le sonrió. ¿Hace falta decir que en once años de una existencia sin sobresaltos ni tormentos no había sonreído más de cuatro veces? Aunque se hubiera iniciado mucho tiempo atrás en las simpatías naturales, nunca había penetrado el ámbito de las afinidades humanas. Leonora vio su sonrisa y se llevó una mano al pecho mientras Clara tomaba asiento frente al teclado y los hombres se sentaban a su vez. No había vuelto a tocar la partitura azul desde el día de la gran boda. Se acordó de lo que el Maestro le había dicho de los relatos, y a los lagos silenciosos que cantaban el fragmento se les superpuso un hilo extraño que siguió como si fuera una pista. Algo se enrolló en el aire y a continuación se desenrolló en el interior de sí misma. Era algo más que una fragancia pero menos que un recuerdo, y en ello flotaba una nota de tierras y de corazón en forma de una historia de descubrimientos nocturnos que sus dedos quisieron contar. Entonces tocó el fragmento como el primer día, a la misma velocidad y con la misma solemnidad, pero sus manos estaban colmadas de una nueva magia que abría el territorio del sueño en las horas de vigilia. Una lámpara de petróleo iluminaba la mesa alrededor de la cual cenaba la familia. ¿Por qué cristales pasaba aquella visión que Clara ignoraba que no era un sueño sino la percepción actual —lejos, en el norte— del mundo de Maria? A medida que tocaba, se conectaba con un inmenso caleidoscopio en el que su corazón reconocía irisaciones familiares y sobre el que se abalanzaban sus ojos a la manera de las águilas, aumentando el detalle de la escena a cada aleteo. Podía escrutar las caras de los hombres y las mujeres que había visto fugazmente al final del primer sueño. Hablaban poco mientras cenaban y ahorraban en gestos, regulados por el mismo ballet de la vida cotidiana, por la misma cena apacible en la que cortaban el pan en silencio, y velaban por que la pequeña siempre estuviera bien servida y, tras un comentario del padre, se desternillaban de risa antes de volver a meter la nariz en la sopa. Cuando Clara tocó el último compás, todos se rieron a carcajada tendida mientras la madre se levantaba para ir a buscar un frutero lleno de manzanas en la penumbra de la sala. Entonces Clara dejó de tocar el piano y la visión desapareció.

Alzó los ojos. Leonora había puesto la mano sobre la madera oscura y tenía las mejillas inundadas de lágrimas. La cara de Pietro también daba muestras de haber sollozado, y Petrus parecía tan conmovido como despierto. Pero el Maestro no había llorado. Leonora se acercó a ella e, inclinándose, le dio un beso en la frente.

—Me marcho —le dijo secándose las lágrimas—, pero te agradezco lo que nos has regalado esta noche.

Y, volviéndose hacia el Maestro, añadió:

—Ahora sí que habrá más horas.

Más tarde, en su habitación, Clara no podía dormirse. Sentía la brecha que se le había abierto mientras tocaba para Leonora y quería volver otra vez a la granja de Maria. Permaneció un rato abandonada al silencio y dejó vagar su espíritu a merced de los retazos de los relatos que antaño le contaba su vieja criada y, al cabo de un tiempo, una capa líquida de reminiscencias la bañó con toda la gran historia que contenían las pequeñas historias del Sasso. Clara no trataba de seguirlas ni de reconstruirlas por completo, pero de pronto se dio cuenta de que eran de una naturaleza que ella podía transcribir musicalmente: una música insólita en la que a la sonoridad y la tonalidad de las formas se sumaba el mismo estrato que nacía a veces en sus diálogos con el Maestro, y que había percibido la primera noche ante el cuadro de su aposento, en el que la embriaguez de los colores se mezclaba con los relatos de la imagen. Vio a la vieja criada zurciendo mientras le contaba una historia de niños perdidos en la montaña o de pastores extraviados en las cañadas, y se enfrascó en un ensimismamiento sin rumbo ni destino cuya melodía iba más allá de las presencias y de los tiempos. Entonces, por medio de una nueva conflagración de los relatos y las tierras, se abrió en su espíritu el mismo canal que antes había trazado la partitura sin que ella tuviera que hacer esfuerzo alguno para mantener la luz. Oh, tanta luz. En el pequeño mundo de la granja también es de noche y en la sala silenciosa se apagan las últimas brasas. Se siente la fuerza de las piedras alrededor de los seres humanos, que se rodean de ellas y con ellas se protegen, y la fuerza del fuego que extiende sus tentáculos en la invisibilidad de las paredes. A pesar de la oscuridad, las vibraciones minerales y orgánicas dibujan una red luminosa. Clara se maravilla al ver su trazado, ya que Maria está allí, en la extraña claridad, e inmóvil mira la mesa, donde hay una jarra de barro, un vaso de agua medio lleno y unos dientes de ajo olvidados de la comida. Entonces, durante el proceso interminable y fulgurante por el que la mano de la pequeña francesa desplaza el vaso y le añade una ramita de hiedra, se produce una reordenación de la totalidad del universo, de la que Clara percibe los gigantescos crujidos y los desplazamientos de los bancos de hielo, y luego todo se calma y se calla y abraza el genio de la felicidad. Así desde la noche de los tiempos. Clara siguió a Maria por la casa dormida hasta su cama, donde se metió bajo un grueso edredón rojo. Pero antes de adormilarse, Maria abrió los ojos de par en par, clavándolos en el techo, y Clara sintió aquella mirada en el corazón. ¿Acaso era la magia del vínculo entre músicas y relatos? Se quedó perturbada por aquella primera intimidad con un ser que no esperaba nada de ella a cambio y, en el silencio de su dormitorio del patio, por segunda vez aquel día, sonrió. Por último, justo antes de dormirse, tuvo la última visión de una mesa de granja donde la disposición exacta de un vaso, de una jarra y de tres dientes de ajo junto a una rama de hiedra encerraba la magnificencia y la desnudez del mundo.

—La vi mientras tocaba —le dijo al Maestro la mañana siguiente—, y la volví a ver por la noche.

—Pero ella no puede verte.

Escuchó lo que Clara le contó de la cena, de los hombres y las mujeres de Maria, de las risas compartidas y de las piedras protectoras pero vivas. Luego comenzaron la lección con un fragmento que a ella le pareció más apagado y llano que las llanuras.

—Concéntrate en la historia y olvídate de las llanuras —le dijo el Maestro—. No estás escuchando lo que te cuenta la partitura. No sólo se viaja por el espacio y el tiempo, sino sobre todo por el corazón.

Clara tocó con más delicadeza y lentitud y sintió que se le abría un nuevo canal, que desbordaba el paisaje de la llanura y trazaba una red de puntos imantados alrededor de los cuales se enrollaba una historia que la música podría desenrollar. Entonces encontró a Maria. Corría bajo unas nubes tan negras que hasta la lluvia era de color plateado oscuro. La vio atravesar el patio de la granja como una flecha, abrir la puerta con fuerza y luego quedarse un instante frente a un cartero y cuatro ancianitas atónitos. Al fin entró, tendió la mano y se apoderó de la carta. Clara vio que el agua del cielo se descomponía repentinamente y se evaporaba en el silencio y el sol recobrados, y Maria leyó las dos líneas dispuestas en el papel ligero del mismo modo que en la partitura del patio.

la lepre e il cinghiale vegliano su di voi quando
camminate sotto gli alberi
i vostri padri attraversano il ponte per abbracciarvi
quando dormite

Clara sintió la emoción de Maria al descubrir el poema. Luego alzó los ojos hacia el Maestro y mantuvo la coexistencia de las dos percepciones, en una abarcadura con la que veía el aquí y el más allá, la granja extranjera y el gabinete de la ciudad, como motas de polvo en un rayo de luz.

—Es el poder de tu padre —dijo el Maestro tras un silencio.

Clara sintió en su interior una presencia desacostumbrada, un roce ligero pero apremiante.

—¿Ves lo que veo yo? —preguntó.

—Sí, veo a Maria como tú. Quien ve también tiene el poder de hacer ver.

—¿Has mandado tú el poema?

—Ha hecho el lazo entre vosotras —dijo el Maestro—. Pero el poema no es nada sin el don gracias al cual tu música une las almas que se buscan. Hemos hecho una apuesta que puede resultar descabellada, pero cada nuevo acontecimiento parece confirmar que tenemos razón.

—Porque veo a Maria —dijo Clara.

—Porque ves a Maria fuera del Pabellón —dijo el Maestro.

—¿Fuera del Pabellón?

—El Pabellón donde los nuestros pueden ver.

A continuación, Clara le hizo una última pregunta y experimentó una extraña oleada que enseguida desapareció como un sueño.

—¿Algún día veré a mi padre?

—Sí —dijo el Maestro—, eso espero y creo.

Así empezó una nueva era. Por la mañana, Clara trabajaba en el gabinete de ensayo y luego regresaba a la villa del patio para el almuerzo, al que siempre le seguía una siesta, después de la cual se encontraba con Leonora, que acudía a tomar el té y a escucharla tocar el piano. A aquella amistad italiana se le agregaba otra, la que sentía por la pequeña francesa y sus inenarrables abuelas, dado que la visión de Maria ya no la abandonaba y vivía con ella al igual que respiraba. Así, a las horas que pasaba con la mujer del Maestro se les sumaban las de la lejana granja en una perturbación que hacía que las viejas de la Borgoña le resultaran tan familiares como la gran burguesa de Roma. Las seguía durante todo el día de la cocina al jardín y del gallinero a la despensa, rezaran, cosieran, cocinaran o binaran, y escrutando sus rostros pobres erosionados por la edad y las labores, Clara aprendió sus nombres, cuyas insólitas sonoridades se repetía a media voz. De entre todas ellas, su favorita era Eugénie, tal vez porque hablaba con los conejos mientras los alimentaba de la misma manera que se dirigía a Dios cuando rezaba; pero también le gustaba el padre y sus silencios de hombre arisco, y entendía que la confianza que lo unía a Eugénie y a la pequeña discurría bajo la superficie de la tierra, como una afinidad subterránea que se hubiera propagado bajo los campos y los bosques y luego hubiera ascendido a la luz del día a través de la planta de sus pies. En cambio, el caso de Rose, la madre, era muy distinto, porque hablaba un extraño lenguaje de cielo y de nubes y parecía un poco alejada de la pequeña sociedad de la granja. Con todo, a quien seguía del amanecer al anochecer y en el retiro de la noche era a Maria, quien abría los ojos de par en par en la oscuridad y la miraba sin verla era Maria, y eran los paseos de Maria por la campiña —que brillaba con reflejos inefables— los que le llegaban al alma.

Después comenzó otro año y un mes de enero muy frío que atenazaba a Clara con una aprensión dolorosa. Se abrió con el Maestro, mientras trabajaban un amanecer pálido que, como pensaba ella con inquietud, sentaba a las mil maravillas a las piedras muertas de la ciudad.

—Nuestra protección resiste —dijo el Maestro.

Volvió a mirar a través de la visión de Clara y, pasándose la mano por la frente, suspiró y de repente pareció muy fatigado.

—Pero quizá el enemigo es más fuerte de lo que imaginamos.

—Hace tanto frío... —dijo Clara.

—Es su intención.

—¿La intención del Gobernador?

—El Gobernador no es más que un servidor.

Luego, tras un silencio, añadió:

—Dentro de diez días festejaremos el cumpleaños de Leonora y vendrán algunos amigos a cenar. Quisiera que prepararas algún fragmento que te guste y que lo toques para nosotros esa noche.

Hasta aquella noche de la cena de cumpleaños, Clara no había vuelto a ver a Leonora, pero había pensado en ella cada segundo de sus jornadas consagradas a partes iguales a la pieza que había previsto tocar y a Maria, que parecía recorrer febrilmente las tierras pálidas. Había trabajado en el patio sin ir al gabinete de ensayo, en una soledad tanto más grande cuanto que Pietro también había desaparecido, y tampoco se presentó el día que la condujeron a la otra colina. Con todo, desde la mañana sufría un presentimiento doloroso, que había crecido hasta tal punto que tenía la sensación de respirar con tanta dificultad como a su llegada a la ciudad. Durante todo aquel tiempo, Petrus, fiel a sus costumbres, había roncado en su poltrona sin preocuparse por sus tormentos. Pero cuando ella se disponía a acudir a la villa Acciavatti con un humor confuso dominado por la ansiedad, apareció con un traje negro que contrastaba con el desaliño de su vestimenta habitual. El hombre descubrió su mirada asombrada.

—No va a durar —declaró.

Y como ella lo miraba desconcertada, añadió:

—La ropa —dijo—. Es algo muy raro. No sé si algún día me acostumbraré.

Hacía incluso más frío que los días anteriores, y caía una lluvia menuda e insidiosa que calaba hasta los huesos. La alameda serpenteaba en la noche y extendía el canto del agua, que el invierno elevaba a su máximo nivel melódico. Por alguna razón desconocida, Clara sintió una opresión todavía mayor en el pecho, pero no le dio tiempo a pensar en ello porque llegaron a lo alto de la escalinata, donde los esperaba un hombre de rasgos aguileños y familiares. Era extremadamente elegante y vestía de gala con chaqué y pañuelo de seda, pero sus gestos armoniosos suavizaban el disfraz del traje, que parecía una segunda piel. Se notaba que el hombre había nacido provisto de la gracia en la que beben los grandes éxtasis y los incendios interminables, y Clara supo que era hermoso porque respiraba de la misma manera que los árboles, con una amplitud que lo volvía más ligero y más recto a la vez. Por medio de aquella respiración solar abrazaba el mundo con una fluidez que raramente alcanzan los seres humanos, y entraba con el aire y el suelo en la armonía que lo había convertido en un magnífico artista. Más tarde había caído ante el tribunal de una especie que no está hecha para el fervor de los grandes dones, pero aquella noche Alessandro Centi, pues era él, volvía a ser el hombre que fue antaño.

—Bueno, pequeña —susurró—, aquí estamos reunidos a tiempo.

Y la arrastró tras él y empezó a contarle una historia cuyas palabras ella no escuchó, mecida como estaba por el júbilo de su voz. Detrás de ellos, Petrus farfullaba enigmáticamente, pero Clara no pudo entender la causa, porque llegaron a la gran sala iluminada por velas donde su carabina se abalanzó como el rayo sobre una bandeja de copas ambarinas. Gustavo y Leonora charlaban con una decena de invitados que besaron a Clara, a quien presentaron como la sobrina de Sandro pero también como una joven virtuosa del piano. La concurrencia le gustó. Estaban presentes los amigos más cercanos. Todos parecían conocer a Alessandro desde hacía mucho tiempo y alegrarse de que estuviera de nuevo con ellos, y por los retazos de conversación que atrapaba aquí y allá, Clara intuyó que la mayoría eran artistas. Le sorprendió enterarse de que Alessandro era pintor, y oyó que le decían varias veces que volviera a pintar y que no temiera la noche. Servían un vino dorado, se reían y departían con una mezcla de seriedad y de fantasía a la que fue abandonándose poco a poco con una sensación dichosa que no recordaba haber experimentado jamás..., grandeza de las comunidades tejidas por la misma inclinación añadida al calor protector de las hordas primitivas, hombres y mujeres ligados por la conciencia compartida de su fragilidad de estar desnudos y por un deseo que los hermanaba en el vértigo del arte..., y eran el mismo sueño despierto, los mismos abismos y los mismos apetitos que los habían convencido un día de escribir su historia con la tinta de las ficciones de colores y de notas.

Leonora se acercó a hablar con ella y la gente se reunió a su alrededor para escuchar las respuestas de Clara a las preguntas sobre el piano y las horas de trabajo con el Maestro. Pero cuando Gustavo fue a rogarle que tocara, Clara se puso en pie, con el corazón palpitante, mientras el presentimiento que la había perseguido durante todo el día la abrumaba por centuplicado.

—¿Qué vas a tocar? —preguntó una de las invitadas.

—Una pieza que he compuesto —contestó ella, y vio la sorpresa del Maestro.

—¿Es tu primera composición? —preguntó un hombre que también era director de orquesta.

Clara asintió con la cabeza.

—¿Tiene título? —quiso saber Leonora.

—Sí —respondió ella—, pero no sé si debo decirlo.

Todo el mundo se rio y Gustavo enarcó una ceja divertido.

—Ésta es una noche benevolente —declaró—, así que puedes decir el título si la tocas enseguida.

—La pieza se llama «Para su desgracia, ese hombre era alemán» —contestó ella.

La concurrencia se echó a reír y Clara intuyó que no había sido la única destinataria de aquella ocurrencia del Maestro. También vio que éste se reía de buena gana al mismo tiempo que descubría en él la misma emoción que sintió al decirle: «Ahora sí que te reconozco».

Entonces tocó el piano y se produjeron tres acontecimientos. El primero fue la subyugación de todos los presentes en la cena, a quienes la interpretación de Clara transformó en estatuas de sal. El segundo, la amplificación del ruido del agua sobre las piedras del jardín, que se mezclaba tan perfectamente con su composición que comprendió que había vivido en aquella música desde el momento en que la había oído. Y el tercero fue la llegada de un invitado inesperado cuya silueta se perfiló de repente en el marco de la puerta.

Hermoso como todos los ángeles de la gran cúpula, Raffaele Santangelo sonreía y miraba a Clara.

PABELLÓN DE LAS BRUMAS
Consejo élfico restringido

—Sabe que las piedras están vivas. Ni siquiera en la ciudad lo olvida. Y toca el piano milagrosamente. Pero todavía está demasiado sola.
—Leonora está allí y Petrus vela.
—Bebe demasiado.
—Pero es más peligroso que una hueste de guerreros abstemios.
—Lo sé, ya lo he visto beber y pelearse, y convencer a falanges de consejeros hostiles. Y los poderes de Clara están creciendo. Pero ¿de cuánto tiempo disponemos? Tal vez ni siquiera podremos salvar nuestras propias piedras.

EUGÉNIE
Todo el tiempo de la guerra

Tras el mes de abril y el acontecimiento de la carta italiana, en la granja transcurrieron varios meses tan planos como un pan sin levadura. La estación pasó y la reemplazó otra. Maria cumplió doce años y no nevó. El verano fue inesperado. Nunca habían visto un tiempo tan cambiante y caótico, como si el cielo dudara sobre el aspecto que quería adoptar. Las tormentas de San Juan estallaron demasiado pronto. Las noches cálidas sucedieron a los crepúsculos de otoño en los que sentían que la estación cambiaba. Luego el verano se enderezó y volvieron a aparecer hordas de libélulas.

Y Maria seguía conversando con los animales de los bosques. Los rumores de sombras se intensificaban en la comunidad de las liebres, que parecía más sensible que las otras. Pero los ciervos también hablaban entre ellos de una especie de decadencia de los recursos, que algo arruinaba sin que supieran cómo, y aunque de momento el pueblo prosiguiera su vida cotidiana sin intuir el cambio, Maria observaba una paradoja sorprendente: el campo declinaba pero los dones de las abuelas crecían.

La evidencia se manifestó a finales de enero —la noche del cumpleaños de Leonora—, después de que Jeannette se hubiera pasado el día pegada al horno, transformado en un gabinete de alquimista, porque aquella noche recibían a un hermano del padre y a su mujer, que llegaban del sur. La cena, compuesta de una pintada trufada de una terrina de hígado y de un cocido con salsa verde (todo acompañado de cardos tan bien caramelizados que su jugo todavía les colmaba el paladar, a pesar del vino de la costa), fue un triunfo deslumbrante. Una vez completada con una tarta de crema servida con el dulce de membrillo de Eugénie, en la sala no había más que un montón de estómagos felices y estúpidos a punto de sufrir una indigestión. Pero a las dos de la madrugada se oyó un guirigay que despertó a toda la granja, en el dormitorio de Angèle, que se lo había cedido a Marcel y a Léonce. A tientas, encendieron velas y acudieron al cuarto donde Marcel se retorcía de dolor por un ataque de hígado y fiebre, y temieron que le hubiera llegado la hora. Eugénie, que llevaba toda la noche soñando con unas profundas cavernas donde se amontonaban los sedimentos de una materia pegajosa y amarillenta, no sintió ningún alivio al despertarse de aquella pesadilla, porque enseguida descubrió que entraba en otra. Se tambaleaba un poco intentando colocarse bien el gorro de dormir, que se le había torcido sobre una oreja, pero el descubrimiento del enfermo en su lecho de sufrimiento la despertó de golpe y la plantó en sus calcetines de lana gruesa. Ya había curado a toda la comarca de dolencias varias por las que iban a consultarla, y había recetado una retahíla considerable de pociones, disoluciones, tinturas, jarabes, decocciones, gargarismos, pomadas, ungüentos, bálsamos y cataplasmas que confeccionaba ella misma, a veces destinados a enfermos cuyas posibilidades de restablecerse eran escasas y a cuyo entierro había asistido con tristeza poco después. Pero, por extraño que pueda parecer, era la primera vez que se encontraba en presencia de un enfermo en la hora fatídica. La crisis estaba alrededor y era imposible rehuirla. De hecho, ni siquiera era su intención. Por el contrario, sentía que todos los caminos de su vida la habían conducido hasta aquella habitación llena de dolor.

Eugénie no era, como Angèle, una mujer con una intensa vida interior cuyas brasas se habían ido apagando poco a poco. Veía el mundo como un conjunto de tareas y de días que se justificaban por su existencia misma. Se levantaba temprano para rezar y dar de comer a los conejos, a continuación preparaba sus remedios, volvía a rezar, cosía, remendaba, iba a recoger plantas medicinales y a binar su huerto, y si lo había hecho todo a tiempo y sin tropiezos, se acostaba contenta sin pensar en nada. Pero la aceptación del mundo tal y como se le mostraba tenía poco que ver con la resignación. Si Eugénie era feliz con una vida ingrata que no había elegido, es porque rezaba continuamente desde que se lo inspirara a los cinco años una hoja de menta en el jardín de su madre. Había sentido correr por sus venas el flujo verde y perfumado de la planta, que no sólo era una materia maravillosamente acorde con la textura de sus dedos y de su olor, sino que también contaba una historia sin palabras a la que Eugénie se había abandonado como a la corriente de un río. Y entonces se había hecho en ella una increíble claridad que le ordenaba por medio de imágenes una serie de acciones que ella había llevado a cabo con el corazón palpitante, y que sólo habían interrumpido las exclamaciones de los adultos que querían impedirle que continuara, hasta que descubrieron que se había pinchado en la mejilla y comprendieron que frotándose la cara con una hoja húmeda de menta piperita se aplicaba el remedio que apaciguaba el dolor. Ella no era consciente, ni siquiera sospechaba que los demás no estaban mecidos por la misma oración, que primero había tomado la forma de cantos deliciosos que oía en contacto con la naturaleza y que luego se había llenado de sentido cuando la llevaron a la iglesia y el espíritu de aquellos salmos encontró allí una cara y unas palabras. Eugénie simplemente había escrito aquellas palabras debajo de los pentagramas de la partitura que ya conocía y la fastuosidad de la menta había conquistado su doctrina y su Dios. En cierta forma, era una percepción de los cánticos naturales que se acercaba mucho a la de Maria, y si Eugénie se había quedado impresionada por la composición con dientes de ajo con que la niña había embellecido la sala de la granja, es porque estaba iniciada en el orden de las razones invisibles que la había hecho feliz a pesar de haber nacido tan pobre.

Pero el gran drama de su vida fue perder en la guerra a su hijo, cuyo nombre estaba grabado en el monumento del pueblo. Durante los combates que desgarraban el cielo de Francia con un corte envenenado, Eugénie estaba anonadada por el hecho de que las violetas siguieran marchitándose con la misma exquisitez de siempre y, cuando ya había perdido a su hijo, le pareció que la belleza de los bosques era algo indigno que carecía de explicación, hasta en las páginas de las Sagradas Escrituras, porque resultaba inconcebible que un mundo tan espléndido pudiera lindar con semejante desgarro de dolor. La muerte de su marido, a pesar de que la afligió bastante, no fue la misma tragedia, dado que se había marchado como todos los vivos, como se marchitan los lirios y se apagan los grandes ciervos. Pero la guerra quemaba las líneas y abrasaba la realidad hasta los tuétanos. Uno se tropezaba por todas partes con muros tan altos como catedrales que erigían la muerte en medio de las hermosas llanuras; y que aquello sucediera a la par que recogían ramos de primavera era una paradoja que la tocaba en el mismo punto que la había hecho vivir hasta entonces, el de las ósmosis sagradas que armonizan a los vivos con su tierra. Antes de que su hijo muriera, ella ya había perdido el apetito, pero después de que le anunciaran que no regresaría de los campos lejanos y que no volverían a ver su cuerpo, porque se habían producido tantas pérdidas y tantos incendios que se habían limitado a hacer una lista de los desaparecidos, Eugénie ya ni siquiera pudo recordar qué significaba desear.

Pero una mañana poco antes del final de la guerra, le trajeron un niño del pueblo vecino que estaba enfermo desde hacía meses y no dejaba de toser. El muchacho estaba desgarrado por una tos tan agotadora que Eugénie experimentó un dolor que no se apaciguó hasta que le puso la mano en el torso, trató de sentir las vías por las que pasaba la dolencia y, al descubrir que los pulmones no estaban afectados, comprendió en un abrir y cerrar de ojos que el niño sufría la misma enfermedad de la que estaba muriendo ella. Acentuó la presión de la palma sobre el pobre pecho desnudo donde las fuerzas de la guerra abrían una grieta de dolor y de rabia, después acarició la mejilla del niño y le puso un poco de pomada de arcilla para los esguinces. Trastornada al sentir que se le abrían unas compuertas que dejaban pasar un asombroso raudal de deshechos y que, al abrirse, la reconciliaban con el amanecer a pesar de las heridas y los odios, le dijo sonriendo: «Se te va a pasar, cielo». Dos días más tarde, la madre le contó que la tos había desaparecido y que el pequeño no hablaba, pero sonreía sin cesar, y Eugénie pudo reanudar su existencia irrigada por los cantos de los pastos y los robles. Pero había incorporado el conocimiento del mal en forma de una herida cuyo agujero negro devoraría cada día a partir de entonces su reserva de materia y de amor. Extrañamente, aquello hizo que descubriera mejor el origen profundo de las enfermedades, pero también sentía que una parte de su talento estaba obstruida y que la agudeza de su diagnóstico se había vuelto de proporciones inversas a su poder curativo. Algo había crecido y algo había menguado, y aunque no se dedicara a la filosofía, sentía aquella cruz perpetua que barrenaba sus labores de curandera.

¿Por qué los caminos del destino aparecen repentinamente como letras trazándose en la arena de la orilla? Tras los conflictos, la vida volvió a su cauce y las gentes regresaron a los campos que durante las masacres sólo habían trabajado los ancianos y las mujeres. Hubo más cosechas, más inviernos y otras languideces otoñales, y los supervivientes lloraron a sus muertos, aunque el horror de las carnicerías los había dejado sin consuelo para siempre. Pero estaban vivos y sonreían a las libélulas del verano. Entonces el campo se hundió bajo las piedras grises con una palabra destinada a condenarlos a todos. «¡Acordaos! ¡Acordaos! ¡Acordaos del destino que aplasta y todavía pide limosna de las reminiscencias por la maldición del amor que pereció bajo el acero!» Al entrar en la habitación donde agonizaba Marcel, Eugénie sintió que Maria le rozaba fugazmente el hombro antes de retroceder en silencio a la sombra. Y entonces, sólo entonces, regresó de la guerra. Los caminos del destino... Se mueve un diente de ajo un milímetro y el mundo cambia por completo; una alteración irrisoria perturba la posición íntima de nuestras emociones y transforma nuestra vida para siempre. Eugénie sentía todo aquello mientras observaba el calvario del enfermo, y se asombraba de que, gracias al roce de la pequeña, había recorrido un espacio insignificante pero se encontraba muy lejos del sufrimiento que acababa de abandonar. Varias décadas de combates rozados y barridos al lado de su hombro de vieja, y un moribundo que no sucumbía a ninguna hostilidad, sino que era de carne y hueso. Eugénie se acercó a la cama revuelta y puso la mano sobre la frente de su hijo.

De hecho, Marcel, que se arrepentía de haberse comido la pintada y de las cosas malas de su vida —en particular, un pato que había robado una vez—, ya no era más que una colosal infección. La contaminación había empezado en el estómago, donde en dos horas había construido un pequeño montículo de icor, y luego, satisfecha por su obra, había hecho avanzar sus legiones de golpe. Entonces el cuerpo de Marcel había empezado a padecer el suplicio que la gangrena había retenido hasta que fue invencible y, en la repentina agitación de aquella irradiación de dolor, había contribuido a expandir la entropía más allá de sus venas y tejidos. Aquél era el principio de cualquier guerra, lo que resultaba transparente para Eugénie por una razón que sólo comprendía desde que Maria, rozándole el hombro, había activado una conciencia inscrita en el mapa genético de su vieja carcasa de campesina, y que le mostraba que si no veía tan bien los estragos de las guerras era porque su estrella reclamaba que se convirtiera en curandera. El mundo crecía. Lo que lo había colonizado entero durante las décadas del mal no era más que un feudo en el tumulto de los poderes a los que se opondría siempre la resistencia de las violetas. Tuvo un pensamiento fugaz: lamentó que la conciencia de las cosas hubiera necesitado todo aquel tiempo, pero también comprendió que no se puede mandar a los batallones de los dones, que es preciso enseñarles la compasión y el amor, y que la iluminación de las almas requiere el trabajo de la desolación y del duelo. Sí, el consuelo está muy cerca y no podemos alcanzarlo; hace falta tiempo, hacen falta años, y quizá también la misericordia de los demás. Son las tres pasadas en la granja y dos mujeres han penetrado juntas un territorio que exige mayor grandeza y esfuerzo, mientras la existencia de un hombre que nunca ha robado, salvo un pato, reposa entre sus manos de doce y ochenta y siete años y está suspendida del hilo que las une en el trance del combate.

Eugénie cerró los ojos y vio desfilar por la pantalla de su mirada interior, como cuando tenía cinco años y estaba tumbada ebria de los grandes arbustos de menta, la serie de pasos de la curación. Abrió los ojos y no tuvo que decir nada, porque la pequeña fue enseguida a la cocina y regresó sosteniendo en la palma de las manos un puñado de ajos y de ramas de tomillo cuyo olor agrio se esparció por el cuarto. Eugénie cogió la pequeña jarra que había en la mesilla de noche de Angèle, echó dentro los ajos aplastados, incorporó el tomillo y acercó la preparación a las narinas del moribundo, que pareció respirar mejor y entreabrió un ojo amarillo inyectado de sangre negra y coagulada. Le untó los labios con un poco de aquella pasta pegajosa. Marcel tuvo una contracción de rechazo que cesó enseguida, luego ella le abrió suavemente la boca y le introdujo una pequeña ración del remedio.

¿Saben qué es un sueño? No es una quimera engendrada por nuestro deseo, sino otra vía por la que absorbemos la sustancia del mundo y accedemos a la misma verdad que desvelan las brumas, acallando lo visible y desvelando lo invisible. Eugénie sabía que ni el ajo ni el tomillo podían curar una infección que se había enjambrado tanto, pero había adquirido la sabiduría que susurra al oído de quienes han abandonado la batalla que nuestro poder no tiene límites y que el espíritu natural es más poderoso que cualquier otra fuerza. También sabía que su talento de curandera recurriría a otro, más vasto y terrible, y que Maria, en la sombra en la que se mantienen los servidores de las grandes causas, era la omega del milagro. Eugénie se dio la vuelta y llamó a la pequeña, que dio un paso adelante para tocarle de nuevo el hombro. La anciana vaciló por la inesperada violencia del choque. En ella se desplegaban todas las energías y todas las revueltas, todas las olas y todas las tormentas. Dio un hipido de sorpresa al abandonarse al azar de los flujos energéticos que la pequeña hacía girar a su alrededor, y luego se restableció en su propia exaltación de curandera y empezó a navegar en plena búsqueda tras la marea de su sueño. La encontró al descubrir una imagen que destacaba sobre un fondo de tornasoles indistintos, y los ritmos y las sensaciones se ralentizaron para dejar que se acercara lentamente a un puente rojo entre dos riberas sepultadas por la bruma. Qué puente tan hermoso... Se veía la nobleza de la madera debajo de los pigmentos de un carmín aterciopelado y profundo, y pronto tuvo una serie de pensamientos absurdos e ininteligibles, pero todos ellos la conducían a la paz que aquel puente rojo entre dos brumas ofrecía a quien quisiera mirarlo. Con todo, se trataba de una paz que Eugénie frecuentaba desde siempre, la que unía a los árboles y los hombres y hacía que las plantas hablaran el lenguaje de los humanos, y el puente irradiaba una conformidad que le mostraba los caminos de la naturaleza con una intensidad y una armonía que ella aún no había experimentado nunca. Entonces la imagen se desvaneció. Apenas había durado un suspiro, al igual que durante unos segundos apenas se oyeron unas voces más bellas que cualquier belleza.

La paz... ¿a qué, si no, había aspirado a lo largo de los años? ¿Qué otra cosa se puede desear cuando se pierde un hijo cuyas tripas han reventado bajo el cielo del honor? Eugénie volvió a ver, con una agudeza que aquella misma mañana le habría resultado dolorosa y que de pronto era como una caricia de la memoria, un atardecer de verano en el jardín, donde habían puesto la mesa en la que cenaban a partir de San Juan, con los grandes lirios del solsticio. Oyó el zumbido de los insectos en el aire cálido mezclado con el olor de un lucio con verduras del huerto. Y volvió a ver a su hijo como no lo había visto desde hacía siglos; estaba sentado delante de ella y le sonreía con tristeza porque los dos ya sabían que había muerto en los mismos campos donde cayeron tantos maridos e hijos. Entonces ella se inclinó ligeramente y, mirándolo con ternura, le dijo con una voz que no estaba velada por tristeza ni remordimiento algunos: «Vete, hijo mío, y no olvides nunca cuánto te queremos». Eugénie podría haberse muerto entonces en una felicidad perfecta e idiota, como mueren las amapolas y las libélulas del verano. Pero tenía que arrancar de las garras de la muerte a otro hijo, y no era de esas almas etéreas a las que un cántico embriaga para siempre. Supo que había percibido la visión y el canto con el fin de que pudiera llevar a cabo la tarea para la que se había enderezado el gorro de dormir, había aplastado entre los dedos los dientes de ajo y había vuelto a ver a su hijo en plena noche de invierno.

En aquel preciso momento, la pequeña le quitó la mano del hombro y Eugénie lo sintió, comprendió y reconoció todo. Se volcó sobre el cuerpo enfermo y vio que estaba infectado por la materia amarilla y pegajosa de sus sueños, y que desprendía el mismo tufo que había saturado el aire durante toda la guerra. Marcel padecía una gangrena cuyo único propósito era quebrar y deshacer, invadiendo poco a poco todo lo que amaba y vivía. Durante un instante, Eugénie se sumergió en la evidencia de que el enemigo era muy superior a ella, una pobre curandera rural que sólo podía enfrentársele con la precariedad de sus medios y el candor extremo de sus conocimientos. Pero también era fuerte, tenía una luz nueva que había pasado a ella a través de la mano de Maria, cuando le había rozado el hombro. Las guerras... Sabemos que dictan su ley de retribución y hasta a los justos obligan a enzarzarse en la batalla. Pero ¿qué ocurre si todos se sientan en la hierba de los campos y, en el aire puro del amanecer, dejan las armas a un lado? Se oye el campanario vecino tocando el ángelus mientras los hombres se despiertan de sus sueños de horror y de noche. De repente empieza a llover y ya sólo cabe abandonarse a esa oración que arrastra una vida de violetas y de flujos. Qué vanidad pretender vencer el asalto sacrificando a tres soldados que no pueden hacer nada contra las hordas y los cañones... ¿Qué es curar, en el fondo, sino hacer la paz? ¿Y por qué vivir sino para amar?

Las grandes decisiones se toman en la invisibilidad de los humildes. El ejército oscuro construía sus bastiones hundiendo en la carne del enfermo las espuelas a las que se anudaría la tela de la infección. Por eso, en lugar de destacarlos en las líneas, Eugénie hizo sentar a sus soldados. Su don visualizó el camino del ajo y del tomillo por las tripas y la sangre del enfermo, y su sueño decuplicó la viscosidad de sus paredes y las engrasó de manera que resultara más arduo plantarles las puntas. Soñó con más ahínco todavía y untó la base de los ganchos existentes hasta que los barrieron los bulbos aplastados y las agujas del tomillo, al mismo tiempo que sus virtudes curativas se derramaban en los agujeros que había hecho el enemigo, cicatrizándolos con sus principios beneficiosos y activos. Tuvo un arranque de entusiasmo. Era sencillísimo utilizar las plantas medicinales así, colocándolas directamente sobre el foco de la enfermedad; era prodigioso ver cómo se obraba la curación acelerando procesos naturales con la magia del sueño. Pero Eugénie también sentía que su don bebía de reservas en declive y vio acercarse el momento en el que éstas se secarían y tendría que renunciar a la energía de su sueño. Entonces vislumbró un lirio. No sabía dónde lo veía, estaba allí y no estaba en ninguna parte, podía mirarlo pero era invisible, e irradiaba una presencia intensa sin que pudiera localizarlo ni alcanzarlo. Era un lirio más pequeño que los del jardín, con los pétalos blancos estriados de azul pálido y el corazón morado con los estambres anaranjados, y desprendía una sensación de frescor cuya fórmula no pudo identificar al principio, hasta que de repente comprendió que era la de la infancia. Conque... Ya sabía por qué no podía verse el lirio siendo tan visible, y comprendió cómo debía culminar su tarea. Tuvo un sobresalto al leer el mensaje de la flor escrito en letras perfumadas con las alegrías de las primeras horas, luego relajó todo su ser, transportada por la aceptación pura y simple del don, y volvió a su cuerpo de ochenta y siete años, del que se había olvidado cuando Maria le había rozado el hombro por segunda vez y en el que se reencarnaba con una sensación de existir que no había experimentado jamás. A su alrededor había un cuadro con los pigmentos recubiertos por un barniz ligero y brillante. En la habitación reinaba el silencio. Angèle, arrodillada sobre el viejo reclinatorio de castaño que siempre se había negado a cambiar por uno de terciopelo rojo como los que había en las primeras filas de la iglesia, estaba tan absorta en su súplica que no se había dado cuenta de que el camisón se le había subido dejando al descubierto el virginal dobladillo de sarga de las calzas de algodón. Léonce estaba sentada sobre el edredón al lado de su Marcel, a quien le daba friegas en los pies con una paciencia de madona, y Jeannette y Marie ocupaban el marco de la puerta, demasiado grande para dos abuelas más encogidas por el temor que por la edad. Eugénie le tomó el pulso a Marcel y le levantó un párpado. Respiraba débilmente pero con regularidad, y ya no tenía el ojo inyectado en sangre. Por si acaso le metió en la boca una última porción de ajo y de tomillo. De pronto se sentía muy vieja y fatigada. Entonces se dio la vuelta y se encontró repentinamente frente a Maria.

Sus ojos negros estaban llenos de lágrimas y apretaba los puños con tristeza. Eugénie sintió una punzada en el pecho por su pequeña, que a pesar de ser mágica tenía un corazón como el de las demás niñas, que sangraría durante mucho tiempo por su primer desgarro. Le sonrió con toda su ternura de madre que hubiera muerto y matado cien veces por su hija, y le hizo un gesto con la mano esbozando el lirio de la infancia para darle a entender la conciencia y la majestad del don. Pero Maria seguía anegada en llanto y sus ojos traslucían amargura y dolor. Luego dio un paso a un lado y se rompió el contacto. Por lo demás, no era el momento de afligirse, ya que en el cuarto reinaba un gran alivio y todos abandonaban su puesto de combate, incluidos el reclinatorio y el edredón de plumas, para darse el abrazo de la victoria. Manoseaban triunfalmente sus rosarios y celebraban la constancia con la que Eugénie siempre había alabado las virtudes del ajo y del tomillo. Pero ¿qué pasaba por aquellas cabezas campesinas que, desde las dos noches de nieve, no habían tenido que sumar dos y dos para comprender que la pequeña era mágica y que los jabalíes humanos y las estaciones gloriosas no caen del cielo cada mañana? En realidad, hacían coexistir la evidencia y la fe, convenciéndose de que el Señor tenía algo que ver con aquellos poderes, de ahí que no se preocuparan por conciliar lo que creían y lo que habían visto. Sobre todo porque tenían una tarea más apremiante ahora que Marcel roncaba como un novicio y que los demás bajaban a la cocina a tomar el café de la recompensa, y era asegurarse de que

Maria estuviera bien protegida, por una razón que Angèle daba por sentada desde el principio: que era muy poderosa y que no descansaría hasta que atrajera a los demás poderes del mundo. Nadie se dio cuenta de que Eugénie no tocaba el café y permanecía sentada con una sonrisa soñadora en sus viejos labios carcomidos por los años.

—¡Qué noche tan larga, o tan corta! —dijo al fin el padre dejando la taza sobre la mesa.

Y luego sonrió a todos los presentes como sólo él sabía hacerlo, de una manera que devolvía a aquella hora su apacible cotidianidad, y encauzaba el día en el camino recto de las rutinas.

Entonces oyeron sonar el ángelus en el campanario del pueblo, mientras el humo de las granjas felices subía al cielo y se reanudaba el curso de una vida que se alimentaba de espino blanco y de amor.

RAFFAELE
Esos servidores

Ay, era tan hermoso, tan rubio y tan alto. Tenía los ojos más azules que el agua de los glaciares, rasgos de porcelana en una figura de hombre viril, un cuerpo ágil de una desenvoltura soberbia y, en la mejilla derecha, un gracioso hoyuelo. Pero lo más espléndido de aquella fisonomía admirable era una sonrisa que llovía sobre el mundo como un aguacero irisado de sol. Sí, en verdad era el ángel más hermoso, y todos se preguntaban cómo habían podido vivir sin esa promesa de renacimiento y de amor.

Raffaele Santangelo observó a Clara tocar hasta el final del fragmento y luego se dirigió al Maestro en el silencio recobrado.

—Me permito invitarme desconsideradamente —dijo— e importunar una fiesta amistosa.

Era la misma voz que había oído en el pasado, que resonaba con la misma violencia sembrada a lo largo de una calzada de muerte.

—Quisiera presentarte mis respetos —le dijo a Leonora.

Ésta se puso en pie y le tendió la mano para que se la besara.

—Ay, amigo mío —dijo ella—, vamos envejeciendo, ¿eh?

Él se inclinó un instante.

—Siempre serás hermosa.

Cuando Raffaele Santangelo entró en la sala, todos los hombres se levantaron, pero no lo saludaron, sino que se quedaron de pie en una postura de fingida deferencia desmentida por la ojeriza que mostraba su expresión. Acciavatti, por su parte, se acercó a Clara, pero el cambio más destacado atañía a Petrus, que tuvo tiempo de hacer los honores al moscatel y de desplomarse en un sillón del que no lo arrancó la llegada del Gobernador, pero en el que se enderezó enseguida como un perro guardián, torciendo el gesto con un rictus de enojo acompañado por intermitentes gruñidos de hostilidad.

En el momento en el que se cruzaron los ojos del Maestro y del Gobernador, la sala del piano explotó en un haz de estrellas cobrizas. Clara se sorprendió tanto que se levantó de un brinco al mismo tiempo que el espacio resplandecía con un polvo brillante y un doble cono de luz en el que danzaban fragmentos desconocidos de memoria, un doble cono que surgía de cada uno de los dos hombres y luego se unía en una intersección en la que se concentraban sus poderes. Petrus era el único que parecía haber visto el cono anteriormente y gruñía con hostilidad, alzando la nariz en ademán de batalla.

Pero el Gobernador miraba al Maestro y el Maestro miraba al Gobernador sin que ninguno de los dos manifestara prisa alguna por entablar el diálogo —conviene decir que el pequeño corro de amigos permanecía quieto y mudo a pesar del miedo—. Por último, en la cara de Alessandro había una luz distinta que le daba un aire más joven y afilado, y a Clara le gustó lo que veía pero experimentó una nueva inquietud, como un anticipo del dolor de las grandes cosas y de las resoluciones últimas.

—Dichosa compañía —dijo al fin Raffaele.

Pero ya no sonreía. Hizo un gesto —ay, muy gracioso— que barrió a los presentes como si quisiera tomar a una cofradía amistosa por testigo y añadió:

—Ojalá hubiera otras y se aliaran entre sí.

Gustavo sonrió.

—Las alianzas se forman de manera natural —dijo.

—Las alianzas se forjan —replicó Raffaele.

—No somos más que artistas —dijo el Maestro—, y sólo nos guiamos por las estrellas.

—Pero todos los hombres necesitan coraje —dijo el Gobernador—, y los artistas también son hombres.

—¿Quién juzga el destino de los hombres?

—¿Quién juzga su inconsecuencia? Las estrellas no tienen coraje.

—Tienen sabiduría.

—Los débiles invocan la sabiduría —dijo el Gobernador—, los valientes no creen más que en los hechos.

Y, sin esperar la respuesta del Maestro, se acercó al piano y miró a Clara.

—Así que hay otra pequeña... —susurró—. ¿Cómo te llamas, muchacha?

Ella no respondió.

Arrellanado en su sillón, Petrus gruñó.

—¿Virtuosa y muda, tal vez?

El Maestro puso la mano sobre el hombro de Clara.

—Ah... es que esperaba la orden —dijo Raffaele.

—Me llamo Clara —dijo ella.

—¿Dónde están tus padres?

—He venido con mi tío Sandro.

—¿Quién te ha enseñado a tocar el piano? Los pintores son buenos profesores, desde luego, pero no sabía que pudieran hacer cantar a las piedras.

En el cono de luz apareció la imagen de un camino de piedras negras sobre el que se encorvaban grandes árboles, y Clara recordó las palabras del Maestro —«el Pabellón donde los nuestros pueden ver»—. Después el cono volvió a convertirse en el mismo vivero de proyecciones incomprensibles.

El Gobernador la miraba pensativo y ella sintió su turbación.

—¿Qué quimeras perseguís, con vuestra locura? —dijo él.

—Los trovadores se alimentan de quimeras —le contestó amablemente Gustavo.

—Inconsciencia de niños consentidos —replicó Santangelo—, cuando otros trabajan para que puedan seguir soñando.

—Pero ¿acaso la política no es una quimera también? —prosiguió el Maestro con el mismo tono neutro y cortés.

El Gobernador se rio con una risa adorable en la que resplandecía toda la dicha de las cosas bellas y, mirando a Clara, le dijo:

—Ve con cuidado, bella damisela, los músicos son unos sofistas. Pero estoy convencido de que volveremos a vernos pronto y podremos conversar más a gusto sobre las farsas que les inspira la música.

Hubo un ruido hostil procedente del sillón de Petrus.

El Gobernador se volvió hacia Leonora y se inclinó de una manera que a Clara le heló la sangre. No había consideración alguna en aquel gesto de cortesano en el que se transparentó fugazmente un odio frío.

—Por desgracia, debo despedirme —anunció.

—Nadie te retiene —dijo Petrus con una voz medianamente clara.

Raffaele no lo miró.

—¿Conque te rodeas de soñadores y de borrachos? —le preguntó al Maestro.

—Hay peores compañías —dijo Gustavo.

El Gobernador esbozó una sonrisa sin alegría.

—Cada cual reconocerá a los suyos —dijo.

Luego se dispuso a marcharse, pero, como hecho a propósito, en aquel instante Pietro Volpe entró en la sala.

—Gobernador —dijo—. Creía que estabas en otro lugar y te encuentro en mi propia casa.

—Pietro —dijo el Gobernador con un poco del mismo odio que había destinado a Leonora—. Me alegro de encontrarte.

—La ventaja del número, me temo. Pero ¿te ibas?

—Mi propia familia me espera.

—¿Querrás decir tus tropas?

—Mis hermanos.

—Roma sólo habla de ellos.

—No es más que el comienzo.

—No lo dudo, Gobernador, y te acompaño a la puerta.

—Servidor, siempre —dijo Raffaele—, cuando puedas reinar.

—Como tú, hermano mío, como tú —respondió Pietro—. Pero el tiempo nos recompensará como servidores que somos.

Petrus soltó una carcajada satisfecho.

Raffaele Santangelo echó un último vistazo a Clara y se encogió de hombros con una indolencia de bailarina que parecía querer decir: «Ya habrá tiempo».

—Adiós —dijo, y se marchó con un movimiento de gran elegancia que dejó entrever, bajo el traje negro, la perfección de su cuerpo de combate.

Antes de que se marchara y se llevara consigo sus sombras, Clara sintió un aura extraña que estaba al acecho tras el servidor angélico, como si ella fuera una gema de luz inmersa en agua entre rocas oscuras. Pero, al igual que una huella impresa en la retina mucho tiempo después de que haya pasado la imagen, una de aquellas sombras fue a golpear su conciencia y, recordando el encuentro con Raffaele, revivió la expresión de su rostro en un momento concreto. Entonces, del mismo modo en que se había asustado por los contrastes de la voz de muerte, se sumergió en una oleada de belleza, aniquilada enseguida por la fealdad. Había tanta nobleza, tanta rabia y tanto dolor en aquella mirada fugaz, y tanto esplendor en la imagen que invadía su percepción interior... Un cielo de tormenta se cernía sobre un valle de brumas, y bajo las nubes que se alejaban en el azur se entreveían jardines de piedras. Notó en la lengua un sabor a nieve y a violetas con el que se mezclaba un concentrado de árboles y de galerías de bosque, y era a la vez inimaginable y muy familiar, como si el sabor de un mundo desaparecido se hubiera encarnado en su boca, y, pasando el dedo por las aristas en carne viva de su corazón, hubiera visto aflorar sangre por primera vez. Qué éxtasis y qué melancolía entrelazados, qué tristeza sin fin afilada a la lama del sufrimiento, y qué nostalgia de un antiguo sueño en el que rugía y se acrecentaba el odio. Entonces percibió en el cielo unos pájaros lanzados por arqueros invisibles, y supo que veía por los ojos de Raffaele lo que éste había perdido, aunque a la aversión que ella sentía por la calzada de desastre y de muerte se le añadió un anhelo que se parecía al amor. De hecho, durante los pocos instantes en que los dos hombres habían estado de frente, la tensión se había desarrollado sin palabras ni movimientos, como si practicaran un arte marcial con un dominio tal que el resultado del combate no requiriera contacto, y Clara vio el centro metabólico del que procedía la onda solar de poder que le revelaba que los dos venían del mismo mundo. Pero el Maestro irradiaba un aura de peñascos y de pastos, mientras que el Gobernador se elevaba en una flecha cuya pluma clara acababa calcinada, y tenía un desequilibrio en el corazón que lo alejaba de sí mismo y se parecía a una herida abierta sobre una magnificencia primigenia.

Tras la partida del Gobernador, los amigos del Maestro siguieron departiendo en la noche y, por sus conversaciones, Clara pudo figurarse más claramente el tablero político romano. No le sorprendía que el Maestro fuera un pilar, a pesar de que no ocupara ninguna instancia oficial, pero se asombró al comprender que todos sabían que trataba con una parte misteriosa de la realidad.

—Ya no tiene dudas —dijo Pietro—, da por hecha su victoria.

—Pero todavía intenta arrastrarte a su bando —le dijo al Maestro el director de orquesta, que se llamaba Roberto.

—Era una amenaza, no una súplica —dijo Alessandro—: ya ha soltado sus perros por todo el país y presiona al Consejo con toda su fuerza. Pero Italia no es más que un peón en la gran partida de la guerra.

—Alessandro Centi, pintor maldito pero agudo estratega —dijo una de las invitadas con pesadumbre y ternura.

Todos se echaron a reír. Pero en aquella risa en la que se mezclaban la amistad y el miedo, Clara intuyó la misma determinación que había observado en Alessandro y que la asustaba en igual medida que el ardor que sentía en sí misma. Miró los rostros de aquellos hombres y mujeres afortunados de modales sedosos, y vio la conciencia de la desdicha en la que danzaba la llama de su arte, aunque su destino se balanceara entre el deslumbramiento y los agotamientos del alma. También vio una comunidad de gente pacífica que aceptaba que la época los obligara a ocupar puestos de combate, decisión de la que nacía una gravedad que volvía magnífico aquel momento. De ahí que Clara comprendiera que ninguno de los presentes se encontraba allí por azar, y que el pretexto del cumpleaños de Leonora había reunido a una falange que el Maestro había formado de la misma manera que elegía las partituras y sembraba su camino de melocotones y de mujeres amadas. Pero Clara se preguntaba qué hacía de ellos una élite combatiente, dado que, aunque ninguno de los miembros de aquel amable batallón perteneciera a la clase ordinaria de los soldados, que al amanecer acude a los campos que al anochecer estarán rojos, eran, no obstante, los primeros oficiales del Maestro, formando una familia con armas y poderes disimulados bajo la mesa de la cena, y a la que Clara sentía orgullosa que ella también pertenecía.

—La primera batalla queda detrás de nosotros —dijo el Maestro—, y la hemos perdido. Ya no tenemos influencia sobre el Consejo, que votará los poderes antes de que termine el invierno.

—Tenemos que prepararnos —dijo Ottavio, un hombre con el cabello blanco y la mirada bizantina, de quien Sandro había dicho que era un gran escritor.

—Ha llegado el momento de poner a salvo a los vuestros —dijo Pietro.

—¿Cómo protegeremos a Clara? —preguntó Roberto, y vio que todos convenían en que ella desempeñaba un papel decisivo en la guerra.

—Quien protege está protegido —dijo el Maestro.

Después los invitados se marcharon, salvo Pietro, Alessandro y Petrus.

—Ahora eres visible, ya no puedes salir al patio —le dijo Leonora a Clara—. Esta noche te quedarás a dormir aquí.

A continuación la estrechó entre sus brazos y se fue. Pietro y Alessandro se sirvieron una copa de licor y tomaron asiento para mantener la última conversación de la noche. Petrus desapareció y luego regresó con una botella de moscatel, de la que se sirvió una copa con tierna solicitud.

—¿El Gobernador también ve lo que yo veo? —preguntó Clara.

—Lo ha percibido al final —contestó el Maestro—, a pesar de que yo he permanecido a tu lado. Pero no creo que lo haya entendido del todo.

—He visto el túnel de luz entre vosotros —dijo ella—. Había un camino de piedras con los mismos árboles que en tu jardín.

—Las piedras están en el centro de tu vida —dijo el Maestro—. Verás ese camino a menudo.

Y, por el tono de su voz, la niña comprendió que estaba orgulloso de ella.

—He escuchado el canto de tu arroyo —dijo Clara.

Pietro sonrió igual que aquella vez en el patio después de buscar en vano el poema en la partitura.

—A partir de ahora te quedarás aquí —dijo el Maestro—. Raffaele querrá hacer averiguaciones antes de actuar, así que todavía tenemos un poco de tiempo. Pero habrá que armar a nuestros vigilantes.

—Desplegaré a algunos hombres —dijo Pietro—, pero estamos desbordados. Han avisado a Raffaele a pesar de nuestros vigías.

—¿Quién es la otra pequeña? —preguntó Alessandro—. Parece que el Gobernador ya la conoce. Es de ella de quien quieres hablar esta noche, creo.

—De quien quiero hablarte a ti, en particular, ya que pronto irás a su encuentro. Será un largo viaje, lleno de peligros.

—¿Se puede saber su nombre?

—Maria —dijo Clara.

Pero no tuvo ocasión de decir nada más porque sintió una gran inquietud. Se levantó bruscamente, seguida del Maestro y de Petrus, que había abandonado sus cojines de un brinco.

¡Oh, noche de agonías! En la lejana granja, Marcel se despierta en su inextinguible dolor y la comunidad entera de la casa se dirige hacia su cuarto desolado. Clara ve la procesión de las abuelas camino de la cabecera del desdichado, donde ya están Maria y su padre, que han oído antes que los demás a la muerte dando caza a uno de ellos. Ve a Marcel abatido por el sufrimiento y comprende también que va a morir pronto. Ve a Eugénie, a quien el descubrimiento del enfermo despierta como una bofetada y que se incorpora de la cama con sus calcetines de lana gruesa. Ya no es una ancianita encorvada por la edad y el trabajo: el deber le ha depositado en la cara arrugada un reflejo que la experiencia ha convertido en una cuchilla, y la que se acerca al moribundo es otra mujer, tan hermosa que el corazón de la pequeña italiana se encoge por la visión de la caducidad de la belleza, sea cual sea el hierro con el que esté forjada. Luego, en un tiempo suspendido, asiste a la sucesión de pasos de la curación con una creciente sensación de peligro. Cuando Maria pone la mano sobre el hombro de Eugénie, Clara siente que se hunde en un gran magma de poder donde teme perderse y ahogarse para siempre. Pero sabe que su lugar está junto a esas mujeres que acaban de cruzar juntas la frontera de lo visible, así que busca febrilmente algún camino en medio de la tormenta. Las palabras del Maestro —«el Pabellón donde los nuestros pueden ver»— vuelven a asaltar su memoria, y Clara trata de aferrarse a ellas como a una balsa en alta mar. Entonces lo ve, y toda su vida está allí. Qué paz, de repente... Al disiparse las brumas, el puente rojo se desvía hacia ella con una majestad de gran cisne. A medida que se le acerca, Clara discierne una silueta en el punto más elevado del arco, y sabe que es su padre en su sacerdocio de pasador. Después la silueta desaparece, el puente se queda inmóvil mientras se oye un canto maravilloso y Clara controla todas las visiones. Puede dejar que Maria catalice los poderes; ella ha pasado el mensaje y mantiene la unidad de lo visible.

—Prodigioso —susurra el Maestro.

Pronto ven el lirio que Maria no puede ver. Clara mira la flor invisible con los pétalos indecibles de la infancia. Al otro lado de la visión, Eugénie acepta el pacto del intercambio y, en Roma, dos hombres, surgidos de la nada, aparecen en la sala mientras el Maestro le dice a Alessandro:

—Te marcharás con ellos al amanecer.

Y a continuación, a Clara:

—Tiene que verte ahora.

PABELLÓN DE LAS BRUMAS
Consejo élfico restringido

—Prodigioso —dice el Jefe del Consejo—. La alianza de visiones y poderes en el mundo de los humanos.

—Maria es el catalizador —dice el Guardián del Pabellón—, Clara el pasador.

—Hay una alteración en el campo de fuerza del puente.

—Hay una alteración en el campo de fuerza de las brumas. No sólo modifican la configuración del paso.

—Pero ha habido intercambio —dice el Oso—, y Aelius ve lo que vemos nosotros.

—Esto va a trastornar todo el paisaje de la acción —dice la Ardilla—. Ha llegado el momento de pasar.

—Enseguida —dice el Jefe del Consejo—. Espero que estemos preparados.

—El puente está abierto —dice el Guardián del Pabellón—, podéis cruzar.

CLARA
Que se lleve los rosarios

Bajo el edredón rojo, Maria lloraba.

Llevaba varias semanas sintiendo en el vientre la premonición de una prueba más difícil que aquellas a las que se había enfrentado antaño la gente que amaba, y eso la asustaba en la medida en que conocía los acontecimientos funestos que apesadumbraban a los suyos, incluso al cabo de años. Además, era finales de enero y apenas se había dignado nevar. Hacía muchísimo frío y por las noches helaba hasta el amanecer, tan gélido que cuajaba sobre la afilada hoja en la que se convertía el aire. Pero no había nevado, ni antes ni después del solsticio, y Maria recorría la congelada baja comarca, donde los animales estaban inquietos por unas sombras cuya amenaza impalpable se volvía más hiriente día tras día. La música seguía desapareciendo esporádicamente, al igual que había sucedido en el crepúsculo de marzo, y Maria temía tanto aquellos eclipses del canto como un ataque mortífero, aunque no había vuelto a ver al jabalí fantástico ni al gran caballo plateado. Es demasiado pronto, pensaba con una inquietud creciente, aspirando a una vida que continuara bajo el hechizo de los eternos grabados de sus árboles.

Por eso, cuando había entrado en el cuartito donde agonizaba un inconsciente que pagaba por centuplicado la pintada rellena, la había iluminado la intuición fulgurante de que se abatía la primera de las catástrofes. Había tocado dos veces el hombro de Eugénie y había admirado el arte con el que obraba la curación. Había sabido que veía el puente y que comprendía el mensaje, y había visto cómo renunciaba a la guerra y abandonaba el frente siguiendo la música de los árboles. Maria no había tenido que reflexionar ni que concentrarse, al contrario, se había entregado a la intensa sensación de las huellas inéditas que ondulaban en el corazón de la vieja tita, y había interpretado unas ondas amordazadas como si se tratara de cuerdas replegadas que había estirado dándoles una nueva amplitud, la primera vez simplemente desanudándolas, y la segunda abriendo mucho el campo de las posibilidades. Aquello no era muy distinto de lo que solía hacer con los animales, simplemente había alargado hacia el infinito lo que sólo torcía ligeramente cuando quería dirigirse a las liebres, con la diferencia de que los animales de los bosques no habían roto con la naturaleza como los hombres, que no oían sus grandes cánticos ni veían sus espléndidos cuadros. También le había indicado a Eugénie el puente de los acuerdos, cuya imagen había visto al ponerle la mano en el hombro. ¿De dónde venía aquella imagen? No lo sabía. Pero todo había sido muy sencillo y muy rápido, había sido muy fácil liberar aquellas fuerzas y soltar los flujos naturales, y Maria no comprendía que aliviar y curar así no fuera el destino cotidiano de los humanos.

En el momento en que ella había percibido el puente, Eugénie había oído unas voces que salmodiaban un canto celeste. Pero, a diferencia de la niña, no había oído la letra.

un día que se desliza entre dos nubes de tinta
un atardecer que suspira en las brumas ligeras

Durante los instantes en que se oía el canto, la transparencia del mundo era deslumbrante, y Maria era presa de un vértigo de escarcha y de nieve cuya seda centelleaba intermitentemente al deslizarse la bruma. Conocía aquel poderoso canto de voces de paso y de nubes. Lo oía por la noche, en sueños, pero también durante el día, mientras recorría los caminos. Entonces se paraba, embargada de un pavor tan maravilloso que casi deseaba morirse al instante. Luego el canto y la visión pasaban y ella iba en busca de alguna liebre que pudiera darle un poco de consuelo, pues siempre había un segundo, una vez que cesaban las voces, en que pensaba que ya no deseaba nada, salvo aquel canto y aquellas brumas. Al fin el mundo se aclaraba de nuevo y se le apaciguaba la pena con las violetas y las hojas. Retomaba su camino y se preguntaba si había soñado la gracia que había visto o era otra trama de la realidad. Asimismo, veía en sueños extraños paisajes de neblina. Amanecía sobre un pontón por encima de unas hondonadas anegadas de árboles. Se accedía a él por un pabellón de madera cuyas finas paredes agujereadas por largas aberturas formaban suntuosos cuadros. Sobre el desigual suelo de roble, salpicado por un ligero polvo que los rayos de luz doraban como a un cometa, había un bol de barro muy sencillo, de textura irregular y granulosa, que Maria habría querido acariciar. Pero no podía acercarse porque sabía que dejaría una escritura deshonrosa en el polvo, así que renunciaba y miraba el bol de barro con la veneración de la codicia.

Sí, el canto había sido más cristalino todavía, más desgarrador y más amplio, y aquel aviso acompañado de paciencia había abierto una diagonal de óptica a la vez magnífica y terrible. Por eso, absorta en aquel trance de sueño y de brumas, Maria no vio el lirio en el momento decisivo, sino que de repente oyó cien coros lanzar una nota grave y poderosa, tan hermosa y fúnebre que los planos de la realidad temblaron a la vez y se arremolinaron alrededor de un punto fijo que se tragaba a sí mismo. ¿Cómo pudo...? ¿Cómo no supo...? Y, bajo el grueso edredón rojo, Maria lloró con lágrimas ardientes que no la aliviaban, ya que el lirio que le había mostrado Eugénie no podía consolarla del intercambio que la privaba de amor.

Entonces Eugénie apareció en su dormitorio. Se sentó en el borde de la cama y tomó la mano de su querida pequeña, una mano toda mojada de lágrimas que estrechaba con fuerza su vieja mano seca y arrugada.

—Llora, pequeña mía —dijo Eugénie—, pero no estés triste, anda.

Acarició la frente de la niña que había llegado una noche de nieve y que les había dado tanta alegría que habría querido abrir los brazos y desplegar una pantalla por la que pasaran las imágenes de la felicidad.

—No estés triste —volvió a decir—, piensa en lo que hiciste y no estés triste, ángel mío.

Maria se incorporó de golpe.

—¡Lo que hice! —susurró—, ¡lo que hice!

—Lo que hiciste —repitió la tita.

Eugénie se sintió una pobre campesina sin palabras incapaz de compartir el milagro. En un destello fulgurante, comprendió por qué las palabras que se oían en las iglesias unían tantos corazones y reunían a tantos fieles, supo que el don del lenguaje alaba lo impenetrable y nombra lo que teje y eleva, y al fin creyó que podría encontrar en sí misma alguna pepita que no sabría expresar los lirios atigrados y los atardeceres de San Juan, pero al menos podría restituir la raíz desnuda de lo que había visto y sentido. Entonces miró a Maria, y con una sonrisa que la iluminó por completo simplemente le dijo:

—Me curaste, pequeña.

Y pensó que, las dos veces, quien la había liberado de la violencia de los hombres hechos y derechos era un niño.

Algo se quebró en Maria, como si unas paredes de escarcha se hicieran añicos en silencio y luego se depositaran sobre una tela de terciopelo en la que se hundieran reflejos de mercurio. Había estrellas y vuelos de pájaros deslizándose sin ruido por un cielo de tinta, y un río que se llevaba el secreto del nacimiento que la había bendecido con el poder de despojar a las ancianas de sus cargas. Miró a Eugénie, y los barrancos que había surcado el tiempo en su viejo rostro adorado y, acariciándole suavemente la mano, le esbozó una sonrisa, pues vio la alegría en el corazón de la tita y descubrió qué es un alma liberada del lastre de sus cruces. Eugénie asintió con su cabeza de manzana que se ha dejado secar en los zarzos de la despensa y dio unos golpecitos en la mano de su bonita pequeña tan mágica. Se sentía ligera y orgullosa, con apetitos de antaño haciendo piruetas en un teatro de sombras amables donde se recortaban melocotones tan jugosos como los del paraíso y tardes de recolección en taludes acariciados por una brisa tibia. Al volver a notar en la boca el sabor que tienen las cosas cuando las tragedias aún no han alterado los órganos del gusto, la bañaron unas lágrimas que le lavaban una playa atestada de escombros y la dejaban tan limpia y encerada como la piel de las peras más hermosas del otoño. Su memoria recorría los vergeles donde había soñado de niña y, en el revoloteo de las abejas, se reconciliaba con el firmamento del hambre voraz; y el hecho de que antes de morir pudiera percibir de nuevo el mundo como en la infancia le pareció la última bendición de un Señor cuya grandeza no dejaría de honrar jamás. Vamos, ya iba siendo hora. Que se lleve rosarios y cintas, enaguas de domingo y noches de solsticio, y que vaya a reunirse con la gran congregación de los muertos; y que cante los salmos de las tormentas y del cielo antes de decir adiós al frescor de los vergeles. Eugénie estaba lista, ya sólo era cuestión de legar lo necesario y de cerrar para siempre la época de los cuartitos. Se puso en pie, se dirigió a la puerta y, volviéndose a medias, le dijo a Maria:

—Tú recogerás el espino blanco.

Y luego se marchó.

Maria permaneció sola en el silencio de la época que acababa de empezar. En aquella paz de vergeles y de flores, el mundo se reorganizaba. Se apoyó en el muro y acogió las sensaciones que se arremolinaban en el campo de su vida transfigurada. Veía cómo las unidades en las que su vida había estado acantonada hasta entonces se insertaban en un orden de una grandeza inconmensurable donde, a los estratos que ya conocía, se les superponían universos que lindaban, se tocaban y se entrechocaban con una profundidad de campo que daba vértigo. El mundo se había convertido en una sucesión de planos que subían hacia el cielo siguiendo una compleja arquitectura que se movía, se borraba y se reconstituía, de la misma manera que el jabalí fantástico que había visto a los diez años era a la vez un caballo y un hombre, de una manera que era al mismo tiempo ósmosis y desaparición y que empleaba brumas como voluptuosos biombos. Veía ciudades cuyas calles y puentes brillaban en amaneceres resfriados por neblinas doradas que se desintegraban con estornudos sucesivos y luego volvían a formarse despacio sobre la ciudad. ¿Algún día veré esas ciudades?, se preguntó Maria. Y se durmió sumida en las visiones. Primero vio un paisaje de montañas y de lagos con colmenas y vergeles con la hierba amarillenta por el sol, y un pueblo en la ladera de una colina con las casas dispuestas como las líneas curvadas de una concha. Todo era desconocido, todo era familiar. Después la visión cambió por la de una gran sala con el parqué de agua límpida. Una niña estaba sentada ante un instrumento que recordaba a un órgano, pero tocaba una música cuya sonoridad no se parecía a la de los oficios de la iglesia, una música maravillosa, como el polvo dorado donde Maria había descubierto el bol que inflamaba su deseo. Pero aquella música también contenía un poderoso mensaje que expresaba tristeza y perdón. Durante un momento, simplemente se dejó llevar por la historia que contaba la melodía. Después la niña dejó de tocar el piano y Maria oyó susurrar unas palabras incomprensibles que sonaban como una advertencia sorda.

Por último todo desapareció y Maria se despertó.

PIETRO
Un gran marchante

Clara miraba a los dos hombres que se habían materializado en la sala y abrazaban a Petrus.

—¡Amigo de largas veladas! —exclamó el primero.

—¡Qué alegría verte de nuevo, viejo loco! —dijo el otro, dándole unas palmadas en la espalda.

Después se volvieron hacia Sandro y el más alto de los dos, que tenía la piel muy morena y el cabello negro, se inclinó diciendo:

—Marcus, para servirte.

—Paulus —dijo el otro inclinándose igual, mientras Clara observaba con interés que era tan pelirrojo como Petrus.

Aunque eran muy diferentes al Maestro, Clara descubrió en todos un parentesco en ciertos ritmos y entonaciones de la voz, y distinguió en cada uno de ellos un trasfondo de la misma naturaleza que en el Maestro había adquirido la forma de manadas de caballos salvajes, un trasfondo amplio y oscuro en el que había dicho llamarse Marcus, que era tan corpulento que le sacaba una cabeza a Pietro, y un trasfondo furtivo y dorado en el otro, que no era mucho más alto que ella y que daba la impresión de no pesar más que una pluma.

Alessandro, que no parecía sorprendido por su aparición, los miraba con una curiosidad entremezclada con una simpatía palpable.

—Siento que debáis marcharos precipitadamente —dijo el Maestro.

—Está llorando —dijo Paulus—, pero no podemos cambiar lo que va a pasar.

Clara comprendió que veía a Maria. En aquel momento, Eugénie entró en el cuartito, se sentó al lado de su pequeña y, sonriéndole, le agarró la mano con dulzura. A Clara se le encogió el corazón.

—¿Qué va a pasar? —preguntó.

—Ignoramos muchas cosas —respondió el Maestro—, pero estamos seguros de una.

—Eugénie ya no tiene fuerzas —dijo ella.

—Las fuerzas se intercambian pero no se crean —dijo el Maestro.

—¿No volveré a verla? —preguntó Clara.

—No —dijo él.

—¿Y en la otra vida?

—Hay varios mundos pero una sola vida —dijo el Maestro.

Clara agachó la cabeza.

—Ha elegido conscientemente —añadió él—. No estés triste por ella.

—Estoy triste por mí —contestó Clara.

Pero el Maestro ya presidía una reunión de campaña.

—Maria vive en Francia, en un pueblo donde va a actuar el enemigo —le dijo a Alessandro.

—¿Llegaremos a tiempo?

—No. Llegarás después de la batalla, pero, si sobrevive, la llevarás a un lugar seguro.

—¿A qué lugar seguro?

El Maestro sonrió.

—No soy guerrero —dijo Alessandro.

—No.

—Y no me mandas al combate.

—No. Pero habrá peligro.

Alessandro sonrió a su vez.

—Yo sólo temo la desesperanza —dijo.

Y después, serio de nuevo:

—Espero que Maria sobreviva.

—Yo también lo espero —dijo el Maestro—. Porque así no tendremos que llorar, y si no nos volvemos locos, tal vez podamos invertir la suerte.

Clara miró a Maria y trató de comprender qué debía hacer para que ésta pudiera verla. Pero la pequeña francesa dejaba que se derramara a su alrededor el bronce de las soledades infinitas.

—Encontrarás el camino —le dijo Paulus.

Los cinco hombres se pusieron en pie y Clara se sintió más triste que los rosales en invierno. Pero Alessandro se volvió hacia ella y, sonriendo, le dijo:

—Ves a Maria, ¿verdad?

Ella asintió con la cabeza.

—¿Y a los que están a su alrededor también?

—Sí —contestó Clara—, veo a quienes ella ve.

—Entonces volverás a verme pronto —dijo—, y sabré que me miras.

Antes de abandonar la sala, Marcus se acercó a ella, y sacando de su bolsillo un objeto que desapareció en su puño cerrado, se lo tendió con gravedad. Clara abrió la palma y él depositó una pequeña pelota muy suave. Cuando Marcus retiró la mano, descubrió maravillada que era una esfera de unos diez centímetros de diámetro, recubierta por una piel parecida a la de los conejos. Era un poco desigual, achatada en algunos lugares y más prominente de un lado, pero a pesar de aquellas irregularidades conservaba una redondez amable y alegre.

—Es bueno que te acompañe un ancestro —dijo Marcus—. Tu padre me la confió en el momento del paso. Es inerte, por supuesto.

La mención a su padre se desvaneció ante las sensaciones que le despertaba el contacto con la esfera.

—¿Qué debo hacer? —preguntó Clara.

—Llevarlo siempre contigo —respondió—. Si no estuviera en contacto con alguno de los nuestros, se moriría.

La frecuencia que irradiaba de la piel arrebataba a Clara. Le parecía que le hablaba una voz ahogada, pero sonaba como un balbuceo infantil o una serie de palabras indistintas con las que se mezclaban unos bufidos suaves y extraños. Pietro se acercó a observar el objeto en la palma de Clara. Entonces ella alzó los ojos hacia él y sus miradas se cruzaron. A pesar de los largos meses coincidiendo en el patio, apenas se conocían. Pero al inclinarse sobre la esfera, se entreabrió un abismo entre los dos.

Pietro Volpe había vivido tres decenios de infierno y otros tres de luz. De los primeros guardaba un recuerdo intacto que tan sólo conservaba piadosamente en la memoria para celebrar los últimos. Cada mañana, al levantarse, volvía a ver a su padre, lo odiaba de nuevo, lo perdonaba otra vez, revivía las horas de su infancia con una agudeza que lo habría vuelto loco si no hubiera adquirido el poder de sufrir y de curar con un solo gesto; de hecho, residía en la casa donde había nacido y crecido. Aunque hubiera transformado la decoración, los muros continuaban siendo los mismos que lo habían visto odiar y perderse, y los fantasmas de sus antiguos habitantes aparecían por el patio. ¿Por qué Roberto Volpe no quiso al hijo cuyo nacimiento había deseado con tanto ardor? Era un hombre elegante, a quien le gustaba lo que hacía por amor a las cosas bellas y los comercios prósperos. Por su conocimiento del ser humano, tenía una conversación que, sin ser elevada, nunca mentía, y sin duda todo él estaba encerrado en aquella paradoja: no era ni superficial ni profundo. Pero cuando padre e hijo se vieron por primera vez, se detestaron de un modo definitivo y total —y quienes se asombren de que un alma tan joven pudiera deshonrar así recuerden que la infancia es el sueño en el que se comprende lo que todavía no se sabe.

A los diez años, Pietro se peleaba por las calles como un golfo de los suburbios. Era alto y fuerte, y poseía un sentido del ritmo fruto de las exacerbaciones de la sensibilidad. Pero se volvió tan invencible como maldito y Alba se marchitaba con una tristeza que ni la hija que había tenido después podía consolar. Al cabo de diez años, Pietro ya había aprendido en la calle todas las técnicas de combate. A los veinte años no sabía si era un hombre peligroso o un animal furioso. Se pegaba de noche mientras recitaba versos, leía ferozmente, luchaba lúgubremente, regresaba de vez en cuando a la villa del patio tratando de no cruzarse con su padre y allí observaba las lágrimas de su madre y la elegancia creciente de su hermana. No decía nada pero tomaba la mano de Alba hasta que a ésta se le agotaban los sollozos, y luego volvía a marcharse en el mismo silencio sombrío en el que se había encerrado toda su vida. Transcurrieron diez años más de desesperanza tan evanescentes como la voz que oía a veces en su interior; entretanto, su madre envejecía y Leonora maduraba. Ésta lo miraba sin hablar y le sonreía de una manera que decía: «Te espero». Pero cuando Pietro quería sonreírle a su vez, se quedaba paralizado por el dolor. Entonces ella le estrechaba el brazo y se alejaba trazando los círculos que ya envolvían sus movimientos, pero en el momento de abandonar la sala le lanzaba una última mirada que también significaba: «Te espero». Y aquella constancia lo sostenía y lo crucificaba a partes iguales.

Entonces, una mañana se despertó con la conciencia de que las líneas del tiempo se habían desfigurado. Acudió a la villa en el momento en que salía un sacerdote que le anunció que su padre se estaba muriendo y que lo habían buscado durante toda la noche. Fue al aposento de Roberto, donde lo esperaban Alba y Leonora, que se retiraron dejándolo solo frente al destino.

Tenía treinta años.

Se aproximó a la cama donde agonizaba aquel a

quien no veía desde hacía diez años. Habían echado las colgaduras y, cegado, Pietro buscó con los ojos alguna forma humana, pero recibió en el estómago una mirada de rapaz que brillaba como una gema en las penumbras del final.

—Pietro, al fin —dijo Roberto.

Pietro se estremeció al reconocer cada inflexión de una voz olvidada desde hacía mucho, y pensó que los abismos del tiempo se llenaban con el sufrimiento y lo restituían tan claro como la primera mañana. No dijo nada, pero se acercó más porque no quería ser un cobarde. En el naufragio, su padre tenía la misma cara que antaño, pero sus ojos brillaban con una fiebre que le reveló que moriría antes de la noche y con un reflejo que le hizo dudar que sólo fuera obra de la enfermedad.

—En treinta años no ha habido ni un solo día en el que no haya pensado en este instante —prosiguió Roberto.

Se echó a reír. Una tos seca le desgarró el pecho y Pietro vio que tenía miedo. Por un instante creyó que no sentía nada, pero luego lo sumergió una oleada de ira, como si comprendiera que la muerte no cambiaría nada y que tendría que vivir hasta el final siendo el hijo de aquel padre.

—A menudo he temido morir sin volver a verte. Pero parece que el destino conoce sus deberes.

Fue presa de convulsiones y se interrumpió durante un tiempo bastante largo. Pietro no se movió ni apartó la mirada. Qué aposento... Unas brumas oscuras se abatían sobre la cama arremolinándose como tifones malignos. En la inmovilidad que se imponía a sí mismo, estallaban todos los movimientos de su vida. Volvió a ver las caras y la sangre de sus refriegas de condenado y le vinieron a la memoria los versos de un poema. ¿De quién eran? No recordaba haberlos leído nunca. Luego cesaron las convulsiones y Roberto habló de nuevo.

—Tendría que haber comprendido que el destino velaría y que tú estarías aquí para verme morir y para decirte por qué no nos hemos querido.

Su rostro se volvió ceniciento y Pietro pensó que se iba a morir enseguida, pero tras un silencio continuó:

—Todo está en mi testamento —dijo—. Los acontecimientos, los hechos y las consecuencias. Pero quiero que sepas que no tengo remordimientos. Lo he hecho todo conscientemente y no me he arrepentido ni una sola vez.

Y alzando la mano hizo un gesto que se parecía a una bendición pero que, presa del agotamiento, no pudo terminar.

—Eso es todo —dijo.

Pietro guardó silencio. Perseguía una nota tenue que había resonado al callarse Roberto. Un arrebato de ira le barría el alma como una tormenta y tuvo el impulso irreprimible de matar con sus propias manos a aquel padre loco. Luego se le pasó. Se le pasó con una fuerza tan natural y soberana como el deseo de matar que se había apoderado de él justo antes y, cuando se le hubo pasado, supo que algo se había abierto en su interior. El sufrimiento y el odio estaban intactos, pero sentía en el pecho la obra de la muerte del otro.

Por último, con un brillo en la mirada que Pietro no comprendió, Roberto le dijo:

—Cuida de tu madre y de tu hermana. Es nuestro único papel.

Respiró hondo, miró una última vez a su hijo y se murió.

El notario los convocó aquella misma tarde. Pietro era el único heredero de los bienes de su padre. Cuando salieron de su despacho era de noche. Estrechó a su madre y abrazó a su hermana. Ésta lo miró de una manera que decía: «Aquí estás». Pietro le sonrió y le dijo: «Hasta mañana».

Al día siguiente por la mañana regresó a la villa del patio.

Recorrió todas las salas y examinó una a una todas las obras. Los sirvientes salían de las cocinas y los aposentos y cuando pasaba susurraban *condoglianze*, pero él oía además *ecco*. Cada cuadro le hablaba, cada escultura murmuraba un poema y todo le resultaba tan familiar y feliz como si nunca hubiera odiado y abandonado los manes de aquel lugar. Entonces, deteniéndose frente a un cuadro de una mujer que sollozaba apretando contra su pecho a Cristo, Pietro supo al fin qué le gustaba desde el principio y entrevió al gran marchante en el que se convertiría. Por la tarde enterraron a Roberto bajo un sol que caía a plomo aunque era noviembre, y todos los artistas de renombre y los hombres influyentes de Roma acudieron al funeral. Al concluir la misa lo saludaron y vio que aceptaban que hubiera recibido la herencia. Los saludos eran respetuosos, y Pietro sabía que le había cambiado la cara. El golfo había muerto en una noche y él ya no pensaba más que en sus obras.

Pero su odio pervivía.

En el cementerio, distinguió a un hombre detrás de Leonora que se mantenía muy erguido y lo miraba a los ojos. Algo en su mirada le gustó. Cuando Leonora llegó junto a él, le dijo:

—Te presento a Gustavo Acciavatti. Ha comprado el cuadro grande. Vendrá a verte mañana.

Pietro le estrechó la mano.

Hubo un breve silencio.

Luego Acciavatti dijo:

—¡Qué noviembre tan extraño!, ¿verdad?

Al día siguiente, de buena mañana, el notario pidió a Pietro que regresara solo a su despacho y le entregó un sobre que contenía dos hojas que Roberto había exigido que su hijo fuera el único en leerlas.

—Quien viole dicha voluntad lo pagará caro, sin duda —añadió.

Una vez fuera, Pietro abrió el sobre. En la primera hoja leyó la confesión de su padre; en la segunda, un poema escrito de su puño y letra. Presa de la zozobra, pensó que jamás se había acercado tanto al infierno.

En la villa se encontró a Acciavatti en compañía de Leonora.

—No puedo venderle este cuadro —le dijo—. Mi padre no tendría que habérselo cedido.

—Ya lo he pagado.

—Se lo reembolsaré. Pero podrá venir a verlo cuando lo desee.

El hombre regresó a menudo y se hicieron amigos. Un día, tras la visita al cuadro, se sentaron en la sala del patio y hablaron de la propuesta que había recibido Acciavatti de dirigir la orquesta de Milán.

—Voy a echar de menos a Leonora —dijo Pietro.

—Mi destino está en Roma —contestó Gustavo—. Tendré que viajar, pero viviré y moriré aquí.

—¿Por qué te condenas a lo que podrías rehuir? Roma es un infierno de tumbas y de corrupción.

—Porque no puedo elegir —dijo el joven Maestro—. Este cuadro me ata a la ciudad en la misma medida en que tú podrías abandonarla. Eres rico y puedes comerciar con arte en cualquier gran ciudad.

—Me quedo porque no sé cómo perdonar —dijo Pietro—. Así que vago por los decorados del pasado.

—¿A quién tienes que perdonar? —preguntó Acciavatti.

—A mi padre —dijo Pietro—. Sé lo que hizo pero no conozco las razones. Y como no soy cristiano, no puedo perdonar sin comprender.

—Entonces sufres el mismo martirio que has soportado toda la vida.

—¿Acaso puedo elegir? —preguntó.

—Sí —dijo Acciavatti—. Cuando se comprende es más fácil perdonar. Pero cuando no se comprende, se perdona para no sufrir. Perdonarás cada mañana sin comprender y tendrás que empezar de nuevo a la mañana siguiente, pero al fin podrás vivir sin odio.

Después Pietro hizo una última pregunta:

—¿Por qué te place este cuadro?

—Para contestarte tendría que decirte quién soy.

—Ya sé quién eres.

—Sólo sabes lo que ves. Pero hoy te revelaré mi

parte invisible y me creerás porque los poetas siempre saben lo que es verdad.

Tras la larga conversación que los condujo hasta el amanecer del día siguiente, Pietro dijo:

—Conque conocías a mi padre.

—Gracias a él llegué a este cuadro. Sé lo que hizo y lo que te cuesta. Pero todavía no puedo decirte ni las razones de su comportamiento ni por qué es tan importante para nosotros.

¿Acaso era la magia del ancestro sobre el que se había cruzado su mirada? ¿O una nueva simpatía nacida de las urgencias de la noche? Transcurrió un minuto, tal vez, desde que Clara había alzado los ojos hacia Pietro y, sin poder nombrar ni los acontecimientos ni a los hombres, veía lo que albergaba el corazón del marchante. Veía que había tenido que combatir y renunciar, sufrir y perdonar, que había odiado y que había aprendido a amar, pero que el dolor no lo abandonaba sino para reanudarse sin cesar; eso le resultaba familiar porque también lo percibía en el corazón de Maria, que no podía perdonarse por haberle ofrecido a Eugénie el puente rojo y la posibilidad del intercambio. Para Clara, el interior de los corazones era tan legible como un texto en mayúsculas, y comprendía cómo podía unir los corazones y apaciguarlos porque a partir de entonces tendría el poder de contarlo tocando el piano. Colocó al ancestro a la izquierda del teclado y cuando tocó la primera nota le pareció que éste se armonizaba con ella. Luego concentró en sus dedos todo su deseo de narrar una historia de perdón y de unión.

Pietro lloraba y el Maestro se había llevado la mano al pecho. Clara componía mientras tocaba y bajo sus manos nacían los milagrosos compases que una pequeña montañesa que quería hablar con una pequeña campesina de vergeles y de hondonadas arrancaba a su corazón de huérfana. ¿Cuántas gargantas lo han cantado desde entonces en el fervor de la partida? ¿Cuántos combates, cuántos estandartes, cuántos soldados en la llanura desde que Clara Centi compuso el himno de la última alianza? Y mientras Maria descubría y oía en sueños a una niña con rasgos de roca pura, Pietro lloraba lágrimas que ardían y que curaban y que le hacían susurrar los versos que su padre había trazado en la hoja; entonces vio el ácido del odio concentrarse en un punto de dolor insondable y ciego de su interior y luego la pena de sesenta años desapareció para siempre.

Ai padri la croce
*Agli orfani la grazia.**

* A los padres la cruz / A los huérfanos la gracia.

VILLA ACCIAVATTI
Consejo élfico restringido

—Tiene una madurez admirable —dijo el Maestro—, y un corazón infinitamente puro.
—Pero no es más que una niña —dijo Petrus.
—Que compone como un genio adulto —dijo el Maestro— y tiene el poder de su padre.
—Una niña que no ha tenido padres y estuvo diez años pudriéndose con un cura idiota y una vieja retrasada —farfulló Petrus.
—Había árboles y peñascos durante esos diez años, y las historias de la vieja criada y de Paolino, el pastor —dijo el Maestro.
—Un torrente de favores —ironizó Petrus—. ¿Y por qué no una madre? ¿Y algunas luces de noche? Tiene derecho a saberlo. No puede avanzar a oscuras.
—Nosotros también avanzamos a oscuras —dijo el Jefe del Consejo—, y tiemblo por ellas.
—El conocimiento alimenta las ficciones y las ficciones liberan los poderes —dijo Petrus.
—¿Qué clase de padres somos? —preguntó el Guar-

dián del Pabellón—. Son nuestras hijas y las afilamos como si fueran cuchillas.

—Pues dejadme la iniciativa de los relatos —dijo Petrus.

—Haz lo que quieras —dijo el Jefe del Consejo.

Petrus sonrió.

—Voy a necesitar moscatel.

—Tengo muchísimas ganas de probarlo —dijo Marcus.

—Vas a conocer la alegría —dijo Petrus.

—Guardaespaldas, narrador y bebedor. Un verdadero pequeño ser humano —dijo Paulus.

—No entiendo nada de lo que pasa —dijo Alessandro—, pero me honra.

EL PADRE FRANÇOIS
En esta comarca

Eugénie murió la noche siguiente de enero. Se durmió apaciblemente y no se despertó. Jeannette fue a llamar a su puerta al volver de ordeñar, sorprendida de no oler el aroma del primer café del día en la cocina. Hizo venir a las demás. El padre cortaba madera en la oscuridad de antes del amanecer, cuya negrura helada parecía fragmentarse en trozos acerados de hielo. Pero con su gorro de piel y su chaqueta de trampero, partía los troncos a su manera regular y plácida, y el frío le resbalaba igual que los acontecimientos de su vida, mordiéndolo profundamente sin que él le diera importancia. Con todo, de vez en cuando levantaba la cabeza y aspiraba la masa petrificada del aire diciéndose que conocía aquel amanecer, pero sin recordar por qué. La madre fue a buscarlo. Sus lágrimas brillaban como diamantes oscuros y líquidos en los reflejos del día naciente. Le anunció la noticia y le tomó la mano con dulzura. Mientras se le desgarraba el corazón, el padre pensó que era más hermosa que cualquier mujer y le apretó la mano a su vez de un modo que valía por todas las palabras. No hubo duda alguna sobre quién debía ir a avisar a la pequeña, lo que dice mucho del hombre que era aquel padre. André, pues así se llamaba, fue a la habitación de Maria y la encontró más despierta que un batallón de golondrinas. Asintió con la cabeza y se sentó a su lado con su estilo indescriptible, que era la gracia de aquel campesino pobre con madera de rey —de ahí que nos digamos que no fue azaroso que la pequeña aterrizara allí algo más de doce años antes, por muy tosca que pareciera aquella extraña granja—. Durante algunos segundos, Maria no se movió ni pareció respirar. Luego dio un hipido desolado y, como todas las niñas pequeñas, incluso las que hablan con jabalíes fantásticos y con caballos de mercurio, lloró con sollozos desesperados, de esos que se gastan sin contarlos a los doce años, mientras que a los cuarenta cuesta tanto que salgan.

La aflicción fue inmensa en la baja comarca, donde Eugénie había vivido nueve decenios oscurecidos por dos guerras, atormentados por dos duelos y condecorados por innumerables curaciones. A la misa que se celebró al cabo de dos días acudieron todos los hombres y las mujeres de los seis cantones dignos de este nombre. Muchos tuvieron que esperar frente a la iglesia, pero todos siguieron el cortejo hasta el cementerio, donde se repartieron entre las tumbas para escuchar la plegaria del cura. En el intenso frío de mediodía, unas nubes negras y muy altas corrían por encima de los congregados, que aguardaban que descargaran una bonita nevada, restableciendo así un poco la suavidad del invierno, en lugar de aquel hielo permanente que agotaba los corazones con su quemadura demasiado larga; y todos, con abrigos, guantes y sombreros negros de duelo, llamaban en secreto a los copos de nieve pensando que habrían honrado mejor a Eugénie que las palabras que iba a derrochar el cura en su latín de panteón y de nave. Con todo, callaban y se disponían a escuchar las verdades de la fe, porque Eugénie había sido piadosa y ellos también lo eran, por muy henchidos de libertad salvaje que estuvieran en aquellas comarcas de naturaleza poderosa. Miraban al cura, que se aclaraba la voz y en su casulla inmaculada, con su gran panza ofrecida a las crueldades del invierno, se recogía antes de empezar a hablar. Dijo una misa que no se extravió en una liturgia de textos y de sermones, sino que supo rendir homenaje a una anciana dotada de la ciencia de las plantas medicinales, y a todos les conmovió por la única razón de que había sonado bien.

El padre François tenía cincuenta y tres años. Había consagrado su vida a Jesús y a las plantas sin considerarlas nunca ajenas a la misión que se había impuesto a los trece. No sabía cómo le había venido la vocación, ni si la forma cristiana, que era la más natural, era también la más adecuada. Por ella había consentido una serie de sacrificios, el menor de los cuales no era renunciar a la intuición de que los árboles y los caminos hablaban un lenguaje distinto al de la Iglesia. Había soportado el seminario y sus absurdidades, y el desasosiego del servidor cuando no encuentra en su jerarquía eco alguno de su manera de pensar. Pero había atravesado todo aquello como si caminara bajo un chaparrón, resguardando la fe que conservaba en los hombres ásperos que tenía a su cargo, y si no había sufrido las incoherencias que observaba en el discurso de la autoridad, era porque amaba tanto al Señor como a quienes llevaba Su palabra. Aquel día el padre François miraba la comunidad reunida en el modesto cementerio donde inhumaban a una pobre vieja que había pasado toda la vida en la granja, y sentía que algo hervía en su interior reclamando expresarse en voz alta. Estaba turbado, pero sin inquietud, por un sentimiento parecido al que le impidió escribir a sus superiores tras los milagros del rosario y de las cartas llegadas de Italia, y que le hizo decantarse por hablar con Maria, que repitió las mismas palabras que sus abuelas con un candor impenetrable que lo convenció de que si ella no sabía nada, no había lugar para el mal en su corazón cristalino. El cura miró el pequeño cementerio arbolado donde se alineaban las tumbas de tanta gente sencilla que no conocía más que el campo y las labores, e hizo la reflexión repentina de que los habitantes de aquella región de silencio y de bosques, que no esperaban más abundancia que la de las lluvias y las manzanas, jamás habían sufrido el horrible aislamiento de los corazones que él había frecuentado en la ciudad siendo seminarista. Entonces, bajo el augurio de los grandes nubarrones como bueyes que se acumulaban sobre el cementerio que aquel día estaba más inundado de gente que de tilos, el padre François comprendió que había sido bendecido con el regalo que la gente de pocos recursos ofrece a quienes aceptan sus miserias y sus penas, y que cada noche, al consignar sus trabajos de la jornada sobre la melisa y la artemisa, había sentido el calor de los hombres que, con las manos en la tierra y la frente bajo el sol, no tienen nada, no pueden hacer nada, pero conocen la simple gloria del otro. El recuerdo de Eugénie tomó otra dimensión, como si se desdoblara hasta el infinito y se inscribiera en espacios y tiempos desconocidos que su espíritu sondeara de pronto por medio del prisma de la vieja abuela y de una región tan áspera y límpida como los cielos del principio de los tiempos. No sabía cómo había cambiado su percepción, pero jamás había considerado el mundo bajo el mismo ángulo que aquel día de funeral, un ángulo más vasto y más abierto, abrevado en las asperezas de un territorio de desnudez y de gracias.

Sí, todo el mundo estaba allí, todo un pueblo, toda una comarca, todo un cantón. Vestían trajes de duelo que costaban más que la paga que arrancaban a la tierra, porque aquel día era inconcebible no llevar guantes de cabritilla y ropa de buen paño. Bajo un sombrero negro, André Faure se mantenía junto al hoyo cavado a duras penas en la tierra helada, y el padre François veía que la región entera estaba tras él, que era uno de esos hombres que encarnan y que sostienen, y por los cuales una comunidad se siente existir con más certeza y accede más fácilmente al orgullo de ser ella misma que por los decretos y las ordenanzas de los poderosos. A su izquierda Maria callaba. El cura sintió que una corola se le desplegaba en las entrañas. Miró a su alrededor en la luz de aquel mes tan crudo, incluso en una comarca acostumbrada a los rigores del invierno, miró a los hombres y a las mujeres humildes y orgullosos que se recogían indiferentes al cierzo hostil, y la corola siguió abriéndose hasta hacerle explorar un nuevo continente de identidad, una vertiginosa extensión de sí mismo que nacía, no obstante, en la estrechez de aquel primitivo cementerio rural. Una ráfaga glaciar barrió la morada de los muertos e hizo volar varios sombreros que los muchachos fueron a atrapar con la misma rapidez con que regresaron junto a sus mayores, y el padre François recitó el comienzo de la plegaria ritual.

Sé nuestra salida, Señor,
a lo largo del día de esta vida atormentada,
hasta que se alarguen las sombras y anochezca,
cuando se calma el mundo agitado,
cae la fiebre de la vida
y terminamos nuestras tareas.

Calló. El cierzo se había aplacado repentinamente y el cementerio callaba con él en un estremecimiento de piedad y de hielo. Quiso hablar y continuar la plegaria —«Así, Señor, en Tu misericordia / concédenos una morada tranquila / un bienaventurado reposo y, finalmente, la paz / por Cristo, nuestro Señor»—, pero no pudo. Por todos los ángeles, no pudo, y la razón —que también dirá qué clase de hombre era aquel cura— era que no lograba recordar qué tenían que ver el Señor Jesucristo y todos los santos reunidos con el relato que debía a su hermana desaparecida. Sólo sentía la corola que iba creciendo, se desplegaba y acababa ocupando por completo un lugar de carne a la vez minúsculo y sin fronteras, y todo el resto estaba vacío. El padre François inspiró hondo y buscó en su interior el ancla que había lanzado la corola. Encontró un perfume a violetas y a resina y una oleada de tristeza tan intensa que por un instante tuvo náuseas. Luego se le pasó. Al fin, todo enmudeció de nuevo. Pero tenía la sensación de estar mirando el cementerio, los hombres y los árboles sin pantalla alguna, como si hubieran lavado el cristal donde antes se acumulaba el polvo de los caminos. Era maravilloso. Como llevaba un rato inhabitualmente largo callado, los fieles alzaron hacia él caras atónitas. André, en particular, observó algo en la fisonomía del cura que hizo que lo escrutara durante algunos segundos con su insondable pupila de taciturno. Sus miradas se cruzaron. Había poco en común entre estos dos seres a quienes la suerte había reunido en aquellas austeras tierras; poco en común entre el pastor sonriente al que le gustaba el italiano y el vino y el campesino pesado y secreto que no hablaba más que con Maria y con la tierra de sus campos; poco en común, por último, entre la religión de los letrados y la creencia de la gente de campo que sólo se comprendía por su necesidad de tejer una comunidad. Pero aquel día era diferente y sus miradas se cruzaron como por primera vez. Entonces simplemente hubo dos hombres, uno que unía entre sí las almas terrenales que tenían allí su destino, y otro que aquel día lo comprendía y se preparaba para honrar con sus palabras el lazo del amor. Sí, del amor. ¿De qué otra cosa creen que se trata en esa hora de nubes negras y de cierzo, y que pueda llevar a un hombre tan lejos de su techo? Ahora bien, quien ama se preocupa poco del buen Dios, como aquel día era el caso del señor cura, que ya no encontraba ni a su Señor ni a sus santos pero que, por la gracia de una magia de la que no entendía ni gota, acababa de descubrir el mundo iluminado por el amor. Por última vez antes de hablar, contempló la marea de gente humilde que esperaba que diera la señal del adiós, miró cada rostro y cada frente y al fin regresó en sí y encontró el rastro del niño que antaño jugaba en la hierba del arroyo. Entonces habló.

—Hermanos míos, he vivido en esta comarca, con vosotros, treinta años. Treinta años de labores y de penas, treinta años de cosechas y de lluvias, treinta años de estaciones y de duelos, pero treinta años de nacimientos y de bodas, y de misas a todas horas porque lleváis una vida virtuosa. Esta campiña es vuestra y os ha sido dada para que conozcáis el sabor amargo del esfuerzo y la recompensa muda de las labores. Os pertenece sin títulos porque le habéis sacrificado vuestra savia y le habéis confiado vuestras esperanzas. Os pertenece sin lides porque los vuestros reposan en ella en paz y antes que vosotros pagaron el tributo del trabajo. Os pertenece sin cruces porque no la reivindicáis, sino que le agradecéis que os considere sus sirvientes y sus hijos. He vivido con vosotros en esta tierra y hoy, después de treinta años de plegarias y de prédicas, treinta años de sermones y de oficios, os ruego que me aceptéis y me nombréis uno de los vuestros. He sido ciego e imploro vuestro perdón. Vosotros sois grandes cuando yo soy pequeño, humildes mientras que yo soy pobre y valientes ahora que yo desfallezco. A vosotros, hombres de pocos medios y gente de a pie, a vosotros que cultiváis el suelo cada amanecer abriéndoos camino aunque granice, a vosotros, soldados de la insigne misión que alimenta y hace prosperar, y que morís bajo los sarmientos de una viña que dará buen vino a vuestros hijos, ante la tumba de aquella que quiere que abrace como vosotros el polvo y las piedras, os suplico una última vez que me acojáis entre vosotros, ya que esta mañana he comprendido la verdadera embriaguez de servir. Entonces, cuando hayamos llorado a Eugénie y hayamos compartido la pena, miraremos a nuestro alrededor esta tierra que es la nuestra y nos da los árboles y el cielo, los vergeles y las flores, y un paraíso que está aquí abajo con la misma seguridad que este tiempo nos pertenece y que es posible encontrar en él el único consuelo al que aspira mi corazón a partir de ahora. Ya llega el tiempo de los hombres, y «estoy convencido: ni la muerte, ni la vida, ni los espíritus, ni los poderes, ni el presente, ni el porvenir, ni los astros, ni los abismos, ni ninguna criatura, nada podrá separarnos del amor» que está en nuestra tierra y que sentimos por ella. Ya llega el tiempo de los hombres que conocen la nobleza de los oquedales y la gracia de los árboles, los hombres que saben recoger y curar, y amar, en fin. A ellos, «la gloria, por los siglos de los siglos. Amén».

Y los presentes respondieron «amén».

Se miraron tratando de digerir la excentricidad de la plegaria. Intentaban rememorar las palabras en orden, pero en su lugar se les ocurrían jirones de las antífonas habituales y les costaba trabajo decidir qué se había representado en aquella inesperada fantasía. Y, sin embargo, lo sabían. Como toda palabra cuya sintaxis y rima beben de la belleza del mundo, la homilía del cura los había acariciado con una poderosa poesía. Hacía mucho frío en medio de los tilos, pero se calentaban con un fuego intangible que contenía las ventajas de la vida que llevaban, los ríos, las rosas y los encantamientos del cielo, y era como si una pluma ligera les rozara la herida con la que se habían acostumbrado a vivir pero de la que se decían que tal vez podría curarse y cicatrizar para siempre. Tal vez... Al menos ya conocían una plegaria que no era en latín pero se parecía a los paisajes amables tiernamente encerrados en sí mismos. Había un perfume de viñas y algunas violetas despeinadas, y cielos lavados de tinta por encima de la soledad de las cañadas. Aquella vida era la suya, al igual que aquel tiempo les pertenecía, y mientras se dispersaban charlando, se saludaban, se abrazaban y se disponían a regresar a su casa, sentían que por primera vez asentaban mejor el pie, dado que hay pocos hombres que comprendan de entrada que no hay más Señor que la bondad de la tierra.

El padre François miró a Maria. La corola que acababa de extenderse por los pliegues de su corazón le confirmaba la noticia: a causa de la pequeña sucedían aquellas floraciones y aquellas horas, a causa de ella podían desviarse a lo largo del río los obstáculos que obstruían su curso, y a causa de ella, por último, había estaciones que enroscaban a su alrededor una espiral de tiempo transfigurado. Alzó la cabeza hacia las nubes negras estibadas al muelle del cielo con la solidez de cordajes de barco. André le puso la mano en el hombro y François sintió pasar un flujo magnético por el que se ponían de acuerdo en que se producían acontecimientos a los que su razón no lograba dar sentido, pero su corazón seguramente sí, y todo su amor también. André retiró la mano mientras la muchedumbre asombrada de campesinos miraba a los dos hermanos que acababan de descubrirse y esperaban estremecidos lo que vendría a continuación. Miraron mucho las nubes y a todos les pareció que decían algo hostil, pero lo que ocurría en el cementerio merecía que se enfrentaran a los peligros. Con todo, parecía que se hubiera terminado, puesto que el padre François los bendijo e indicó a los sepultureros que arrojaran la tierra. Maria sonreía junto a su padre, que se había quitado el sombrero y miraba el cielo con los ojos entornados, como un hombre a quien el sol hubiera recalentado la cabeza, aunque seguía helando tanto que se resquebrajaban las piedras. Luego la pequeña dio un paso hacia la fosa y sacó de su bolsillo unas flores pálidas de espino blanco que cayeron despacio sobre el ataúd sin que se las llevara el cierzo.

Sin embargo, André Faure no parecía listo para marcharse del cementerio. Le hizo una señal al cura mientras Maria también miraba el cielo, que se ensombrecía de una manera inhabitual, ya que las nubes no ocultaban la luz, sino que la tornaban oscura y apagada. El cura se volvió y miró lo que le señalaba. En el horizonte al sur de los campos, más allá del muro de piedras planas, se erigía una hilera negra de humo o de lluvia. Avanzaba lentamente pero a la vez que las nubes que descendían sobre la tierra, de manera que el espacio se estrechaba por el horizonte y por el firmamento, y habrían quedado rodeados si el pueblo no estuviera encaramado a la pequeña montaña por la que aún podían huir si el cielo seguía desplomándose sobre los campos. Por otra parte, André y el cura no eran los únicos que lo habían observado, y hubo un momento de duda, sobre todo entre los que se dirigían al sur. Maria se acercó a su padre y cruzaron una mirada. ¿Qué vio en ella André? Nadie sabría decirlo. Pero comprendieron que ya no había tiempo de preguntarse el porqué, pues había llegado la hora de saber cómo prepararse para el combate. Los hombres —al menos los que tenían autoridad en la región— formaron un círculo alrededor de André, mientras que el resto de los presentes esperaba bajo el viento. El padre François se mantenía a su derecha, y aquello significaba, tal y como entendían todos sin asombro alguno: «Estoy detrás de él». Entonces André habló y supieron que se trataba de algo grave. Un puñado de minutos más tarde se dispersaron y cada cual ejecutó su segmento de la orden. Los que regresaban hacia el norte, el este y el oeste se apresuraban a tomar la carretera sin mirar atrás. Los otros se repartieron entre las granjas o se concentraron en el santuario de la iglesia, donde enseguida les traerían vino caliente y mantas gruesas. Por último, una decena de hombres escoltó a la pequeña, a la madre y a las tres abuelas hasta la granja de Marcelot, que consideraban más fácil de defender porque la rodeaba una muralla y estaba elevada, de modo que desde allí había la mejor vista sobre todos los lados del paisaje. Hicieron sentar a las mujeres y a la niña alrededor de la misma mesa que había en todas las granjas y se atarearon disponiendo todo lo necesario para su restablecimiento moral y psíquico, con el fin de asegurar la empresa.

La hora que precede la batalla es breve y Maria lo sabía y sonreía a Lorette Marcelot. Era una mujer imponente cuya carnosidad se echaba hacia delante con una majestad que se debía a la lentitud de sus gestos. De su juventud resplandeciente había conservado una cara sin arrugas y una cabellera cobriza recogida en un moño que atraía las miradas como un faro, y los hombres contemplaban sin cansarse a aquella campesina de movimientos amortiguados e interminables que les apaciguaba el corazón tallado a flor de piel por las innumerables miserias de la tierra. Además, Maria, a quien le gustaba apretujarse contra sus enaguas, aspiró la verbena que llevaba en unas bolsitas cosidas por debajo del vestido y que esparcían una romanza de árboles y de despensa, por lo que cabe preguntarse qué refinamiento le faltaba a aquella comarca trufada, no obstante, de paletos.

—Bueno, pequeña, ha sido un entierro muy bonito —le dijo a la niña, y le sonrió.

Eran las palabras convenientes y, aunque parecían bordadas en la piel lisa de aquel rostro blanco como la leche, apenas daban una quietud que anulaba su negrura. Colocó ante ella un trozo de queso y un bol de leche humeante. Maria le sonrió. La sala olía a café mezclado con el primer aroma de las aves que iban a asar. Los hombres se habían quedado fuera y las tres abuelas y la madre descansaban en silencio de las emociones de la mañana. Entretanto, miraban a Marcelotte, que redondeaba los brazos para cortar el pan con una languidez que hacía que cada movimiento fuera más valiente y orgulloso. Era una hora de mujeres. Era la hora de las mujeres que saben lo que deben encontrar los hombres en su casa antes del combate. Entonces ocupan todo el espacio de la vivienda, abrazan cada recoveco y cada vigueta y se multiplican hasta que el hogar no es más que un pecho palpitante en el que se sientan las declinaciones más puras de su sexo. Y la granja, dilatadísima por las radiaciones de las mujeres, que estiran su cuerpo hasta las vigas de la sala, las cuales se sienten más amables y curvas, se encarna al fin de manera que cualquiera que penetre en su interior sepa que quien reina en ella es la mujer, que da los placeres y las alegrías del mundo.

ALESSANDRO
Los pioneros

Al amanecer que siguió a la noche de la gran curación, Alessandro, Paulus y Marcus emprendieron juntos el camino a Francia. Clara no había dormido. Era el último día de Eugénie en la tierra y en Roma llovía mientras se despedían. En la escalinata, Leonora la estrechó con tristeza contra ella. Pietro, a su lado, estaba impasible y mudo. Petrus parecía más cansado que nunca.

—No sé qué vais a encontrar en el pueblo —dijo el Maestro—, pero por el camino debéis ser invisibles.

—¿Invisibles cuando Roma entera está vigilada? —preguntó Leonora.

—Los hombres de Pietro los esperan fuera —le contestó—, saldrán de la ciudad en secreto.

A continuación todos se abrazaron. Pero antes de irse, Sandro se arrodilló frente a Clara y, con los ojos a la altura de los suyos, le cuchicheó:

—Un día te contaré la historia de una mujer que conocí que se llamaba Teresa.

Levantó los ojos hacia el Maestro.

—Me pregunto... —susurró.

Se marcharon bajo la lluvia. Pero antes de desaparecer en la curva de la alameda, Alessandro se dio la vuelta y le hizo una señal con la mano. ¿Acaso era el poder del ancestro? A Clara le pareció que lo veía por primera vez.

Permaneció en la villa, con Petrus, que solía adormilarse en cuanto los dejaban solos. Pero aquella mañana la miraba con ademán soñador y ella pensó que estaba más sobrio que de costumbre.

—¿Quién es Teresa? —le preguntó.

—¿Tú qué sabes de los fantasmas? —lo interrogó él a su vez.

—Viven con nosotros —dijo ella.

—No —replicó él—, somos nosotros quienes vivimos con ellos y no los dejamos marcharse. Por eso hay que contarles la historia justa.

Clara no dijo nada. Algo en Petrus había cambiado.

—Hoy no puedo hablarte de Teresa —dijo—, pero te voy a contar una historia que te llevará a la suya.

Suspiró.

—Pero primero necesito una copita.

—Quizá es mejor que no bebas —dijo ella.

—No lo creo —dijo—. Los humanos pierden sus facultades cuando beben, pero yo me vuelvo más fuerte.

Se levantó y se sirvió vino tinto de un granate intenso.

—Debo de ser el único cuyos talentos se revelan

con el Amarone —dijo—. ¿Por qué? Misterio y brumas.

—Pero ¿qué sois? —preguntó ella.

—¿Cómo que qué somos?

—El Maestro, Paulus, Marcus y tú. No sois hombres, ¿verdad?

—¿Hombres? Por supuesto que no —dijo consternado—. Somos elfos.

—¿Elfos? —repitió ella estupefacta—. ¿Hay elfos alcohólicos?

Petrus se mostró apenado.

—Yo no soy alcohólico, sólo soy intolerante al alcohol. Lo somos todos, de hecho. Pero ¿es razón suficiente para privarse de lo bueno?

—¿Todos los elfos beben?

—Claro que no —dijo con un aire un poco desconcertado—. Por eso estoy aquí.

—¿Estás aquí por el moscatel?

—Estoy aquí por el moscatel y por la conversación de los humanos.

—¿No hay conversaciones interesantes entre los elfos?

—Claro que sí —dijo.

Se pasó una mano por la frente.

—Es más complicado de lo que pensaba —dijo.

—¿Qué hacen los elfos durante el día? —quiso saber ella, en un esfuerzo loable por ayudarlo.

—Pues muchas cosas, muchas cosas... Poemas, caligrafías, paseos por el bosque, jardines de piedras, bonitas cerámicas, música. Celebran el crepúsculo y las brumas. Beben té. Torrentes de té.

Esta última consideración pareció llenarlo de tristeza.

—No te imaginas cuánto té beben —concluyó anegado en su melancolía.

—¿Y las conversaciones?

—¿Las conversaciones?

—¿Son como las del Maestro?

—No, no. La mayoría de nosotros no tiene aspiraciones tan elevadas. Somos elfos normales. Hay fiestas, también. Pero no es lo mismo.

—¿El qué no es lo mismo?

—Nadie cuenta historias. Recitan poemas y cantan cánticos en abundancia. Pero nunca historias de fantasmas o de la caza de trufas.

Pareció vigorizado por aquella mención que databa de la víspera, en que un empleado de la cocina había contado un interminable relato que sucedía en los bosques de la Toscana.

—¿Así que estás aquí por el vino y por las historias de la caza de trufas?

—El Maestro me hizo venir por las historias. Pero el vino también ayuda.

—¿Te aburrías allí arriba? —continuó inquiriendo ella.

—No se puede hablar propiamente de «allí arriba» —farfulló—. Y sí que me aburría un poco, pero eso no es lo más importante. Durante mucho tiempo fui un cero a la izquierda. Y de repente un día el Maestro me preguntó si quería ir a su casa. Vine, bebí y me quedé. Estoy hecho para este mundo. Por eso puedo contarte la historia de Alessandro. Porque somos hermanos de insatisfacción.

—¿El Maestro te ha pedido que me cuentes la historia de Alessandro?

—No exactamente —respondió—. En realidad, fui yo quien sugirió que te contemos tu propia historia, lo que implica muchas otras historias también, y si quieres dejar de hacer preguntas, empezaré por la de Alessandro.

Y, sentándose con elegancia en el sillón donde solía roncar, se sirvió otra copa y acometió el relato mientras un acero extraño se transparentaba bajo la redondez de sus rasgos y su voz adquiría un tono aterciopelado inédito.

—La historia de Alessandro comienza hace poco más de cuarenta años en una bonita casa de L'Aquila donde vivía con su madre, una mujer singular que estaba hecha para viajar y que se consumía de la tristeza de no tener más horizonte que su jardín. Su única alegría era su hijo menor, Alessandro, más hermoso que el cielo. Nunca habían visto en toda la provincia una cara tan perfecta, y resultó que el carácter del niño era el reflejo de su constitución, dado que aprendió a hablar un italiano espléndido con un fraseo que nadie había oído allí, y desde la más tierna edad mostró aptitudes para la música y el dibujo que superaban las que los profesores estaban acostumbrados a ver. A los dieciséis años ya no podía aprender nada más de ellos. A los veinte se marchó a Roma, entre los llantos y las esperanzas de su madre, y acudió a casa de Pietro, de quien le había hablado su difunto padre, que vendía a los ricos romanos alfombras de Oriente que llegaban a los Abruzos por la ruta del norte.

Hizo una pausa y se sirvió una tercera copa.

—Lo cuentas muy bien —dijo Clara.

—¿Mejor que tu vieja criada? —preguntó él.

—Sí, pero tu voz no es tan bonita.

—Es porque tengo sed —dijo, y tomó otro sorbo de Amarone—. ¿Sabes cuál es el secreto de un buen relato?

—¿El vino? —sugirió ella.

—El lirismo y la indolencia con la verdad. En cambio, con el corazón no se juega.

Después, contemplando con afecto el rubí de su copa, prosiguió:

—Así que Alessandro se encaminó a Roma con la fogosidad y el caos de sus veinte años.

—Veo un cuadro —dijo ella.

—¿Ves en mi espíritu?

—Veo aquello de lo que hablas.

—Admirable —dijo—. Y sin beber.

—¿Es el poder de mi padre?

—Es el poder de tu padre, pero también tu talento. Ese cuadro es el primero que Alessandro le enseñó a Pietro, que nunca había visto nada parecido. Conocía el mercado del arte y sabía que estaba en presencia de un milagro. El lienzo no representaba nada. La tinta se arrojaba en trazos elegantes que subían hacia el borde superior a la manera de una horca con tres puntas desiguales, más bajas en el exterior y unidas entre sí por la base. Lo raro era que, si lo mirabas bien, comprendías que los trazos no podían estar trazados más que en un único sentido. El caso es que Pietro sabía que era una escritura y se preguntó cómo había aprendido Alessandro aquel lenguaje. Pero cuando se lo consultó, vio que no lo entendía. ¿Has escrito «montaña» así, sin saber lo que caligrafiabas?, le preguntó. ¿He escrito «montaña»?, respondió Sandro. Estaba atónito. Venía de L'Aquila y apenas tenía una idea vaga del mundo. Pero había trazado el signo de la montaña y Pietro sabía leerlo, porque había ido al país de aquellos signos y podía descifrar algunos. De hecho, todos sabemos, porque es un lenguaje que adoptamos hace ya mucho tiempo y porque las piedras de las montañas son muy importantes para nosotros. Pietro le preguntó a Sandro si tenía más cuadros. Así era. Y en los meses siguientes pintó muchos. Eran magníficos. Había llegado a Roma pobre, pero en dos años era más rico de lo que había sido jamás su padre. Y todo el mundo lo quería. Las mujeres con amor y los hombres con amistad; era el más encantador de los compañeros y comensales. No sé cuándo dormía. Nunca se le veía levantarse de la mesa en las cenas. Hablaba con Pietro hasta la madrugada y por la mañana ya estaba frente a su caballete para dar a luz prodigios de tinta y de carboncillo. No necesitaba un gran taller, vivía en la villa Volpe y trabajaba en tu aposento del patio, donde aún no estaba el cuadro que conoces. Sólo ocupaba un rincón, donde tenía los pinceles y pintaba mirando la pared blanca. Por supuesto, bebía mucho. Pero en esos círculos siempre se ha bebido y Sandro pintaba y se reía, y nadie veía venir su final. Y entonces conoció a Marta.

Clara descubrió en el espíritu de Petrus una mujer con el rostro surcado por unas profundas ojeras que, curiosamente, le daban su aplomo y su gracia; rizos de un rubio veneciano muy pálido y ojos de loza suave; en la mirada clara, una melancolía sin fin.

—Era mayor que él y estaba casada con otro. Sandro había querido a muchas mujeres, pero Marta era su alma gemela. Sin embargo, a pesar del amor que sentía por aquel magnífico joven, seguía anegada en la tristeza que había tenido toda la vida, y muchos pensaron que ésta era la explicación de lo que ocurrió después. Pero yo creo que las causas no son las que se creen, puesto que sucedió en la misma época en la que Pietro le enseñó a Sandro el cuadro que ahora está en tu dormitorio. Más tarde recordó que Sandro se quedó mudo y que el mes siguiente no pintó nada. Se encerraba en el taller sin tocar un pincel. Era como si ya no creyera en lo que pintaba. Por la noche bebía.

Petrus pareció recordar que él también tenía sed y se sirvió otra copa.

—Aunque después del descubrimiento del cuadro de Pietro, Sandro pintó un último lienzo —prosiguió.

Era de color lino y a ambos lados de una gran mancha de tinta se veían dos trazos horizontales hechos con pastel escarlata. En algunos lugares, la tinta era negra y muy mate, y en otros parda y casi lacada, y algunos reflejos empolvados y cambiantes que se habían añadido se asemejaban al polvo de una corteza de bosque. Aunque el lienzo, tan abstracto como el primero, no representara nada y no recordara a ninguna escritura, Clara reconoció en el viaje inmóvil de la tinta, que se desplegaba en el alma y no en la distancia, el puente que ya había visto al sumirse en las oleadas del poder de Maria, y se quedó pasmada de que una mancha oscura sin contornos ni trazos pudiera ser también un puente rojo tendido entre dos orillas.

—El puente —dijo ella.

—El puente —dijo Petrus— que concentra los poderes de nuestro plano y une nuestro Pabellón con este mundo. Sandro le había restituido el alma como si lo hubiera atravesado, cuando no lo había visto jamás.

¿Cómo era posible? Tú puedes verlo porque eres hija de tu padre, pero ¿Sandro? Del mismo modo que había caligrafiado sin saberlo el signo de la montaña, había capturado con la seda de los pinceles la quintaesencia de un lugar desconocido, y quienes conocían el puente estaban estupefactos del milagro que lo restituía sin representarlo. Y entonces Alessandro quemó todos sus lienzos, y todo el mundo pensó que había perdido la cabeza porque las dos mujeres que amaba habían muerto en dos días. Marta se había arrojado al Tíber y, en el mismo momento, se supo la muerte de la hermana de Marta, Teresa, a quien Sandro profesaba una amistad tan intensa como pueda serlo entre dos seres de carne y hueso. Más adelante te contaré las circunstancias de su muerte. El caso es que Sandro quemó el conjunto de su obra y luego abandonó Roma y se fue a casa de su hermano, el cura de Santo Stefano, donde pasó un año, tras el cual se retiró en L'Aquila en casa de su tía y vivió allí, en el segundo piso, hasta que el piano lo condujo hasta ti nueve años después de haber regresado a los Abruzos. ¿Cuál es la explicación? Sandro sólo había amado y sido amado por mujeres que lloraban, y tiene la misma melancolía en el corazón que todos aquellos cuyas madres han derramado lágrimas y más tarde han amado a otras mujeres lloronas. Pero yo no pienso que las experiencias sean tan importantes como lo que somos, y creo que la historia natural de Sandro no es la de un hombre calcinado por el amor, sino la de un ser que nació en el lado equivocado del puente y aspira a cruzarlo. Es lo que dicen su primer y su último lienzo.

Suspiró.

—Nadie comprende mejor que yo lo que siente quien es ajeno al mundo que lo ha visto nacer. Algunos aterrizan en el cuerpo equivocado, otros en el lugar equivocado. Se atribuye su desgracia a un vicio de su personalidad, cuando sólo están perdidos donde no deberían.

—Entonces, ¿por qué el Maestro no le hace cruzar?

—Creo que no puede —dijo Petrus—. Somos pioneros y debemos tejer nuevas alianzas. Pero hay que tender las pasarelas en el lugar adecuado y en el momento adecuado.

—¿Los elfos pintan? —preguntó Clara.

—Sí —dijo Petrus—, caligrafían y pintan, pero sólo lo que tienen delante. También cantan o escriben poemas para conmover el alma, y lo hacen muy bien, la verdad. Pero eso no basta para cambiar la realidad.

—¿Qué hace falta para cambiar la realidad?

—Pues historias —dijo.

Ella lo observó un instante.

—Creía que los elfos eran diferentes —dijo.

—Ah, sí, los elfos, las hadas, las hechiceros del folclore, todo eso. ¿El Maestro tampoco corresponde a tu idea?

—Un poco más. Háblame del mundo donde naciste.

—¿Qué quieres saber? —le preguntó.

—¿A qué se parece?

—Es un mundo de brumas —dijo él.

—¿Vivís en la neblina?

—No, no, vemos muy bien. Las brumas están vivas, dejan ver lo que hace falta y cambian en función de las necesidades.

—¿Las necesidades de quién?

—Pues de la comunidad —respondió él.

—¿La comunidad de elfos? —preguntó ella.

—La comunidad —repitió—, los elfos, los árboles, las piedras, los ancestros y los animales.

—¿Todo el mundo vive junto?

—Todo el mundo *está* junto —contestó él—. La separación es una enfermedad.

Y, volviéndose a servir una copa con tristeza:

—Por desgracia, el paraíso está perdido.

A continuación, bizqueando un poco, añadió:

—Se me dan bien las historias humanas, pero creo que el Maestro te contará mejor que yo la vida de los elfos.

Clara se encogió de hombros.

—Lo que yo siento no parece interesarle.

E, imitando a Acciavatti:

—Vamos, toca, toca, yo pasaré las páginas.

Petrus se desternilló de risa.

—Los altos elfos no son famosos por su sentimentalismo —dijo—. Pero se preocupa por ti más de lo que piensas.

Pareció reflexionar un instante. Luego se rio suavemente.

—Ya estoy ebrio —dijo.

Y tras un silencio:

—Pero he hecho mi trabajo.

Quiso preguntarle más cosas, pero Petrus se levantó y, esforzándose un poco por mantenerse en pie, le dijo bostezando con la boca abierta de par en par:

—Vayamos a descansar. Los próximos días serán agitados.

Clara no durmió en todo el día. Llovía sin cesar sobre la ciudad y, al otro lado del sueño, vigilaba a Maria. No volveré a ver a Eugénie, pensaba, e invocó con todas sus fuerzas las lágrimas de alivio, pero éstas no acudieron, ni durante el día ni al atardecer, cuando tomó una cena ligera en la villa antes de pasar la noche sumida en una somnolencia lúgubre. Al amanecer no se levantó de la cama hasta que el padre de Maria fue a la de su hija por una razón que se entendía sin palabras. Pero las lágrimas continuaban esquivándola mientras seguía los vagabundeos desolados de la pequeña francesa por las estancias frías y los campos de hielo duro. Luego, por segunda vez, fueron a acostarse en una ociosidad a la que hubieran preferido cualquier cosa, hasta la batalla. Transcurrió otro día perdido entre dos eras, más largas horas en que estuvo sola de nuevo y ni siquiera Petrus se presentó, pero a la hora de la cena, que tomó con Leonora, el Maestro hizo una breve aparición.

—El funeral se va a celebrar mañana —le dijo—, y tendrás que hablar con Maria.

—No conozco su lengua —dijo Clara.

Se marchó sin contestar.

Entonces llegó la mañana en que debían enterrar a Eugénie. Era el primer día de febrero, y, al despertarse tras una noche desabrida en la que le pareció que no había dormido ni velado, vio que el ancestro había desaparecido. Corrió hasta la sala vacía del comedor y luego hasta la del piano. Estaba colocado a la izquierda del teclado. Petrus roncaba en una poltrona. El Maestro la aguardaba.

—Estaba aquí cuando he llegado —dijo señalando el ancestro.

Siguieron los preparativos del funeral en la granja en silencio. Luego todos se encaminaron hacia la iglesia, donde los esperaban los restos queridos. A Clara le impresionó la muchedumbre amontonada frente al porche de la iglesia por su número y su recogimiento. Durante la misa oyó un poco de latín pero sobre todo vio por las miradas que estaban satisfechos con el oficio, y fue interesándose por la persona del sacerdote, a quien hasta entonces había considerado de una madera parecida a la de su propio cura. El padre Centi era un hombre escrupulosamente taciturno al que le agradecían que no fuera malo, sin poder agradecerle que fuera bueno, y que trataba bien todas las cosas y a todas las personas del mundo por una laguna que lo volvía inepto para las bajezas sin por ello volverlo apto para las grandezas. Viendo al padre François predicar en el púlpito con una franqueza insospechada, le sorprendió una intuición que le hizo seguirlo con la mirada cuando éste encabezó el cortejo fúnebre y seguir observándolo cuando, de pie ante las tumbas y los campesinos, empezó la homilía desafiando los asaltos glaciales del viento. El Maestro le traducía sus palabras y ella oía en su discurso una música familiar que tenía tan poco que ver con su propio cura como las partituras monótonas con las larguezas de melocotones y de estepas.

—He ahí un hombre —dijo el Maestro con la voz teñida de respeto.

Era la palabra adecuada para el sentimiento que no dejaba de crecer en ella. En aquel momento, André hizo un gesto dirigido al sacerdote que era su transcripción en movimiento y Clara se repitió de nuevo: «He ahí un hombre».

—*A loro la gloria, nei secoli dei secoli, amen* —tradujo el Maestro.

Luego calló. Pero al cabo de un rato en que asistieron a los saludos y las efusiones, dijo:

—Va a haber sorpresas antes del final, y aliados que no son naturales.

A continuación, con una voz que se había ensombrecido:

—Mira.

Y Clara descubrió la muralla negra.

—Primera batalla —dijo él.

Ella escrutó la gigantesca rueda que avanzaba lentamente hacia el pueblo.

—¿Una tormenta? —preguntó—. ¿No hay soldados?

—Hay soldados detrás, pero casi no cuentan.

—¿El jefe de Raffaele manda las nubes?

—Sí —dijo el Maestro—, las nubes y los elementos del clima.

—¿Y tú también puedes?

—Todos nosotros podemos.

—Entonces, ¿por qué dejáis sola a Maria?

—Siempre hemos protegido el pueblo. Pero si queremos conocer su fuerza, debemos refrenarnos y no intervenir en la batalla. Es una decisión difícil pero necesaria, si queremos comprender sus poderes. Hasta ahora nunca se han disociado demasiado de los nuestros.

—¿Y si se muere?

—Si se muere, es que estamos equivocados desde el

principio, y habrá poca esperanza de que podamos sobrevivir a esta guerra, como individuos y como especie.

Clara volvió a mirar la monstruosidad erigida en el horizonte de las tierras meridionales.

—Es un coloso —dijo el Maestro—, pero sólo una pequeña parte de lo que puede crear el enemigo. Teníamos razón al pensar que no se tomaría en serio nuestra apuesta.

—Pero hay un traidor que lo informa.

—Hay un traidor que siguió a uno de los nuestros y descubrió a Maria.

—Que siguió al caballo gris.

—Que siguió al jefe de nuestro Consejo bajo la apariencia de un caballo gris, dado que en este mundo no podemos conservar más que una de nuestras esencias. Es un caballo gris pero también un hombre y una liebre.

—¿Por qué el jefe de vuestro consejo quiso ver a Maria?

Entonces, sin entender cómo, supo la respuesta.

—Porque es su padre.

—Y el poder de presciencia del tuyo es grande —dijo el Maestro—, y va parejo con su poder de visión. Ahora mira la fuerza del enemigo y comprenderás su naturaleza y sus causas.

—Distorsiona el clima.

—Y cada una de sus distorsiones se alimenta de las otras. Marcel tendría que haber muerto. Cuando se distorsionan las fuerzas, se engendra desorden. Aunque la intención sea pura, como en el caso de Eugénie.

—Pero ¿cómo vamos a resistir si no podemos utilizar las mismas armas?

—Ésa es la cuestión de la alianza.

Observaron en silencio a los hombres que se reunían alrededor del padre François y de André y que después se dispersaban en orden. Algunos hacían montar a los suyos en la carreta, otros hacían entrar a las mujeres y los niños en la protección de la iglesia y otros tomaban el camino de la granja de Marcelot con los hombres del primer círculo. La granja era más grande que la de Maria pero también estaba más atestada, y acogía a una mujer de cabellos cobrizos que a Clara le gustó enseguida. Tomaron asiento alrededor de la gran mesa, donde sirvieron pan, miel y conservas de ciruelas del verano, y mientras Marcelotte y su hija preparaban la comida, el tiempo languideció y pareció callarse. Afuera los hombres discutían y veían crecer su derrota, pero dentro había como una sábana de dulzura en forma de reminiscencia flotante. Percibían sus bordados antiguos y sus amagos de sonrisa, un río serpenteante entre altas hierbas y tumbas abandonadas que florecían. ¿Cuál es la pista que sigo?, se preguntó Clara, clavando la mirada en los gestos lentos de la mujer de cabellera incendiada. Podría haberse pasado la vida así, maravillada, sin cansarse nunca. Entonces, por un gesto de Lorette al colocar frente a Maria un vaso de leche caliente, comprendió su naturaleza, porque tenía la misma textura que el gesto de Leonora cuando posó su mano sobre la suya el día que cumplió once años.

—Algún día te reunirás con tu comunidad —dijo el Maestro—. Lamento que hayas estado privada de ella. Pero te espera y te acogerá.

Transcurrieron largos minutos mientras el pueblo se preparaba para el sitio.

—¿Qué tengo que decirle a Maria? —preguntó ella.

—Encontrarás las palabras —dijo el Maestro—, y yo las traduciré.

—¿A quién sirve el Gobernador? —siguió preguntando.

—A uno de los nuestros.

—¿De dónde viene?

—De mi propia casa.

—¿Cómo se llama?

—Nosotros no tenemos nombres que nos pongan y que conservemos, como los humanos. Pero ya que nuestros amigos fantasean con la Roma antigua, digamos que se llama Aelius.

—¿Qué quiere?

Y, sin esperar la respuesta, Clara dijo:

—Acabar con los seres humanos.

PABELLÓN DE LAS BRUMAS
Consejo élfico restringido

—Petrus debería estar un poco sobrio.
—Nunca cuenta las cosas tan bien como cuando se embriaga.
—Es incontestable que aguza la clarividencia de Clara. Qué apuesta tan espantosa.
—Pero los poderes de las dos siguen creciendo. Y la gente a la que confiamos a Maria me impresiona.
—El padre François ha crecido en un día.
—Ya era un aliado desde el principio.
—Su sentido de la tierra es tan intenso como su valentía.
—Los dos van a la par.

ANDRÉ
A la tierra

Y a lo lejos crecía la muralla. Desde el patio de la granja, los hombres veían más claramente con qué iban a enfrentarse, y era algo que jamás habrían creído posible, porque el horizonte se había transformado en una montaña que unía la tierra con las nubes y avanzaba bramando y absorbiendo los campos y los árboles. André callaba. No existe coraje sin dilema ni carácter que no esté forjado por las elecciones más aún que por las victorias. Miraba el monstruo que marchaba sobre la comarca para deshacer el poder de su hija y las astas del mal que se retorcían en prietos ciclones alineados unos contra otros para formar la avalancha, y no quería imaginarse lo que quedaría de la región cuando la tormenta hubiera acabado de rugir. Pero André también sentía que el enemigo ralentizaba el avance en el momento de entrar en contacto con la magia de Maria, por lo que abrigaba una incertidumbre que tendría que zanjar pronto.

Alguien gritó detrás de él. Era Jeannot, que señalaba con el dedo un punto lejano donde se veía una mancha ensanchándose en la superficie de los campos, y comprendieron que era agua y que el valle se hundía en una inundación que subía hacia el pueblo a la velocidad de los caballos de la tormenta. Aunque la baja comarca, a pesar de su nombre, estuviera situada por encima del valle alto, sospechaban, ya que nada de aquello era natural, que las lenguas de agua que mordisqueaban las tierras del sur podrían avanzar hasta el pie de las casas y cortar cualquier retirada, lo que preocupaba a André y a los demás, con los que quizá no se podía contar para cantar salmos espirituales, pero sí cuando se trataba de no dejarse atrapar como ratas.

Los que se encontraban en la loma de la granja de Marcelot eran todos hombres que sabían beber el vino de las batidas, porque vivían duramente desde el amanecer y habían aprendido de las labores y de los años. Y el primer teniente de André, Marcelot, encarnaba un compendio de todas las cualidades con las que la baja comarca moldeaba a sus vasallos. Cuando tomó mujer, fue en contra de aquellos que lo advertían de que la elegida de su corazón era diez años mayor que él y que ya había estado casada con un hombre a quien amaba y que murió joven de fiebre. Pero él persistió con esa forma muda de obstinación que disimula todos los esoros de la penetración, porque sabía, con un conocimiento casi místico, que aquella mujer estaba especialmente destinada a él, pues se quedó impresionado por la lentitud con la que ella atravesaba el mundo y que para él metamorfoseaba los días en una epopeya de esplendor. Marcelot no tenía ni las palabras ni las cajas que en la escuela ponen en el interior del cráneo y que permiten revertir lo que siente el cuerpo de forma que pueda compartirse con otros, y se quedó muy sorprendido cuando le explicaron que amaba a su Lorette porque ésta ralentizaba los flujos naturales y permitía, por medio de la pereza de sus aires, admirarlos por completo. Sin embargo, y muy al contrario, no era callado y contemplativo como André, y a todos les gustaban las sentencias con que subrayaba los acontecimientos y las tareas. Había que verlo descorchando una botella de su bodega, siempre de buena cosecha, de la que olfateaba el tapón, fanfarroneando del dicho del día con esa mezcla de seriedad y de chanza que es la marca reservada a los corazones puros. Sabía que las palabras tienen un peso que va más allá de su autor y, por consiguiente, respetaba y se burlaba a la vez de lo que profería. También cortaba con su cuchillo de leñador enormes rodajas de salchicha seca, aunque debía intentarlo hasta tres veces, y asestaba un precepto cuya dicción subrayaba con un asentimiento de cabeza papal seguido por una carcajada juvenil, («El miedo no evita el peligro», su favorito, siempre producía jaqueca a medio pueblo, que no estaba seguro de comprenderlo del todo). Entonces daba unos golpecitos en el hombro del comensal y empezaban una charla que duraba tanto como el deseo de beber y de contar historias de caza que, como se sabe, carecen de verosimilitud y de buen final. Pero a intervalos regulares miraba a Lorette cruzando el espacio de la sala con su parsimonia de bailarina dormida, y sentía que en la intersección de los nervios vivos del cuerpo le brotaba una magia que lo transformaba en cristal, por muy terrosos que fueran sus pies o callosas sus grandes manos. El amor, de nuevo. Cabe preguntarse si alguna vez la cuestión será otra en estas páginas consagradas al renacimiento de un mundo que se ha perdido en las edades.

Marcelot, cuyo nombre de pila era Eugène y a quien llamaban Gégène, apartó los ojos de la inundación y miró el cielo detrás de la granja. André siguió su mirada. Intercambiaron otra y a continuación el teniente comentó para su comandante, con un aire muy expresivo:

—Cielo de nieve.

André asintió con la cabeza.

Cielo de nieve. Había llegado la hora de decidirse. Ningún padre quiere que su hijo corra peligro. Pero André sabía que era vano creer que protegía a la pequeña encerrándola entre los muros de la granja, y sintió en su interior el suspiro de quien ama y debe resolverse a dejar crecer. Luego, en la renuncia y la esperanza, mandó a buscar a Maria. Por lo demás, quedaba poco tiempo. La muralla negra se había detenido más allá de los grandes baldíos y se notaba que no esperaba sino una orden para abalanzarse sobre ellos. Era una fortaleza. Estaba constituida de lluvias, de ciclones y de tormentas que, por líquidos que fueran, parecían tan sólidos como rocas, y en su base, el agua, oscura y erizada de pinchos, había crecido hasta medio pie por encima del suelo. Por último, el conjunto silbaba de una manera que les revolvía el estómago, porque sentían que en el corazón de aquella mala sopa se cocinaba un grito odioso que llegado el momento reduciría hasta los propósitos más aguerridos. Maria, envuelta en varias capas de ropa de abrigo y tocada con un gran sombrero de fieltro con una bufanda dentro, fue a reunirse con su padre y a contemplar al enemigo con una mirada extrañamente impasible. Angèle, sombría, se recolocaba hacia delante los faldones de su pesada capa. El hielo parecía haber embadurnado la comarca. Los grados iban disminuyendo y en la invisibilidad del aire formaban remolinos perceptibles por el ojo. Pero del mismo modo que las lluvias de la abominación olían a muerte y a diluvios maléficos, el frío cada segundo más cruel traspasaba los cuerpos con el veneno del hielo que no es natural. André hizo repartir mantas con las que se arroparon a conciencia, y luego cada cual ocupó su lugar alrededor de Maria y de Angèle, de manera que al final se asemejaban a una delegación en el corazón de la cual había una niña que no llegaba a los trece años y una cosa vieja que tenía casi cien; y si aquel día algún pájaro hubiera sobrevolado el patio de Gégène, habría contemplado doce minúsculos puntos frente a una muralla oscura de mil pies. Marcelot asintió con la cabeza a su vez, mientras miraba el cielo en todas direcciones, y resumió bastante bien lo que cada cual concluía para sus adentros diciendo:

—Temporadas contra temporadas.

Y supieron que hablaba de las temporadas del diablo y de las del buen Dios.

André, por su parte, no creía que la lucha tuviera nada que ver con las razones de la fe. Llamó al padre François y le pidió que regresara a la iglesia para ocuparse de los que permanecían allí. El cura besó a Maria y se preguntó si volvería a verla alguna vez en la vida de vergeles que al fin sabía que era la suya para la eternidad, y bendijo a la vieja tita tan de corazón como podía dar consuelo, fuera cual fuera su incierta ficción. Después se encaminó a la iglesia, encomendándose a la suerte. Los hombres esperaban sin despegar los labios mientras observaban la columna de destrucción que rugía y gruñía como un perro, y Dios sabe qué se decían, tal y como eran todos, que nunca habían pisado más tierra que la de la región y de la vida apenas habían entrevisto uno o dos campos cubiertos de balas de paja. Pero André miraba a Maria. Sabía que su visión iba más allá de lo visible desde el amanecer en que, tomando en brazos a la superviviente a la que acababa de acoger como hija, experimentó un curioso picor que primero le nubló la vista y luego estalló en un campo de imágenes en el que se representaban escenas del pasado que volvía a ver como si tuvieran lugar aquel mismo instante. Asimismo, había entrevisto los caminos del porvenir en tal cantidad que no podía distinguir con claridad ninguno, pero algunos de ellos habían regresado a su memoria el día en que lo que dibujaban se había producido realmente, como cuando la pequeña había puesto la mano sobre el hombro de Eugénie en el cuartito donde Marcel se apagaba.

—Necesito ver —le dijo.

Maria señaló con el dedo la muralla oscura, que había enmudecido.

—No hace falta ningún milagro —dijo ella.

André asintió con la cabeza aceptando una nueva

pieza del rompecabezas que se iba ensamblando desde pronto haría trece años, y que hacía eco a lo que le decía la tierra aquel día en que se sellaban las direcciones de la fortuna. Entonces puso la mano sobre el hombro de su pequeña y, concentrando en su mirada de rey mudo la inmensidad que uno llama la gracia de los padres, le dijo:

—No temas nada, sólo quiero ver.

Ella se le acercó y le puso la mano en el hombro. Como Eugénie en su día, el padre vaciló bajo el choque de la catálisis que provocaba una pequeña con poderes de la naturaleza gracias a su poder humano corriente. Su mirada abarcaba el territorio de la lucha con un conocimiento tan magistral como no había tenido ningún comandante jefe en toda la historia militar, y lo veía todo en un perímetro gigantesco del que cada detalle parecía bosquejado por el arte de un miniaturista demente. Entonces Maria retiró la mano y el contacto se quebró. Pero lo había visto. Eso bastaba. Llamó a Gégène y los hombres estrecharon el círculo, mientras Angèle iba a sentarse aparte para vigilar con su ojo del Señor las maniobras del diablo vestido de tormenta.

Les dijo lo que sabía:

—En el baldío del este hay unos caballeros extraños, un centenar quizá; en el sur, algo emboscado detrás de la muralla, allí está el verdadero peligro. Pero detrás de nosotros hay un cielo donde también hay movimientos raros.

Gégène se rascó la nariz, tan helada como las estalactitas de los canalones.

—¿Cómo de extraños?

—No sé qué animal montan.

—¿Cómo de raros?

—Muchas brumas.

—Allí es donde debo ir —dijo Maria.

André asintió.

—¿Y la iglesia? —continuó preguntando Gégène.

—En el punto de mira del primer golpe.

—¿Tus órdenes?

—Cuatro hombres para defenderla, dos que se queden aquí y los otros tres en el claro con Maria y conmigo.

—¿Adónde quieres que vaya?

—A la iglesia, si puedes dejar a tu mujer con Jeannot y el alcalde.

—Puedo.

Entonces André le preguntó a Maria:

—¿Tus consignas?

Y ella contestó:

—Nadie bajo techo.

—Evacuación general —dijo André a los hombres—, y vamos.

Se dispersaron tal y como habían decidido. Pero antes de proseguir, conviene decir quiénes eran aquellos guerreros que iban a hacer salir a toda una comarca de las granjas, porque si creen que todo esto no es más que fruto del azar, carecen de algo que ellos saben con tanta certeza como que el cielo está cerca de fundírseles sobre el gabán. A decir verdad, sólo existen ficciones, sólo existen relatos, y dentro de ellos también hace falta saber separar el grano de la paja. Resulta que los suyos olían obstinadamente la buena madera del bosque y la hierba que humea al despuntar el alba, y ello no sólo se debía a que hubieran recibido el legado de una campiña preservada que había visto el final de los herederos de sangre y todavía ignoraba a los sirvientes del dinero, sino a que aún tenían la conciencia de que lo que poseían seguramente merecía ser contado en alguna parte. Que lo comprenda quien pueda. Gégène lo resumió bastante bien al despedirse de Lorette, a quien había hecho salir de la granja junto con las otras mujeres y a la que besó declarando: «Una canción nos irá bien».

Así, allí había diez hombres.

Estaba Marcelot, que cazaba, labraba, bebía, zampaba y se burlaba en tanto que hombre protegido para siempre por el santuario del amor, por lo que en el fondo no era sino uno de esos grandes místicos con los pies hundidos en la tierra. Y mirémoslo dar una palmada en el hombro del cura mientras le transmite las órdenes del padre de Maria, y veamos a un hombre que en la guerra sería el mejor soldado y que, no obstante, tiene la cabeza en las estrellas.

Estaba Jeannot, a quien aquella guerra le recordaba otra, y que descubrió en sí mismo una raíz de esperanza loca por la que quería creer que la hora presente sabría apaciguar la tortura de los recuerdos, y vuelve a ver cómo se despliegan ante él los caminos de su vida que se detuvieron en el campo el día que vio morir a su hermano. Cada mañana se levanta con esa quemadura que nadie puede ver, y se toma los chatos, y se ríe de las historias, y su alma está más descarnada que los rosales en invierno.

Estaba Julot, nacido Jules Lecot algo después de una primera gran guerra y mucho antes de una segunda de la que lo había salvado por poco el límite de edad, y que era el alcalde de aquel pueblo encantado y perdido. Dirigía a los peones camineros de la región, y todo el mundo estaba de acuerdo en que difícilmente podrían encontrar un alcalde mejor por un motivo más natural todavía que los primeros días de la creación: era el mejor picador de los seis cantones, y eso mismo, que requiere perseverancia, astucia, entusiasmo y una paciencia de santo, evidentemente acaba encumbrando al tipo a alcalde, dado que son las mismas cualidades que permiten gobernar una comarca. A lo que si se añade el conocimiento íntimo de cada rincón de bosquecillo, ya tienen la figura del alcalde excelente al que sólo le faltaba el apetito por el vino recién escanciado y la caza de después de Cuaresma —que, precisamente, tenía—, así que no hace falta decir nada más.

Estaba Riri Faure, el tercer hermano de André, que guardaba el bosque y fraternizaba con cada árbol y cada ser con cuernos, piel o plumas, y era querido porque ordenaba las talas con discernimiento y mantenía el equilibrio entre la caza furtiva y las leyes, equilibrio que en aquella región donde no gustaba ni la rigidez ni la desenvoltura era más sagrado que los mandamientos del buen Dios. Así, bajo su vigilancia, sacrificaban los placeres de la caza furtiva sin amenazar los principios que conservaban tan bello el bosque, y como si supiera que los conejos escamoteados a las cuentas del Estado habrían hecho más daño todavía estropeando la cebada y el trigo, había decidido hacer la vista gorda ante los deslices menores con el fin de que no se cometieran nunca mayores.

Estaba Georges Echard, a quien llamaban Chachard cuando lo encontraban al fondo de un taller más oscuro que el culo de una vaca, y que olía al cuero y a la grasa con que untaba los arneses y las sillas de montar. Vivía encima, pero raramente subía a los pisos superiores, en lugar de eso lo veían salir como una bala del fondo de la sala, una vez terminada su labor, para ir al bosque a cazar hasta el día del juicio final. Nunca había tenido mujer, le asustaba demasiado estar obligado a desviarse de la línea que unía su antro de guarnicionero con los senderos de su querida caza, pero era una compañía excelente, de esas que sonríen al amanecer, aspirando la bonita luz del día que vendrá, y se alegran de un vuelo de tordos entre el murmullo de hombres que se despiertan. Silbaba camino de la maleza y se colocaba la escopeta en bandolera de manera que pudiera meterse las manos en los bolsillos, cosa que hacía sonreír a Maria, a quien le gustaba mucho aquella confluencia de desidia y de celeridad.

Estaba Ripol, cuyo verdadero nombre era Paul-Henri, que ejercía su oficio de herrador en el pueblo vecino, pero había nacido en éste y regresaba en los momentos decisivos. Estaba casado con la mujer más hermosa de la Borgoña, a la que miraban pasar con toda la deferencia que se muestra por las mejores obras de la Dama Naturaleza pero sin demasiada codicia, pues tenía fama de cocinera y pastelera mediocre, y eso, que desde luego no lo es todo en el amor, sin embargo influía en una medida tan notable en el corazón de los hombres de la baja comarca, que se consolaban sin gran pena de sus ojos azur cuando sus propias mujeres les servían, y con una sonrisa, por favor, un buey con zanahorias que se derretían más que el hielo a finales de marzo.

Y, por último, estaba Léon Saurat, al que siempre llamaban Léon Saurat porque había tantos Léon por allí que hacía falta el apellido para distinguirlos de los demás, y que poseía la granja más grande del cantón, en la que trabajaba con sus dos hijos, uno de los cuales también se llamaba Léon por una forma especial de cabezonería que resulta muy útil en las tierras de labranza, y el otro Gaston-Valéry, por la admirable voluntad de paliar la brevedad con la que habían santificado al padre y al primer hijo. Aquellos dos mozos jóvenes y bellos que se ocupaban de la granja bajo la alta regencia de su irascible padre eran alegres y tan sólidos como una roca, y la gente se maravillaba al mirar esas dos agradables figuras vigiladas por un comendador cuyo granito episódicamente parecía encallarse y quebrarse al pie de los acantilados de júbilo que había engendrado como hijos. Así, al final de la jornada, cuando se dirigían a la granja donde la madre y las mujeres habían puesto la mesa para doce obreros hambrientos, en la cara ceñuda del patriarca uno podía sorprender una sonrisa indefinible.

Sí, he aquí quiénes eran los nueve hombres que de modo natural se habían sumado a André en el consejo del cementerio, unos hombres forjados como se calienta y se trabaja el hierro, colocándolo entre la espada y el yunque con todo el respeto que tienen los herreros por la materia, y poniéndolo a enfriar rodeado y esculpido en una forma ennoblecida. Y dado que no habían frecuentado más que los corzos y las cañadas, su hierro no se había aherrumbrado sino que se había preservado de lo que la religión les prohibía nombrar, es decir, la simple y poderosa magia del mundo natural, a la que se añadía la llegada de una pequeña que decuplicaba sus esencias. No obstante, lo que resonaba en todos ellos cuando se apresuraban a alcanzar su puesto de combate era algo nacido sin que lo supieran de las profundas ondas que emanaban de André y que catalizaba Maria, algo que resonaba en cada cabeza que se preparaba para la lucha y que se encarnaba en estas palabras de magia y de viento: «¡A la tierra, a la tierra o morir!».

Así, hacían salir de sus refugios a toda la comarca. Los hombres trataban de encontrar recovecos donde, en la medida de lo posible, pudieran protegerse del viento y de la primera acometida, y cada cual intentaba no mirar la muralla oscura mientras tiritaba de un frío desconocido. Sin embargo, todo el mundo obedecía con un sentimiento que aquella jornada de apocalipsis era como un pequeño brasero que temblaba en esa parte de nosotros mismos que llamamos el centro, o el corazón, o el medio —y poco importa, en realidad, poco importa el nombre cuando se tiene—, y era la comprensión profunda de que el lazo que unía a los hombres y las mujeres de aquellas tierras extendía su orden y su fuerza invisibles por la región. Sentían que los trataban con la sabiduría de las cosas que van al ritmo que deben ir, y sabían que los dirigían jefes capaces que saben tomar decisiones atendiendo más a las labores que a las quimeras. No sabían, al menos con ese conocimiento que puede transformarse en discurso, que aquella certeza se debía al hecho de que André, que había vivido cincuenta y dos años en su embriaguez, decuplicaba en cada uno de ellos el canto de la tierra. Pero si no lo sabían, lo sentían y bebían de sus fuerzas en aquel contagio de valles y de surcos fértiles.

El alcalde y Jeannot se habían quedado en la granja, preparados para enviar pequeños correos, por medio de jóvenes del cantón que corrían más deprisa que los conejos, con el fin de mantener al corriente a los otros oficiales de lo que merecía atención. Marcelot, Riri, Ripol y Léon Saurat habían ido a la iglesia, donde actuaban con inteligencia junto a un cura que poco antes se había convertido en uno de ellos y con el que aquel día las palabras eran tan inútiles como una sombrilla de algodón. Por último, André había tomado el camino del claro acompañado por Maria, Chachard y los hijos Saurat. A eso había conducido el pulso del destino: a aquellos hombres y a aquella pequeña subiendo a paso vivo hacia un claro más congelado que los bancos de hielo y observando que todo ha callado con un silencio desesperado en el que el bosque entero parece haberse transformado. Pero suben y pronto alcanzan el objetivo.

Un objetivo raro, como había dicho André. Mientras que a dos pasos los caminos forestales estaban sumidos en un entumecimiento helado y mudo, en cuanto cruzaron la línea de los últimos árboles los acogió una repentina cascada de sonidos y de vapores. Sobrecogidos, se detuvieron y contemplaron el espectáculo. El frío que les roía los huesos era un poco menos vivo al descubierto, y se preguntaron si se debía a las brumas, que flotaban en un espacio anormalmente reducido. André hizo parar en seco a los tres hombres que caminaban a su lado, miró a Maria y luego dio la orden de avanzar de nuevo. Se dirigieron al centro del círculo, donde las brumas se enroscaban sobre sí mismas en una danza lenta y densa que, sin embargo, permitía ver a través de ella. Era inaudito. Los jirones de brumas eran opacos como muros y, no obstante, tan transparentes como el agua clara. Se veía a través de los remolinos invisibles que, con todo, ¡eran más impenetrables que piedras! Entonces, los murmullos que susurraban en el boquete les parecieron la cosa más bonita del mundo. Tenían la sensación confusa de que unas voces se deslizaban en el interior de aquellas pulsaciones ligeras, pero no podían distinguirlas realmente de las vibraciones que hacían rechinar el claro. Chachard, que había escalado a buen ritmo sin sacar las manos de sus bolsillos de dandi astuto, estuvo a punto de desgarrar el forro al liberar de golpe sus puños, que no podían seguir en el fondo de los pantalones ante semejante escena, y los dos hijos Saurat se acercaron con una inclinación inhabitual del mentón que añadía a la gravedad todo el honor de la estupefacción. Pero André observaba a Maria con su mirada, que no renunciaba ni forzaba a nada.

Ésta se había quedado inmóvil en medio del claro y las brumas habían empezado a coreografiar un movimiento extraño y complejo a su alrededor. Al fin veía lo que había presentido y esperado durante los largos meses posteriores a la carta de Italia y al sueño del caballo blanco.

    Veía.

    Veía los furores que vendrían y las flechas de la muerte.

Veía su partida si sobrevivía al ataque.

Percibía con claridad las voces que los otros apenas adivinaban.

el renacimiento de las brumas
los sin raíces la última alianza

Algo se desgarró en su interior, y surcó el cielo con su mirada interior de rayas de tinta que se diluían lentamente y luego desaparecían en una última aguada perlada de luz.

Sentía las oleadas de su poder borboteando y arrojándose.

Y oía la voz de la pequeña pianista de la noche de la curación.

Maria
Maria
Maria

Los hombres aguardaban. Aún tenían frío, pero un poco menos que en el valle, y miraban las brumas que bailaban un vals alrededor de la pequeñina, petrificada por un hielo que no venía del exterior.

Maria
Maria
Maria

Hubo una deflagración tan estrepitosa que todos se echaron al suelo. El enemigo actuaba, al fin. La muralla oscura se había derribado rugiendo y había golpeado de frente las últimas casas del pueblo y la iglesia. Pero al asestar el golpe, se había descompuesto y había revelado la magnitud de su deformidad. Peor aún, el estallido desvelaba lo que se mantenía detrás, en una emboscada mortal, y unos tornados silbantes cargados de lluvias mortíferas abrían camino a unas flechas negras que gritaban una muerte de hierro y de cuchillas.

Los tejados se desplomaron.

Los primeros segundos fueron los más espantosos. Era como si todas las plagas del anticristo se hubieran abatido al mismo tiempo sobre los lugareños, privados de la protección de a cubierto. La abundante lluvia era tan pesada que las gotas herían como añicos de piedras, y por los cortes que no sangraban pero que daban punzadas con sus agujas de dolor se deslizaba un frío que no tenía nada de común. A ello se añadía el viento que derribaba los tejados de una manera curiosa, no llevándoselos, sino haciéndolos implosionar, aunque Gégène y sus hombres bendecían a Maria por haberlos protegido de aquellos estragos. Por último, lo más amedrentador eran las flechas negras, que deflagraron a toda velocidad en el primer segmento de su trayectoria, luego se ralentizaron a medio recorrido y, suspendidas en la tormenta, parecían ajustar interminablemente su blanco. A continuación se abalanzaron sobre la gente, desencadenando la pesadilla, ya que no alcanzaban a las víctimas, sino que explotaban a algunos centímetros de ellas y las tiraban al suelo por la potencia de una onda de choque que rompía los huesos. Varios aldeanos cayeron. No obstante, casi todos se tumbaron al comienzo del ataque, tratando de proteger a los más débiles con la frágil muralla de su cuerpo, mientras el viento y las flechas volvían las ondas del aire tan peligrosas como minas. Peor aún, el agua subía a su vez y asistían a algo imposible: un oleaje que remontaba las cuestas sin otra razón que la voluntad de alguna potencia malvada... Ay..., toda una comarca inundada por el asalto de cohetes de odio que convertían los elementos de la vida en armas de tortura y de muerte..., y ellos se aplastaban contra el llano del universo sintiéndose como ratas de un buque.

Todos, pues, se echaron al suelo, salvo dos hombres que se negaban pese a los furores, y era impresionante ver de pie en la tormenta a aquel cura y a aquel pueblerino, a quienes los torbellinos y las flechas parecían esquivar de milagro, cuando la metralla se había abatido sobre el valle entero. Los espíritus apresurados concluirán que se trataba de valentía o de inconsciencia, pero simplemente se debía a que en el momento en que las flechas explotaron en el temporal, el buen padre y el campesino tuvieron una iluminación acerca de cuáles eran sus armas en la guerra. A decir verdad, Gégène y el padre François sentían que la batalla era tanto del espíritu como de la materia, y que se podía combatir tan bien con el corazón como con los fusiles, y conviene decir que las flechas parecían ignorar a los dos valerosos que no cejaban mientras todo se derrumbaba. Al verlo, Riri, Ripol y Léon Saurat —que nunca había encontrado tan pesado su viejo reumatismo ni tan embriagadora la deflagración de energía que volvía a ponerlo en pie a sus sesenta y nueve años— se levantaron a su vez y organizaron la defensa, tras observar que los blancos que había en el suelo detenían las flechas. Al igual que algunos días es necesario hacer sentar a los soldados, hay combates que imponen quedarse de pie frente a las salvas: sin decir palabra, los cinco hombres, a la manera de los perros de un pastor alrededor de un rebaño, fueron reuniendo en poco tiempo en el centro de la plaza a los que aún podían caminar y los obligaron a permanecer allí, espalda contra espalda, en un círculo compacto que las flechas parecían renunciar a atacar frontalmente, aunque siguieran explotando en todo el perímetro de la iglesia. Tuvieron un pequeño respiro. Pero sabían que no duraría demasiado tiempo porque las aguas se aproximaban, y Gégène alzaba su hocico cada vez más inquieto en dirección a su granja y el bosque, preguntándose qué hacía Maria y si su Lorette sobreviviría.

La nave de la iglesia se derrumbó con un estrépito de cañonazos de guerra y saltaron fragmentos de piedras en todas direcciones. En la granja de la Hondonada, donde había permanecido la madre de Maria, el hielo se aliaba con las borrascas para hundir un buque en alta mar y, aunque el tejado siguiera intacto, las tablas del establo habían empezado a ceder y el patio se anegaba de cascajos que la lluvia hacía volar. En los bosques, los animales se escondían, pero el frío era más agudo todavía bajo las frondosidades que en la llanura. En toda la comarca, los mismos estragos de la naturaleza deshaciendo la clemencia de los días que antaño tejía, echaban por tierra todo lo que anteriormente había estado bajo el sol, y los lugareños se preguntaban cuánto tiempo podrían resistir a una tormenta que en algunos minutos había destruido buena parte de lo que el genio humano había tardado tantos siglos en construir. Con todo, seguían esperando, porque tenían consigo a una pequeña mágica, a un jefe que conocía la grandeza y una tierra que jamás había traicionado a sus servidores, y, una vez superado el pánico inicial, que los había reducido a un estado animal, incluso sentían crecer cierta indignación porque no estaban acostumbrados a semejante trato, a pesar de ser tan pobres, y abrigaban en su interior una reserva de coraje que se resistía, inspirada por las largas cazas furtivas invernales y los brindis por la amistad, y que alentaba los corazones bajo la tormenta. De hecho, les pareció que aquella onda de valentía que debían a la tierra, que no podía herir a quienes sabían honrarla —dado que todos los cataclismos habían venido del gran cielo—, ofrecía una débil calma en el curso del desastre, y que la lluvia y el viento no lograban ir más allá de cierta fuerza que contrarrestaba la fuerza de la tierra.

Sí, la fuerza de la tierra. André, en el claro donde se desarrollaba la otra lucha, la que se libraba en el corazón de Maria, lo sentía con todo el vigor de una vida manteniéndose derecho sobre la marga de sus campos y con todo el conocimiento de las edades campesinas que corría por sus venas. No sabía cómo, pero sabía por qué hechizo, y ya sólo le preocupaba aquel anclaje que encontraba sus nudos y sus líneas en el mapa telúrico de la baja comarca, y que daba a quienes estaba unido por el amor nuevas reservas de una determinación nacida de las raíces desnudas de la tierra. Pero también sabía que la flota que combatía a aquella hora se estaba batiendo allí arriba, en un duelo que no podía deshacerse únicamente con las armas del suelo.

Miró a Maria y le dijo:

—El cielo es tuyo.

TERESA
Las hermanas Clemente

Clara y el Maestro miraban a Maria subiendo al claro de las brumas con su padre mientras los otros tres cerraban la marcha como si escoltaran al mismísimo Señor Jesucristo. Los dos más jóvenes eran bellos como faisanes de otoño y mostraban el vigor de las naturalezas en las que nada se presta al tormento. El mayor, con las manos en los bolsillos de una manera que rebosaba del júbilo de ser libre, tenía la boca surcada por la madurez y por la constancia de reírse a carcajadas. Pero todos tenían escrita en la cara la determinación ligada a la conciencia de estar atrapados en algo más grande que ellos. Cuando abandonaron la protección de los árboles para entrar en el claro, la caligrafía que trazaban allí las brumas impresionó a Clara. Del mismo modo que Alessandro pintaba signos de tinta sin conocer su lengua, las brumas relataban una historia cuyo idioma ella no podía interpretar. Pero se preocupaba sobre todo por Maria, y estaba inquieta por una arruga que ésta tenía en la boca desde la noche en que Eugénie curó a Marcel. En ella veía la tristeza y el temor con tanta claridad como sobre una piedra grabada, y suponía que era la misma marca que se distinguía en el rostro de los oficiales que habían perdido a sus soldados.

Petrus, que no había dejado de roncar ruidosamente desde primera hora de la mañana, bostezó durante un largo rato y se levantó de su sillón con esfuerzo. Intercambió una mirada con el Maestro y algo pareció despertarlo por completo.

—Necesito una copa —farfulló.

Luego, al descubrir el cuadro de la batalla a través de la visión de Clara, silbó entre dientes.

—Eso no pinta bien —dijo.

—Piensa en Eugénie —dijo Clara—. Tiene miedo de perder a otras personas que quiere.

—Es una experiencia triste de los mandos —dijo el Maestro.

—Ella no manda —dijo Clara—, y son sus padres.

—Rose y André no son los padres de Maria —dijo Petrus.

En el claro del este, Maria había girado para hacer frente al cielo de nieve y los hombres habían hecho como ella, alzando la nariz hacia unas nubes más opalescentes que la leche.

—Hay muchos huérfanos en esta guerra —dijo Clara tras un silencio.

—Hay muchos huérfanos en el mundo, y hay maneras y maneras de serlo —dijo el Maestro.

Hubo otro silencio. En la mirada de Petrus al Maestro discernió el reflejo de un reproche. A continuación Petrus se sirvió una copa de moscatel y le dijo:

—También te debemos esa historia. La historia de las hermanas Clemente.

Clara vio en su espíritu a dos mujeres jóvenes sentadas juntas en un jardín estival. Ya conocía a una de ellas, que se llamaba Marta y que fue el gran amor de Alessandro, pero miró a la otra con una curiosidad entremezclada de una sensación dulce, iluminada por esa claridad vaga que tiene el aire los días cálidos. Era morena y ardiente; en las orejas, pendientes de cristal; un óvalo puro cosquilleado por hoyuelos; la piel dorada y una risa como un fuego en la noche; pero en su rostro también se veía la concentración de las almas cuya vida está toda en el interior, y esa gravedad traviesa que, con la edad, siempre se cubre de una pátina plateada.

—Marta y Teresa Clemente —dijo Petrus—. No se puede imaginar a dos hermanas más distintas y, sin embargo, más unidas. Entre ellas había diez años de diferencia pero, sobre todo, la falla del dolor. Los Clemente celebraban en su casa unas recepciones por las que pasaba como un fantasma la carita desolada de Marta, a la que todos encontraban muy bella pero muy melancólica, y de la que les gustaban los poemas tristes que habrían jurado que estaban escritos por una mano y un corazón adultos. A los veinte años se casó con un hombre tan poco dotado para el amor como para la poesía, y puso el pretexto de la vida conyugal para no volver a aparecer en las veladas por las que pasaba otra pequeña a la que encontraban muy bella y muy alegre, y que era una joven prodigio de las que raramente se conocen. A los diez años tenía una competencia y una madurez que le envidiaban pianistas que le doblaban la edad; además, era traviesa como una urraca y tan obstinada como un zorro cuando no quería tocar las obras que le daban. Alessandro se hizo amigo suyo mucho tiempo antes de conocer a Marta, y a menudo decía que Teresa era una ofensa a la ley según la cual los artistas se consuelan de sus tormentos porque éstos inspiran su vena artística. Pero también percibía su pozo vertiginoso, y sabía que se reía sin traicionar jamás su oficio de perforadora. A veces miraba las nubes y el Maestro veía pasar por su rostro el reflejo de las brumas. Entonces tocaba el piano y se elevaba todavía más. Marta la escuchaba y se animaba con aquella vida que le venía del amor de su hermana menor, antes de volverse a marchar al atardecer después de que ésta le hubiera dado un beso bailando un vals. Pero cuando la hermana mayor desaparecía en la curva de la alameda, la pequeña se sentaba en la escalinata y esperaba a que menguara su dolor por que alguien a quien amaba sufriera así. Todo eso estaba en su manera de tocar, aquella aptitud para la felicidad en una cantidad singular, y aquel dolor por querer a una hermana que había abrazado la reclusión de la desdicha. No conozco las migraciones del corazón entre los que tienen la misma sangre, pero creo que Teresa y Marta pertenecían a un gremio de peregrinos unidos en la misma búsqueda sellada por una fraternidad sublimada. A su alrededor zumbaban sus padres, ocupados con las grandes cenas en las que se resumía su fantasía de pudientes, y que comprendían tan poco a sus hijas como habrían sido capaces de ver el bosque humano detrás del árbol de los salones. De ahí que las hermanas Clemente crecieran en medio de su gente y de dos espectros que llevaban frac y ropa de organza, y habitaran una isla desde la cual veían a lo lejos los buques que trazaban líneas sin atracar jamás en el pontón donde vivían, pecaban y amaban. Tal vez Marta, al nacer diez años antes que su hermana, había absorbido toda la indiferencia de su padre y de su madre, aunque la fuerza que venía del linaje, de una abuela, quizá, o de tiempos más antiguos en que el dinero no había corrompido la inclinación por una vida dulce, se había encarnado en la tierna carne de Teresa y, por medio del escudo que constituía la melancolía de su hermana mayor, se había desarrollado en proporciones más considerables que en otro ser. Pero en contrapartida eso creaba una alianza por la cual el principio vital de Teresa tenía su fuente en el sacrificio que había consentido Marta de su propio principio vital, y no es de extrañar que a la muerte de una le siguiera la de la otra, fueran cuales fueran sus circunstancias que hacen tan difícil desembrollar las causas y los artificios que no me sorprendería que al final descubriéramos que todos somos personajes de un novelista meticuloso pero loco.

Petrus calló.

—Tocas el piano como tu madre —dijo el Maestro—, y cuando tocas convocas su fantasma, al que aún no he sabido contarle la historia justa. ¿Conoces las razones por las cuales un hombre no puede encontrar las palabras que liberarían a los vivos y a los muertos?

—La tristeza —dijo ella.

—La tristeza —dijo él.

Por vez primera desde que lo conocía, Clara vio en el rostro del Maestro la huella del dolor.

—Ya era la época de los disturbios y las sospechas, y tu padre venía a menudo a la villa de noche —prosiguió—. Un atardecer, Teresa estaba aquí y tocaba una sonata.

El Maestro calló y Clara se sumió en su reminiscencia. Habían dejado las ventanas abiertas al aire suave del verano y se oía la misma sonata en cuyo margen había descubierto el poema que unía los corazones y traspasaba el espacio de las visiones. Cuando la había tocado dos años antes, la misma noche que la condujo en sueños a Maria, en el aire flotaba un perfume de corrientes y de tierra mojada, pero la historia que contaba la partitura le resultó indescifrable y el poema se encogió en una burbuja de silencio. Escuchó tocar a la joven mujer y en su pecho se formó la misma burbuja. Entonces apareció un hombre en la sala. Había surgido de la nada y miraba intensamente un lugar en su interior que le revelaba la música. Clara podía ver cada detalle de sus rasgos transportados por la interpretación, en su rostro iluminado por la juventud había una impasibilidad de mil años y se discernía el reflejo de la luna y de las meditaciones del río.

—Tiene la inspiración de nuestras brumas —le dijo el hombre al Maestro, que lo miraba de frente en aquel recuerdo de diez años atrás—. Pero le mezcla una belleza que viene de su tierra.

—Su tierra la inspira, pero la clave de su interpretación y de su embriaguez es un misterio que se llama mujer —contestó el Maestro.

—No todas tocan como ella.

—Pero todas poseen la esencia que percibes en su interpretación.

Luego la visión pasó y Clara se encontró de nuevo con el Maestro de hoy.

—Durante un año fueron felices —dijo—, y después Teresa supo que esperaba un hijo. Y fue un cataclismo.

—¿Un cataclismo para el Consejo?

—Tu padre no advirtió a todo el Consejo. Como te decía, era la época de los primeros disturbios, ya que la ambición y la influencia de Aelius no habían dejado de crecer y eso nos causaba una gran inquietud. Estábamos sometidos a disensiones internas de una envergadura desconocida y sufríamos traiciones que jamás habríamos creído posibles. Por eso, cuando nos enteramos del embarazo de Teresa, decidimos guardar el secreto de aquel prodigio tan inexplicable como la extinción de nuestras brumas, el de la llegada de una niña concebida por una humana y un elfo. Era la primera vez, y la única hasta el día de hoy. Todas las demás uniones mixtas siempre han sido estériles.

—Teresa anunció que quería dedicar un año a meditar y se retiró a una propiedad familiar al norte de Umbría —dijo Petrus—. Nadie lo supo.

Clara vio una villa de muros austeros rodeada por un gran jardín que dominaba un valle de campos suaves y pequeñas crestas, y oyó, escapándose de una sala invisible, las notas de la sonata bordadas de una nueva profundidad, de una nervadura de hilo de plata y de aguacero.

—La víspera de tu nacimiento, Marta se arrojó al Tíber. Después Teresa trajo al mundo a una hija. Durante la noche posterior se apagó. Se durmió y no se despertó. Pero tu padre ya había vuelto a cruzar el puente porque otro nacimiento lo llamaba junto a los nuestros. En el hogar del Jefe del Consejo también había nacido una niña, el mismo día y a la misma hora que tú, y con la misma evidencia de imposibilidad prodigiosa, dado que, pese a haber sido concebida por dos elfos, había venido al mundo con una apariencia totalmente humana, cosa que jamás había sucedido entre nosotros y que desde entonces no ha vuelto a repetirse. Los elfos nacemos en simbiosis de esencias y no tomamos una apariencia única hasta que abandonamos nuestro mundo. Pero aquella pequeña, por mucho que la giraran y la miraran desde distintos lados, se asemejaba a todas las otras niñas humanas. Asistíamos a dos nacimientos imposibles, el mismo día y a la misma hora, aunque decidimos ocultarlos puesto que era evidente que las niñas participaban de una poderosa intención y queríamos protegerlas del bando de Aelius.

—Entonces nos mandasteis lejos de nuestras raíces —dijo Clara.

—Antaño Alessandro me había descrito el pueblo donde vivía su hermano —dijo el Maestro—, y te envié a Santo Stefano. Maria hizo un periplo más complejo, que pasa por España y termina en la granja de Eugénie. La historia le pertenece a ella, hoy no te la contaremos.

—¿Sabe que fue adoptada?

—Tu padre le mostró su llegada a la granja —dijo—. Tenía que saberlo para que sus poderes se liberaran.

—De las dos, tú eres la que tiene una parte humana —dijo Petrus—, por lo que tejes los lazos y tiendes los puentes. Tocas el piano como tu madre, pero le añades una fuerza que viene del poder de tu padre. Ves como tu padre, pero le añades los lazos que vienen de la humanidad de tu madre.

Clara se sumergió en una visión. Tenía una textura más fina y vibrante que las reminiscencias del espíritu y sabía que estaba mirando el rostro de Teresa, que tocaba la sonata bordada de aguacero y de plata. Tras la última nota, su madre alzó la cabeza y Clara fue presa del vértigo de estar en presencia de una mujer viva.

—Los fantasmas están vivos —susurró.

Y, por primera vez en doce años, en los que no había experimentado ni el llanto ni la risa, se echó a llorar y a reír al mismo tiempo. Petrus se sonó ruidosamente con un pañuelo de gigante, y luego los dos hombres aguardaron a que se hubiera secado las lágrimas.

—Durante todos estos años he lamentado que tu madre no te conociera —dijo el Maestro—. Te he observado crecer con un carácter cristalino y valeroso que te envidiarían muchos valientes, y a menudo he pensado que la suerte había impedido el encuentro de dos de las mujeres más admirables que he conocido. He visto la herencia de su fuerza y de su pureza, la he reconocido muchas veces, pero también he visto lo que sólo te pertenece a ti y sé que la habrías deslumbrado.

Vio a su madre sentada en el claroscuro del jardín de Umbría. Se reía y los pendientes de cristal centelleaban en el anochecer. Bajo la luz de las diez, una languidez plateada se deslizaba por su mejilla como un pez de río.

—Si es una niña —la oyó decir—, quisiera que le guste la montaña.

Le respondieron, sin duda, porque sonrió y dijo:

—La montaña y los vergeles en verano.

A continuación desapareció.

—Alessandro me había contado que el vergel del cura era su lugar favorito de los Abruzos —dijo el Maestro—. En esta historia he aprendido a confiar en los signos que siembra en nuestro camino. En los poemas que escribió un padre con la esperanza de que su hija los leyera, en las caligrafías de la montaña trazadas por un pincel ignorante. Sabía que algún día regresarías de los Abruzos y, al igual que te mandé allí por el signo del vergel, tú tomaste el camino de Roma por un piano olvidado.

Clara oyó a Sandro diciendo: «Allí hay ciruelas transparentes y sombra en abundancia». Pero lo que se iluminaba a la manera de las luciérnagas de noche era la voz de su madre, en la que se abría una falla por la que pasaban otras voces. Había mujeres y tumbas, cartas de guerra y canciones dulces al atardecer. Todas aquellas voces y aquellas tumbas y aquellas mujeres con un velo de tristeza que murmuraban el amor en las avenidas de piedra de los cementerios... Percibió un jardín de lirios y un hombre joven con los ojos luminosos y tristes, mientras una voz susurraba tiernamente: «Vete, hijo mío, y no olvides nunca cuánto te queremos», y le dio un vuelco el corazón al reconocer el timbre de la vieja Eugénie. Luego vio a Rose, radiante y diáfana, que sonreía a través de las alas de la tormenta, y su sonrisa decía: «Somos madres más allá de la muerte y del misterio de los nacimientos».

Entonces, por segunda vez en doce años, lloró.

PABELLÓN DE LAS BRUMAS
Consejo élfico restringido

—Clara es el lazo.
—Su poder de empatía es magnífico.
—A pesar de los años de sequía.
—Por los años de sequía.
—Por el milagro que es ella y que supera los años de sequía.
—Todas las mujeres están con ella.

ROSE
Los linajes del cielo

Lo que es el mal.

El primero en caer fue uno de los pequeños correos asignados a la transmisión rápida de información entre la granja de Marcelot, el claro y la iglesia. Decidieron despacharlo porque habían percibido movimientos al este, donde André había dicho que estaban los caballeros extraños sobre monturas desconocidas. Le hicieron salir en el momento en que los vientos se abatían sobre la loma. A los otros los salvó la inmovilidad, pero la velocidad del joven hizo que la tormenta lo apresara con sus tentáculos, balanceándolo un instante en las estrías heladas de sus corrientes y lanzándolo luego como a un petate contra un murete de piedras duras. Todo el mundo vio caer al correo, y dos hombres quisieron ir junto al desdichado deslizándose por el suelo para escapar a las borrascas, pero entonces la suerte dio un vuelco y los caballeros del enemigo surgieron en las trombas y rodearon las dos granjas. Su apariencia era espantosa. Eran gigantescos, hechos de una materia pálida que dibujaba sus contornos de hombres deformes y carentes de rostro. Pero lo que helaba la sangre era que de repente se habían materializado alrededor del perímetro con una inmovilidad espectral tejida de silencio y de rabia. En cuanto a las monturas..., a fe mía, no había monturas. Los caballeros cabalgaban sobre el vacío, y si toda aquella buena gente hubiera sabido un poco de física, habría comprendido que se encontraba ante la presencia imposible de una fuente de antimateria que invertía los mecanismos del universo conocido.

Cayeron otros más. En la iglesia, las flechas habían recobrado su cadencia inicial. No daban tregua, y las piedras estallaban al mismo tiempo que las sacudidas devastaban. La lluvia se estrellaba sobre la gente y los heridos reptaban bajo cascadas de agua parecidas a haces de agujas. Tres hombres perecieron aplastados por unos mampuestos que se habían desprendido de la base del campanario, y otros dos sucumbieron a las ondas del choque de las saetas que detonaban con un vigor renovado. Los cinco hombres que estaban a cargo de los refugiados en la iglesia asistían impotentes a los estragos. Entretanto, los primeros muertos habían aniquilado la esperanza de que la magia de Maria bastaría para protegerlos de los abismos. El cura y Léon Saurat hicieron estrechar todavía más las filas del rebaño, mientras los otros reptaban hacia las víctimas y trataban de prestarles el auxilio que podían. Por desgracia, muy poco. Y su impotencia los irritaba.

Ah, la impotencia... La de los animales humanos es infinita, al igual que su valentía en las horas finales en que todo se malogra. Ya lo hemos dicho, detrás de los combates se formaba un cielo de nieve que parecía esperar en la linde del claro, y los hombres de la iglesia lo presentían, al igual que los que defendían la granja de Lorette o aguardaban con André en el bosque, porque el cielo de nieve, en aquel instante en que todo vacilaba, traía a cada hombre el perfume de un viejo sueño enterrado. Gégène, por supuesto, fue el primero en avivar el recuerdo en los corazones. Conviene decir que su sueño, como se desvelará más adelante, no era el menor de todas las fantasmagorías efímeras y sublimes, pero también que aquel día era el mismo hombre de deber y de burla de siempre; y sentía, una vez superado el estupor inicial ante los desenfrenos del enemigo y el abatimiento al descubrirlo tan poderoso y miserable, que habían perdido demasiado tiempo tergiversándolo todo con su miedo y que hacía falta pagar su diezmo a una vida de buen vino y de amor. Además, la perspectiva de perecer ahogado o aplastado por un mampuesto de campanario no era del gusto de aquel hombre, que quería morir en el honor pero no creía que por ello hubiera que reptar como una babosa bajo las nubes. Así, fuera el diablo o la mano de otro poder maléfico quien armara la tormenta, no debía preocuparle más que las recetas de su mujer cuando le servía la cena. Por añadidura, empezaba a comprender algo cada vez más manifiesto: detrás de la montaña había arqueros que disparaban flechas negras criminales. Hizo señas a Riri y a Ripol para que se reunieran con él junto a Léon Saurat, y juntando las manos en forma de cucurucho gritó:

—¡Todos al taller de Chachard!

Pronto sabremos qué proyectaba hacer allí, pero, como ven, su impotencia desaparece y ya no volverá. Y se producían otros virajes, allí arriba, frente a las granjas rodeadas por cien extraños envueltos en tinieblas.

Y Rose, que era del cielo cuando todos los demás eran de la tierra, y que se alimentaba de olas y de arroyos en aquel país de pastos y de siega; de ahí su discreción más fuerte que el acero y su simplicidad tan transparente como el agua viva. Cuando Maria le daba un beso a su madre antes de acostarse, sentía que la tristeza, que en su padre se había sedimentado en limo y arcilla, en Rose corría como un río que arrastraba los duelos y se disolvía en su respiración líquida, cuyo torrente nadie sospechaba. Pero si André dormía plácidamente aunque presintiera cuál sería el destino de su hija, era porque sabía cuál era la fuerza de Rose, por muy frágil que la consideraran al principio. Escrutando a aquella campesina modesta de la que ni la cara, ni los gestos, ni la voz, ni la textura de la piel despertaban interés alguno, uno se asombraba sin fin de que semejante ausencia de sabor pudiera engendrar tal torbellino de ondas beneficiosas y amables. Las únicas palabras de amor que le había dicho André, un amanecer de invierno en que se quedaron en la cama mirando las estrellas, fueron que ella le recordaba el agua que se puede retener en la mano como un guijarro o una flor. Desde luego, fue una excepción, porque André Faure no tenía por costumbre dar discursos, sino que siempre hacía saber a su mujer lo que debía con una economía de medios que lindaba con el genio y que facilitaba, es verdad, el genio que el amor otorga a las miradas y los gestos. Pero en el corazón de aquella parsimonia se enroscaba un nombre que había escapado a la escasez de su habla, y simplemente susurraba «Rose» mirándola, porque sólo él percibía la cuchilla que se afilaba sobre un filo de cristal y centelleaba, bella y terrible, en las horas de amor.

Así, Rose había salido antes con Jeannette y Marie a la entrada de la Hondonada con la intención de sumarse a Lorette en la granja vecina. Pero la tormenta ya había desplegado sus frentes y era imposible avanzar por el patio, donde las planchas arrancadas y las gallinas aterrorizadas bailaban un tango. Así, pues, se recogió con las dos abuelas contra la pared sur del establo, que de momento resistía a las ráfagas, y esperaba allí mientras a través del temporal sentía la angustia de Maria y que su vida entera se le aparecía con el viento.

Todo empezó porque sus padres, que eran iletrados, quisieron que ella tuviera un destino mejor que el suyo. Pero lo poco que su madre había visto de la ciudad la convenció de que allí no se podía vivir de manera virtuosa, y si aceptaba su pobreza, era a condición de no pertenecer a nadie más que a sí mismos. Así, mientras que las jóvenes de su pueblo se colocaban en la ciudad como nodrizas o criadas, no quiso que su pequeñina se perdiera en grandes mansiones. En lugar de eso, la llevaban una vez a la semana al convento de la aldea vecina, donde las hermanas enseñaban sus letras y su dogma a las chicas pobres del cantón. Se tardaba dos horas en llegar y, al amanecer, su hermano mayor la instalaba en la carreta, la acompañaba a tomar las lecciones, y la esperaba en las cocinas hasta que terminaban. Con todo, a lo largo de las semanas ella dejó de escuchar las letanías y los sermones porque se ahogaba en la embriaguez de los libros que le daban las hermanas tras las vísperas. Lloraba con los poemas de arroyos y de cielos, que le revelaban el único mundo que era verdaderamente suyo, y con las historias que transcurrían bajo nubes más palpables que la arcilla de los campos, donde, en una maravilla de reflejos, se descifraba la palabra divina. Más tarde, el padre François le hizo leer relatos de viaje en que los navegantes se dirigían a las estrellas y hollaban caminos de aire que les parecían más inteligibles que el tejido de los senderos, y aquel llamamiento de travesías y de constelaciones le resultó más precioso todavía que las escrituras celestes de Dios. Pero aquella simbiosis natural por la que Rose abrazaba los elementos líquidos poco tenía que ver con la conciencia de los universos físicos, y hay que buscar el principio que la unía con las corrientes y las nubes en un lugar distinto al mundo tangible. Algunas mujeres tienen una gracia que les viene de la multiplicación de la esencia femenina, por un efecto de eco que, haciéndolas singulares y plurales, las encarna a la vez en sí mismas y en el largo linaje de la suyas. Si Rose era una mujer de cielo y de ríos, se debía a que en ella corría el río de las que la habían precedido, por la magia de una connivencia con su sexo que iba más allá de sus filiaciones de sangre; y si soñaba con viajar, era porque su visión traspasaba los espacios y los tiempos y unía entre sí los movimientos del continente femenino; de ahí que tuviera aquella transparencia que la hacía huidiza y ligera, y aquella energía fluida que extraía de mucho más allá de sí misma. Por un mecanismo inexplicable de la memoria, volvió a verse la mañana de su boda, con una falda y una blusa blancas y, en el cabello, un velo bordado con encajes. Llegó escoltada por sus hermanos, porque los jóvenes habían alcanzado el pueblo de André por atajos por donde no pasaban las carretas, por lo que calzaba los zuecos y llevaba en la mano los zapatos inmaculados que se pondría en la entrada de la iglesia. Mientras los muchachos avanzaban por los senderos y, con su traje de paño y la frente empapada de sudor, recogían flores que regalarían a las chicas de allí, el corazón le palpitaba muy fuerte bajo el esplendor del sol. Sólo se había encontrado con André una vez antes de que éste fuera a pedir su mano a su padre. Había visto su mirada de lejos, mientras ella cruzaba la barrera para llegar a las hogueras de San Juan, y el sabor de evanescencia que tenía cuando entraba en sí misma se había transformado en cascadas brillantes que él también veía. Por otra parte, Rose podía distinguir las estrías oscuras que le marcaba la conciencia de la tierra. No se sumaban como surcos paralelos, sino que se elevaban y la elevaban a su vez hacia el cielo, y supo que la fuerza de campos y de suelos de André le volvía descifrable su propio lenguaje de agua y de cielo. Entonces la rueda de la memoria giró y volvió a ver a Angèle, sosteniendo en brazos a un bebé arrebujado con mantillas blancas. Ella había apartado los faldones de la batista bordada y había recibido a la recién nacida como a su hija con un júbilo que se asemejaba a un éter iluminado de huellas. No podía descifrarlas, pero recibía su mensaje, del mismo modo que leía en el chapoteo cristalino que emanaba de la niña el anuncio de la coexistencia de los dos mundos. ¿Qué mundos? No lo sabía, pero existían.

Los recuerdos cesaron.

La lluvia caía como un hacha. Oyó más clamores que venían del pueblo, mientras el viento seguía decuplicando sus estragos. Miró hacia atrás, más allá del tejado del establo, el cielo de nieve que aguardaba a Maria. Entonces lanzó al viento todo su corazón de mujer y de madre.

Durante aquel tiempo, los hombres de Gégène fueron a buscar escopetas al taller de Chachard, y había un montón en casa de aquel buen hombre amante de las batidas en el bosque, que las mimaba tan amorosamente como habría acariciado a su mujer si el plumaje de perdiz no le resultara más deseable que un beso, de manera que cada cual pudo proveerse del arma que necesitaba y reposar un instante para escuchar las instrucciones de Gégène, que, en aquel punto de la situación, más bien eran conjeturas a las que no hacían ascos con el fin de al menos hacer algo.

—Tenemos que pasar a través —dijo— y allí, con las escopetas, tendremos ventaja.

—¿Así que crees que hay tipos emboscados detrás? —inquirió Riri.

—¿Cómo podemos cruzar? —preguntó Ripol.

—Se puede hacer —dijo Léon Saurat, a quien, al margen de su aflicción sincera, aquel día le mostraba con una dicha secreta que aún tenía agallas para la acción y que faltaba mucho para que tuvieran que enterrarlo a él también—. Pero no debemos quedarnos aquí —añadió, señalando el techo.

Que nadie se imagine que la conversación era en voz baja en el confort del taller que exhalaba un aroma a grasa de foca y a cuero. Incluso dentro había que gritar, y les urgía salir, tal y como había ordenado Maria y como sabían pertinentemente tras haber visto su iglesia decapitada en pleno cielo. Pero fuera era imposible hablar y Gégène se arriesgó a quedarse un poco más porque quería que los hombres absorbieran bien la evidencia que quería meterles en la cabeza.

—¿Qué hay que hacer si queremos disparar a una perdiz que vuela y hay mucho viento? —vociferó.

Eso era fácil y ni siquiera hacía falta contestarle.

—¿Y cómo hay que disparar con el arco?

También era fácil, pero no tanto relacionar las dos lógicas que aparentemente Gégène tenía claras en la sesera. En aquella región, a pesar de la fastuosidad de las persecuciones y de las batidas, existía la tradición de apreciar una forma de ojeo prohibida porque favorecía la caza furtiva pero que encontraban más hermosa que las otras. La practicaban pocos, por falta de material o de ciencia, pero de todas formas había tres o cuatro hombres que abandonaban con mucho gusto la escopeta por el arco y las flechas, y los tenían en mucha estima porque en aquel juego sólo podían destacar quienes conocían suficientemente cada presa, apuntaban lo bastante bien para no fallar y disponían de un elaborado conocimiento de todos los ardides necesarios para la aproximación, incluidos los terrenos y los vientos (pues ¿de qué sirve encontrarse a dos pasos de un corzo si la brisa le sopla inopinadamente un aliento de tabaco de mascar?). Resumiendo, a aquella partida en la que se distinguían los verdaderos halcones de la comarca se sumaban las antiguas fuerzas naturales, las de los hombres y las de los bosques, convertidos de nuevo por un día de persecución en la misma materia fundamental, el mismo remanso original de ósmosis y de connivencia primitivas. Los arcos que servían a la causa no tenían ni visores ni ninguno de los accesorios que habían florecido en las épocas en que la caza se había degradado a pasatiempo, y se parecían a los de los salvajes que, despojados de herramientas de precisión, exigían el céntuplo por parte de quien disparaba. También se podían utilizar como zaguales o como bastones de marcha, porque su simplicidad dictaba su elegancia y su solidez, y otorgaban al instrumento una deferencia que se debía a que éste no se avergonzaba de ser tan polivalente y útil. Pero prestaban toda su atención a la cualidad de las flechas, que debían estar talladas para que la trayectoria y el impacto fueran perfectos, y las llevaban en el carcaj con toda la delicadeza que requiere la excelencia (pues ¿de qué sirve encontrarse a tres centímetros de un jabalí si no se acierta el encantador bicho?). De hecho, la cosa se iba aclarando en la sesera de los otros y casi oían la voz de Gégène resonando a su manera sentenciosa y burlona, con la diferencia de que no estaban a punto de descorchar una botella ni de trocear una salchicha por la amistad. Pero el espanto del momento no lograba apagar la chispa de exaltación que había aparecido en ellos desde que habían empezado a reaccionar en lugar de dejarse aplastar como cucarachas, y podían arreglárselas sin unos chatos ni tocino con tal de comprender la sentencia del día, que se escribía ante sus ojos con la misma claridad que si Marcelot la hubiera pronunciado en voz alta: «Acércate, apunta y dispara donde estará en el viento». Así que aquello aclaraba la marcha furtiva de las cosas a unos tipos acostumbrados a pasar los domingos en el bosque: se valdrían de astucias y se anticiparían. El hecho de que no supieran exactamente cómo no les impedía ver la belleza del plan, que tonificaba unos corazones que recordaban que la gracia de la tierra les pertenecía.

—¡Manteneos bien rectos contra el viento y vayamos derechos al baldío! —volvió a gritar Marcelot, y todos asintieron vigorosamente con la cabeza mientras apretaban la escopeta.

Salieron en medio de un caos de vientos y de granizo que parecía haber aumentado mientras conspiraban dentro. Pero el techo había aguantado. Y ellos avanzaban. A pesar de las trombas y de los diluvios, marchaban despacio y con seguridad, como si la determinación de los valientes restara poder a las ráfagas y, en cierto modo, los hubiera vuelto invisibles para el enemigo.

Y allí arriba, en el claro, se representaba al fin el primer acto del destino, mientras los años se solidificaban en un torbellino de revelaciones engendradas por los aullidos inhóspitos del viento. Los preludios se desvanecían bajo las heladas alabardas de la lluvia y la escena de la historia se volvía más terrible y clara a cada segundo. Maria permaneció un largo momento inmóvil a pesar de la tragedia que sucedía en el pueblo. A su alrededor sentía las presencias amigas que esperaban detrás del cielo de nieve, oía la voz de la otra pequeña susurrando su nombre y veía un paisaje que ya había visto en sueños. Se accedía a él por un paso de piedras negras y planas bajo una bóveda de árboles cincelados, y luego se llegaba a un pabellón de madera con aberturas sin cristales ni cortinajes y, por último, a un pontón de tablas por encima de un valle lleno de brumas. Pero no lograba distinguir cómo debía utilizarlo, cuando habían perecido hombres y en el hielo se murmuraba el nombre tan amado de Eugénie.

Una serie de imágenes la hizo tambalearse. Primero vio un camino rural donde unos muchachos con ceñidos trajes de domingo recogían flores de los campos a brazadas, luego una ventana en la claridad de un amanecer invernal donde dos estrellas se helaban deteniendo su recorrido para siempre, y por último un cementerio desconocido bajo un chaparrón cuya espuma, rebotando sobre las losas de granito, las gastaba. Habitualmente, las imágenes de sus sueños tenían una precisión tan viva como los campos y las liebres, pero éstas eran vagas y llenas de distorsiones, y no podía ver el rostro de los jóvenes que bromeaban bajo el sol de julio, ni tampoco los nombres ni las fechas grabadas en los panteones del cementerio. Con todo, le maravillaba que la imagen pudiera llegarle en plena batalla, ya que sabía que la percibía a través de los ojos de su madre. Surgieron otras imágenes que provenían de la memoria de Rose, con la que había entrado en una forma de comunicación que no había experimentado con nadie, ni siquiera con Eugénie en el momento de la curación ni con André en sus largas miradas silenciosas. Las imágenes se descargaban y pasaban, y había árboles y senderos, fogaradas en la noche de invierno, un pequeño cobertizo de tejas grises adonde iban a buscar la madera en las horas frías, y caras con los rasgos nublados por el recuerdo pero que, de manera intermitente, revivían en el relámpago de una sonrisa. Vio a una anciana con las córneas engullidas por la blancura que sonreía mientras remendaba un velo ajado, y supo que se trataba de su abuela en un tiempo en que ella aún no había nacido. Un largo linaje de mujeres... Percibió sus rostros fundidos en una cadena que se perdía en las épocas. Había tumbas, y había mujeres que cantaban nanas en la noche o aullaban de dolor leyendo una carta del ejército. En una última ronda fulgurante y fugaz, distinguió cada cara y cada centello de lágrima. A continuación todas desaparecieron. Pero su mensaje se había transmitido por los remolinos de la memoria compartida.

Y en Roma Clara también recibió el mensaje de las mujeres que le decían a Maria que era de las suyas y que debía honrar el linaje más allá de la muerte. Entonces oyó a la pequeña francesa que le decía:

—¿Cómo te llamas?

PETRUS
Un amigo

—*Tu come ti chiami?* —tradujo el Maestro.
—*Mi chiamo Clara* —contestó ella.
Y lo tradujo de nuevo.
—¿Cuál es tu país?
—*È l'Italia* —volvió a contestar ella.
—Qué lejos —dijo Maria—. ¿Ves la tormenta?
—Sí —dijo Clara—. ¿Tú también me ves?
—Sí, pero no veo a nadie más. Sin embargo, oigo a un hombre que habla en francés.
—Estoy con él y con otros hombres que saben.
—¿Saben qué debo hacer?
—No lo creo. Saben por qué pero no saben cómo.
—El tiempo apremia —dijo Maria.
—El tiempo apremia —dijo el Maestro, sucesivamente en francés y en italiano—. Pero no tenemos las claves.
—Las revelaciones no vendrán solas —dijo Petrus—, y el cielo, a esta hora, no está precisamente de nuestra parte.

—¿Quién habla? —preguntó Maria.

—Petrus, para servirte —dijo éste en francés.

—Te conozco.

—Nos conoces a todos. Y también conoces tus poderes. Tu corazón está apaciguado, puedes liberarlos.

—No comprendo qué debo hacer.

—Clara te guiará. ¿Puedes retener un poco más la tormenta?

—No la retengo. Han muerto algunos hombres.

—Sí que la retienes, y nosotros te ayudamos. Sin ti, ya no quedaría nada del pueblo ni de las tierras. Vamos a hablar en italiano con Clara, pero no te olvidamos y pronto estaremos contigo.

A continuación, al Maestro:

—La clave está en los relatos. Clara debe saberlo.

—¿Qué es una profecía si se revela? —preguntó el Maestro.

—Una profecía, siempre —dijo Petrus—. Y quizá también una luz. Deberíamos haberlo hecho antes. Pero hay que empezar por el principio.

En el espíritu de Petrus, Clara vio a un Maestro que no llegaba a los treinta años estrechando la mano a un hombre que se parecía a Pietro, y luego siguiéndolo por pasillos familiares cuyas consolas de mármol y cortinas de brocado exhalaban un bochorno malsano. Ella planeaba por encima de una escena indefinible y terrible, proyectando una sombra de rapaz sobre la amable cara del hombre. Entonces Roberto Volpe abrió la puerta de una estancia desconocida y el Maestro se encontró frente a un cuadro que ella conocía desde el primer día.

—Desde nuestro Pabellón yo ya veía y conocía el arte de los humanos —dijo el Maestro—, y siempre me había fascinado su música y su pintura. Pero aquel cuadro era diferente.

—Tienes que comprender lo que pasa en nuestro país —dijo Petrus—. Somos un mundo sin ficciones.

—Me dijiste que los elfos no cuentan historias —dijo Clara.

—Los elfos no cuentan historias a la manera de los hombres pero, sobre todo, no se las inventan. Cantan las buenas acciones y los grandes acontecimientos, componen odas a los pájaros de los estanques o himnos a la belleza de las brumas, celebran lo que existe. Pero la imaginación nunca añade nada. Los elfos saben alabar la belleza del mundo, pero no saben jugar con la realidad. Viven en un mundo espléndido, eterno y estático.

—Siempre me han gustado las creaciones de los humanos —dijo el Maestro—. Pero aquel día hice un descubrimiento extraordinario. Roberto Volpe había llamado la atención del Consejo porque había hecho algo que aún hoy continúa teniendo consecuencias en nuestro destino. Atravesé el puente y me encontré con él. Y me mostró el cuadro. Ya había visto lamentaciones de Cristo, pero aquélla era distinta y la impresión fue inmensa. Sin embargo, era la misma escena que de costumbre: la Virgen y María Magdalena inclinadas sobre el Cristo descendido de la cruz, las lágrimas de las mujeres y el crucificado con su corona de espinas. Pero no cabía duda de que la había pintado un elfo. Lo supe al ver el cuadro, y la investigación que llevé a cabo luego lo confirmó. Uno de los nuestros, cuatro siglos antes, había abandonado nuestro mundo por éste, había tomado un nombre humano y una identidad flamenca —creemos que vivió en Ámsterdam—, y pintó la mayor ficción de los humanos con una perfección raramente igualada.

—¿Qué había hecho Roberto? —preguntó Clara.

—Había matado a alguien —dijo el Maestro—, pero esa historia no es para hoy. Lo más importante es que, delante del cuadro, tomé la misma decisión que quien lo había pintado. Era la emoción más maravillosa de mi vida. Anteriormente, yo languidecía por el arte humano, y de pronto veía abrirse el camino trazado por aquel pintor desconocido, el del paso al otro lado del puente y la inmersión completa en la música de este mundo. Y otros elfos también lo han hecho, antes y después, pero por motivos diferentes.

—Algunos quieren el final de los hombres, otros una alianza —dijo Clara.

—La alianza es el mensaje del cuadro flamenco —dijo el Maestro—, al igual que los lienzos de Alessandro expresan el deseo de cruzar en la otra dirección. Es inconcebible que hayamos tardado tanto tiempo en entender la llamada de las pasarelas. Sobre todo porque un poco antes hice otro descubrimiento gracias a un elfo que conoces bien y cuya perspicacia supera la de los sabios y los grandes. Yo aún era el jefe de nuestro Consejo y había ido a consultar unos textos antiguos en la biblioteca de nuestro mundo. Buscaba algo que pudiera ayudarme a comprender los tiempos que vivíamos, pero aquel día no encontré nada.

—¿Fuiste el jefe de vuestro Consejo antes que el padre de Maria?

—Sí. El padre de Maria, contra el que se presentó otro candidato que estuvo a punto de imponérsele.

—Aelius.

—Aelius, cuya ira ves hoy en el cielo de la Borgoña. Pero al salir de la biblioteca tuve una conversación muy interesante con un barrendero, que me pareció que tenía una conducta extraña.

—¿Hay barrenderos en el país de los elfos? —preguntó ella.

—Hay jardines alrededor de las bibliotecas —dijo Petrus—, y barren las avenidas cada amanecer y cada crepúsculo de las estaciones en que los árboles tienen hojas. Las escobas son bonitas y no deben estropear el musgo. Es un trabajo noble, aunque yo nunca lo encontré muy interesante, pero ya te conté que durante mucho tiempo fui un elfo poco inspirado. Y además siempre me ha gustado leer. Creo que me he pasado la vida leyendo. Incluso cuando bebo, leo.

—Así pues, el barrendero no barría, sino que leía debajo de un árbol —dijo el Maestro—. Y leía con tanta concentración que no me oyó acercarme. Entonces le pregunté qué leía.

—Y yo contesté: una profecía —dijo Petrus—. ¿Una profecía?, preguntó el Jefe del Consejo. Una profecía, dije yo. En el corpus de nuestros textos poéticos, hay uno que no se parece a los demás. Forma parte de un conjunto de poemas y de cantos, en su mayoría elegíacos, titulado *Canto de la Alianza*, y que celebra las alianzas naturales, las brumas al atardecer, las nubes de tinta, las piedras y todo el resto.

Suspiró, vagamente apesadumbrado.

—Pero aquel texto era diferente. No celebraba ningún acontecimiento conocido, no evocaba nada a mi memoria, sino que describía nuestro mal como si lo hubiera anticipado y dibujaba su remedio como si lo hubiera soñado. Nadie le había prestado atención jamás. Pero cuando lo leí, creí que el mundo se partía en dos y que una puerta se me abría en el corazón. Sólo eran tres versos de una historia desconocida, pero después de siglos bebiendo té y escuchando poemas sublimes, la vida entera estallaba y resplandecía como después de una copa de moscatel.

Sus ojos brillaban por la emoción de entonces.

—Leí el texto y comprendí lo que quería decir el barrendero —dijo el Maestro—. Después hubo que convencer de ello a otros, y Petrus le dedicó mucho talento. Desde aquel día la profecía nos guía en la guerra.

Cuando la recitó, el ancestro vibró y Clara creyó ver un reflejo plateado que pasaba como un relámpago por su piel suave.

el renacimiento de las brumas
por dos hijos de noviembre y de la nieve
los sin raíces la última alianza

—Es el único texto de ficción escrito nunca por los nuestros —dijo el Maestro—. Por esa razón pensamos que puede ser profético, que dibuja una realidad aún en gestación pero que podría salvarnos. Por primera vez en nuestra historia, las brumas declinan. Algunos piensan que los hombres son responsables del declive y que su incuria debilita la naturaleza; otros, por el contrario, que el mal se debe a que no estamos lo bastante unidos. Si considero los cuadros inspirados por nuestra alianza, el Cristo pintado por un elfo y que sin embargo jamás ha sido tan humano, o el último lienzo de Alessandro, que exalta sin mostrarlo el puente de nuestro mundo, entonces sé que el arte de los hombres nos ofrece relatos que nosotros no hubiéramos podido concebir y que a cambio nuestras brumas los transportan más allá de su tierra. Ha llegado el momento de inventar nuestro destino y de creer en esta última alianza, hay demasiadas pasarelas que muestran el deseo que tenemos de cruzar juntos el mismo puente.

—¿Maria y yo somos las dos hijas de noviembre y de la nieve?

—Sí —dijo el Maestro.

—Hay otros niños nacidos en la nieve de noviembre.

—No hay otros niños nacidos élficos y humanos en la nieve de noviembre. Sin embargo, no sabemos qué hay que hacer con este prodigio.

Clara pensó en los hombres atormentados por puentes y montañas que podrían salvarlas de haber nacido lejos de su corazón, en los pintores, los barrenderos y los músicos élficos fascinados por el genio creador de los humanos, en las pasarelas tendidas entre dos mundos a través de una inmensidad cuadriculada por las luces del arte. Y, por encima de aquellas luces, resplandecía una claridad más intensa que reemplazaba las músicas y las formas y las inspiraba con su fuerza superior.

—El universo es un gigantesco relato —dijo Petrus—. Y cada cual tiene el suyo, que brilla en algún lugar en el cielo de las ficciones y lleva a algún lugar en el de las profecías y los sueños. A mí me lo enseña el Amarone. Después de dos o tres copas, siempre tengo la misma visión. Veo una casa en medio de campos y un anciano que regresa al hogar después del trabajo. ¿Acaso ese hombre y esa casa existen? No lo sé. El abuelo deja su sombrero sobre un gran aparador y sonríe a su nieto, que lee en la cocina. Siento que desea que éste tenga una vida y una labor menos agotadoras que las suyas. Entonces se alegra de que le guste leer y soñar y le dice: «*Non c'é uomo che non sogni*».* Cada vez que el abuelo habla con su nieto, yo lloro. Y luego sueño.

—Vuestros poderes están ligados a la fuerza de las ficciones —dijo el Maestro—, de la que nosotros, por desgracia, no entendemos gran cosa.

—Hay dos momentos en que todo es posible en esta vida —dijo Petrus—, cuando bebemos y cuando nos inventamos historias.

Clara sintió estremecerse en su interior una conciencia muy antigua, que se parecía a la conexión de las mujeres más allá de los espacios y los tiempos que había experimentado a través de Rose, pero que esta vez unía a los seres con las creaciones del espíritu. Una vasta constelación apareció ante su mirada interior. Cartografiaba las almas y las obras sobre un mapamundi brillante cuyas proyecciones de luz iban de un extremo al otro del cosmos, de manera que un lienzo pintado en Roma este siglo trazaba un camino hasta corazones que se encontraban en épocas y lugares inmensamente separados. La frecuencia unida de la tierra y del arte se actualizaba y unía entidades tan simpáticamente armonizadas como alejadas en la geografía. Ya no sólo latía en los estratos de su percepción, sino que cruzaba planos heterogéneos de la realidad y se desplegaba a la

---

* No hay hombre que no sueñe.

manera de una red que se iluminaba sublimando la materialidad de las distancias. Era poderosamente natural y poderosamente humano. Asimismo, grababa una serie de imágenes que no excedían un puñado de segundos, pero en la que la empatía de Petrus transmitía una historia tan lírica y compleja como las que ya le había contado, porque los dos se conectaban a esa infinidad de lazos en el éter y veían las pasarelas tendidas en el vacío allí donde otros no percibían más que soledad y ausencia. Entonces vio a un niño sentado en su cocina rural bañada por las sombras del atardecer. Un anciano con la cara surcada por la pena deja su sombrero de campesino en el extremo de un aparador y se seca la frente con un gesto de calma. En el campanario del pueblo suena el ángelus de las siete; fin de la labor. El abuelo sonríe con una sonrisa que ilumina toda la comarca y luego, más allá de sus montañas y de sus llanuras, las regiones desconocidas, y más allá todavía explota en un haz de chispas e ilumina un país tan vasto que ningún hombre puede recorrerlo a pie.

—*Non c'é uomo che non sogni* —susurró ella.

—Nadie había penetrado nunca mi visión de esta forma —dijo Petrus—. Siento tu presencia en el corazón de mis sueños.

Y con dulzura y visiblemente conmovido:

—Maria y tú sois la totalidad de los dos mundos, el de la naturaleza y el del arte. Pero tú tienes en tus manos la posibilidad de un nuevo relato. Y si tantos hombres han podido vivir dos milenios en una realidad basada en la creencia en la resurrección de un crucificado con una corona de espinas, entonces no es absurdo pensar que todo es posible en este mundo. Te toca a ti, ahora. Ves las almas y puedes darles sus ficciones y sus sueños, que lanzan pasarelas que los humanos y los elfos aspiran a cruzar.

—Tienes que ayudarme —dijo ella.

—No soy más que un simple barrendero y soldado —contestó—, y tú una estrella profética. No creo que me necesites.

—¿Fuiste soldado?

—Fui soldado y combatí en mi mundo.

—¿Hay ejércitos en el país de los elfos?

—Hay guerras en el país de los elfos y son tan feas como las guerras de los humanos. Algún día te contaré la historia de mi primera batalla. Estaba más borracho que una cuba, pero uno puede hacer mucho daño cayéndose.

—¿Mataste? —preguntó ella.

—Sí.

—¿Qué se siente al matar?

—Miedo —dijo él—. ¿Tienes miedo?

—Sí.

—Bueno. Estoy contigo y no te abandonaré, ni en la guerra ni en la paz. No has tenido familia, pero tienes un amigo.

Clara pensó: «Tengo un amigo».

—Pero ahora empieza la primera batalla —dijo—. Ya no podemos retroceder.

—La nieve —dijo ella—. Es el sueño de Maria. La tierra, el cielo y la nieve.

Se puso en pie y fue al piano, donde tantas veces había tocado partituras cuya historia no comprendía. Pero el sueño de Petrus había forjado la clave de sus horas de trabajo con el Maestro. Cada partitura encerraba el relato con el que estaba cosido el corazón del compositor, y todas, desde el principio, desfilaron en su memoria y tomaron el color de los sueños que, magníficos o apagados, estaban inscritos en la gran constelación de las ficciones. Entonces volvió a tocar el himno de la alianza que había compuesto en un deseo de unión y de perdón, pero le añadió aliento y palabras que procedían del corazón de Maria.

PABELLÓN DE LAS BRUMAS
La mitad del Consejo de las Brumas

—Retiramos nuestra protección. Ya sólo pueden contar consigo mismas. Pronto lo sabremos.
—Recibimos mensajes de paso. Que los que estén a cargo del mando se preparen.
—¿Debemos reunirnos en el puente?
—Da igual dónde nos reunamos.

GUERRA

por dos hijos de noviembre y de la nieve

EUGÈNE
Todos los sueños

La protección de la comarca se desmoronó de golpe. A Maria le pareció como si un mar de fondo se retirara y dejara al descubierto un arenal barrido por la tristeza y el vacío. Sabía que los años florecientes de la baja comarca tenían su fuente en el poder de los jabalíes fantásticos y de los caballos de mercurio, pero aquel poder era tan indisociable del suyo propio, estaba tan acostumbrada a extraer de él el canto y la energía de la naturaleza, que su desaparición repentina la dejó tan sorda y ciega como si jamás hubiera oído sus óperas o contemplado sus grabados, y supo que ése era el destino de los hombres corrientes.

Desde el claro del bosque del este hasta los escalones de la iglesia, se desencadenó la desesperación y todos se sintieron abandonados a abismos que se abrían de par en par bajo sus pies. El padre François y Gégène se habían quedado paralizados y la angustia de la pequeña había aniquilado aquello que los había llevado contra la tormenta. El cura, en particular, por mucho que buscara en sí mismo, ya no encontraba la corola que se le había desplegado, y horrorizado por la magnitud de sus blasfemias, estaba decidido a confesarse al obispo en cuanto terminara el cataclismo. He pecado, se repetía tiritando de frío y mirando a su alrededor una campiña que le parecía tan mísera como sus exaltaciones de predicador extraviado. Pero el buen padre no era el único al que se le evaporaban las iluminaciones de hombre libre, puesto que Gégène sentía trepar en su interior los viejos celos que había tenido antaño de los amores pasados de Lorette, y ocurría lo mismo de un extremo a otro de la comarca, donde el hastío y la amargura se apoderaban de las almas y gritaban la miseria del destino. Los hombres que seguían a Gégène ya no sabían ni su propio nombre, en la iglesia flaqueaban cual granujas bravucones a quienes una reprimenda dispersa como a cornejas y, en el claro, hacía falta toda la fuerza de André para salvar lo que quedaba de la valentía de los otros tres. Veían abrirse las cicatrices e infectarse las heridas que habían tenido la presunción de creer curadas para siempre, sentían un amargo rencor por la funesta niña que sumía el mundo en un caos mortífero, se daban cuenta de que jamás había existido otro deber que el que enseñaban el cura y el obispo de Dijon, y creían que el rescate de una extranjera con poderes a todas luces sacrílegos no formaba parte de éste. En definitiva, lo que les cavaba túneles y les ponía minas era la vieja salmuera que durante un tiempo habían disuelto los poderes conjugados de Maria y de sus protectores: los remordimientos y el legado de las culpabilidades, la mezquindad y el miedo, la letanía de las concupiscencias y de las negaciones de cobardía, y todo el cortejo de ruindades que se encierran en la agria sepultura de los terrores.

Después, en Roma, Clara tocó el piano y la marea se invirtió. La tristeza y el vacío de Maria dieron paso a una afluencia de recuerdos por la que, transparentándose en el rostro de Eugénie, pasaban el caballo de mercurio, el jabalí fantástico, las brumas que le contaban su llegada al pueblo y el cielo de nieve de entonces, en el que se habían deslizado los sueños de todos mientras la vida se abría y podían mirar en su interior. La música y las ondas de la naturaleza volvieron a resultarle inteligibles. La primera vez que lo oyó, el fragmento que tocaba Clara le había apaciguado el corazón torturado por la muerte de Eugénie. Hoy contaba una historia que agudizaba su poder.

in te sono tutti i sogni e tu cammini su un cielo
di neve sotto la terra gelata di febbraio

En el claro hubo una gran ventada. El paisaje era apocalíptico. Recorrido por el brillo y el rugido de la tormenta, el cielo se había transformado en una tapadera de amenaza y de muerte, y del mundo ya sólo quedaba la sensación de la inmensidad del peligro.

—Todos los frentes se parecen —le dijo Petrus a Clara—. Este temporal tiene la misma apariencia que la guerra, y lo que ves es lo que ha visto antes que tú cualquier soldado.

Las brumas empezaron a moverse de nuevo, pero ya no se enroscaban alrededor de Maria, sino que nacían de sus palmas. Un relámpago colosal se mantuvo en el cielo e iluminó la destrucción que había sufrido la comarca. Luego la pequeña se puso a murmurar suavemente al cielo de nieve.

Entonces... Entonces de parte a parte de la comarca todos los sueños chorrearon en una magnífica sinfonía que Clara descubría en la pantalla del cielo y, de cada alma, veía las perlas de deseo bordadas sobre el lienzo tendido del firmamento, pues cada alma, tras la desesperación de las salmueras venenosas, se veía renacer y creer en la posibilidad de la victoria. Con todo, lo que contemplaba maravillada era el sueño de Gégène, donde había un gran país encantado para Lorette y para él, con una casa de madera rodeada de hermosos árboles y una galería abierta al bosque. Pero no se trataba únicamente de la fantasía de un hombre que aspira al amor y a una existencia apacible. Expresaba también la visión de una tierra que pertenecería a sí misma, de una caza que sería justa y bella y de estaciones tan grandes que todos crecerían en la misma medida. Dejaban niñas perdidas en la puerta de los pequeños con el fin de que éstos frecuentaran la grandeza, se veían viejas mujeres ricas por el despojamiento de conocer íntimamente el espino blanco, y rústicos embriagados por la misión de hacer dormir en paz a las pequeñas españolas, y vivían en aquella armonía que no existía en estado puro, pero que el sueño aísla en la tabla química de los deseos y culmina en la abolición de las fronteras de las tierras y del espíritu que, desde que el hombre es hombre, se llama amor.

Porque Eugène Marcelot era un genio del amor.

De este genio nacía la visión que había brillado con más intensidad que las otras por la catálisis de los sueños con que el cielo de nieve inundaba la región. ¡Teníamos una vida dura y éramos tan felices! Eso se decían para sus adentros todos los hombres y las mujeres, y los muchachos marchaban contra los arqueros del diablo con un júbilo renovado y el cura alzaba la mirada hacia las nubes y se reafirmaba en su fe recobrada. En todos lados, la misma alegría que viene del renacimiento de los sueños llevaba a cabo su obra de coraje y de esperanza. En el patio de la granja, Jeannot contemplaba el campo de batalla a través del cual volvía a ver por primera vez a su hermano con cara de niño. Hacía muchos años que un rictus martirizado le había borrado la mirada y que él no tenía en la boca el sabor de la dicha, que aquel día tomaba un cuerpo de mujer y de un hombro blanco en el que apagar sus viejas lágrimas mientras la prohibición de antaño se desvanecía cual humo en la tormenta. Entonces supo que pronto se casaría y que tendría un hijo al que le hablaría de su hermano y de las horas benditas de la paz y, volviéndose hacia el alcalde, le dio unas palmadas alegremente en la espalda.

—Ah, nos sentimos rejuvenecer —contestó Julot a su gesto.

El alcalde saboreaba en sí mismo la poesía de las horas anteriores a la caza, cuando el bosque pertenece al montero, que lo prepara para los demás. Pero los caminos del frío amanecer estaban infiltrados de una magia nueva. Vio a un hombre con la frente pintada hablando con un corzo inmóvil, y del pelo del animal surgía la evidencia de la perfección. En fin, como todos tenían la misma revelación a través de sus sueños, en el cielo de la Borgoña hubo un gran guirigay en el que se mezclaban ojos de loza y perdices engalanadas, paseos por los bosques y besos en la noche, y crepúsculos inflamados en los que se respondían los ecos de las piedras y de las nubes, mientras en el prisma de cada imagen y de cada deseo se espesaba la totalidad de la vida. Tantos llantos contenidos y tantas penas secretas... No había nadie que no conociera la salazón de las lágrimas, nadie que no hubiera sufrido por amar demasiado o por no amar suficiente, y que no hubiera encerrado una parte de sí mismo bajo el dintel de las labores. Nadie, tampoco, que no sintiera, atornillada a la tierra pared del corazón, una siniestra cruz de arrepentimientos o un calvario polvoriento, y nadie que no supiera qué le hace a un hombre el martilleo continuo de los remordimientos. Pero aquel día era distinto. Habían desplazado en su interior tres dientes de ajo olvidados, y las escenas cotidianas se habían transmutado en cuadros de belleza. Cada cual había reconocido su sueño en el cielo y había tomado de él su determinación y su fuerza, y el más poderoso de todos, el de Gégène, había hecho la ofrenda de un añadido de valentía y de fastuosidad, hasta tal punto que los hombres que lo seguían se decían que su búsqueda marcial también era estética, y que matarían sin piedad pero sin rabia para que la comarca recobrara su inocente esplendor.

Habían alcanzado el baldío del este y luego habían rodeado la loma tras la cual salían las flechas que estallaban por encima de las cabezas antes de entrar en el flujo de la tormenta y transformarse en bombas mortíferas. Con todo, se trataba de flechas de madera y de plumas, y se alegraron de ir a pelearse con los fulanitos bien reales que se resguardaban cobardemente tras el muro negro. En aquel instante, Gégène les hizo la señal para que se colocaran de manera que las presas no pudieran oírlos ni sentirlos aproximarse. Entonces se acercaron al máximo y atacaron a los arqueros como los arqueros, pero con armas de la caza moderna: dejaron que las balas corrieran por el viento. ¡Ah, qué bello fue aquel instante! Era un combate, pero también era arte. Durante el segundo en que se irguieron frente a los mercenarios, tuvieron la visión de unos hombres desnudos cuya respiración se adaptaba a la de una tierra que apenas rozaban sus ligeras zancadas, y después cada cual tuvo la conciencia clara de la nobleza arquera, del honor que se debe a los bosques y a la fraternidad de los árboles, y supieron que, a pesar de sus uñas negras, ellos eran los verdaderos señores de aquellas tierras. «No es señor más que sirviendo», habría podido decir Gégène si hubiera sido la hora de abrir una botella en lugar de disparar a los malvados. El segundo pasó, pero la conciencia permaneció y, entretanto, la sorpresa del ataque acabó con la mitad de la mala tropa en dos minutos, mientras que la otra se replegaba a toda velocidad y desaparecía al otro lado de la loma. En verdad, huyeron como conejos y, pese a un primer impulso de perseguirlos, renunciaron porque sobre todo les preocupaba volver al pueblo. Sólo miraron brevemente a los que habían caído y descubrieron que eran igual de feos que los mercenarios de todos los tiempos. Tenían la piel blanca, el pelo oscuro y, en la espalda de su traje de combate, una cruz cristiana de la que los hombres de Gégène no se repusieron hasta que hubieron cerrado los ojos de todos los muertos. Luego trataron de retroceder hasta la iglesia. Pero las aguas cortaban los caminos y ya no había vías practicables a pie.

En el claro, la historia que Clara le había regalado a Maria se encarnaba en una frase que susurraba al cielo de nieve y que se ramificaba como un árbol con tres ramas en las que se concentraban los tres poderes de su vida, y ya no era ni italiano ni francés, sino sólo el lenguaje estelar de los relatos y de los sueños.

en ti están todos los sueños y caminas sobre un cielo de nieve bajo la tierra helada de febrero

Maria conocía la tierra por el hombre que la había acogido la primera noche como a una hija, el cielo por aquella que la quería como una madre y la unía al largo linaje de mujeres, y la nieve por las brumas fantásticas, que eran la ofrenda del relato inaugural de los nacimientos. Pero las notas de Clara habían liberado la fórmula y Maria veía dibujarse su sueño. El puente rojo resplandeció con un relámpago de visión en el que centelleaban los campos de fuerza del mundo desconocido, y vio ciudades brumosas que extraían de ellos su luz y su savia. En sí misma se produjo una confluencia inmaterial. Sus universos interiores se articularon en una nueva configuración cuyos puntos de ajuste se resorbieron, engendrando una totalidad orgánica fundida de todos los estratos de la realidad. Luego esa reorganización interna se dispersó fuera de ella y se propagó en la inmensidad exterior. Entonces el piano calló y, en un gesto de adhesión absoluta, Maria obedeció a la historia que le había regalado. En el cielo de nieve se abrió una brecha que tenía la longitud del mundo, y de aquel abismo resplandeciente salieron unos seres extraños que se posaron sobre el suelo helado. Pero lo que dejó estupefactos a los lugareños fue el vuelco que había operado la magia de la pequeña, ya que el cielo se había convertido en la tierra y el suelo había ocupado el lugar de las nubes, y además podían desplazarse, vivir y respirar allí como de costumbre. Incluso comprendían que, a causa de aquella inversión, el cielo se partía en dos, dejando pasar al ejército que había ido a defender el pueblo; pero les asombraba tener la impresión de caminar sobre las nubes y de que el combate se desarrollara debajo de la tierra. André se había quitado el gorro con orejeras y, al lado de su hija, recto como un juez, con los pies atados a la tierra, estaba dividido entre el orgullo y el pavor, como si lo hubieran cortado en dos partes limpias e iguales.

El claro se había llenado de aliados.

—Maria es el nuevo puente —dijo el Maestro—. Es la primera vez que un destacamento del Ejército de las Brumas puede combatir en el mundo de los humanos, y que los elfos mantienen allí las leyes de su plano.

La tierra pareció volver a ponerse derecha y unos cincuenta seres extraños formaron un círculo alrededor de Maria. Algunos tenían la apariencia de un jabalí fantástico, otros se asemejaban a liebres, a ardillas o a una bestia pesada y maciza que suponían que era un oso, pero también a nutrias, a castores, a águilas, a tordos y a toda clase de animales conocidos y desconocidos como —comprendieron atónitos— el unicornio de los cuentos. Sin embargo, todos los recién llegados tenían una esencia de hombre y de caballo, a la que se sumaba aquella parte específica, y esas tres partes no se ensamblaban, sino que se fundían las unas con las otras en una danza que Maria y los muchachos del claro ya conocían. André miró a sus tenientes. Ellos también se habían quitado el sombrero y, en una posición de firmes no desprovista de caballerosidad, se les helaba la sangre mirando el ejército extranjero, pero habrían preferido morir antes que desbandarse y, tiesos como un palo de escoba, permanecían a las órdenes frente a los unicornios y los osos. Hubo un gran silencio, hasta que uno de los recién llegados del cielo se apartó de la multitud de sus pares para ir a inclinarse ante Maria. Era un hermoso caballo bayo cuya cola se convertía en un relumbrante fuego fatuo cuando su esencia de ardilla se imponía a las demás y, en su rostro humano, unas chispas doradas moteaban el gris de sus ojos. Se puso en pie tras el saludo y se dirigió a la niña en la lengua incomprensible del jabalí fantástico de aquella vez.

En Roma, el ancestro se escapó de las manos de Clara y creció hasta alcanzar la estatura de un hombre, luego empezó a arremolinarse por la sala y, a cada vuelta, una esencia se desprendía de la esfera de piel antes de resorberse sin desaparecer en el corro. Clara vio un caballo, una ardilla, una liebre, un oso, un águila y un gran jabalí pardo, y muchas más cosas, que aparecían en el vals hasta que se hubo representado una totalidad de animales aéreos y terrestres. Por último, el ancestro se quedó inmóvil mientras todos permanecían visibles en una ósmosis total y movediza. El Maestro se había levantado y se había llevado una mano al corazón. Los ojos de Petrus brillaban.

—Ya no esperábamos este prodigio que ves —le dijo el Maestro—. Antiguamente, todos éramos ancestros. Luego poco a poco cayeron en un estado de letargo, y nacimos privados de algunas esencias, hasta no constar más que de tres, que tememos que se marchiten todavía más en el futuro. No sabemos a qué se debe su desaparición, pero va pareja con la de nuestras brumas. Sin embargo, presentimos con fuerza al menos dos cosas. La primera es que vuestros nacimientos se inscriben en esta evolución pero le aportan el Bien, y la segunda es que se ha perdido para siempre una unidad, pero es posible reconstruirla de otro modo. El mal que dividió la naturaleza quizá pueda conjurarse por medio de la alianza.

Y Clara vio lágrimas en sus ojos.

En el claro del bosque del este, el emisario del Ejército de las Brumas hablaba con Maria, y por el poder del ancestro y la reviviscencia de tiempos en que las especies no estaban escindidas, la pequeña francesa y la pequeña italiana entendían lo que decía y lo que decían la una y la otra. En cuanto a los hombres, que no entendían nada, esperaban en silencio a que Maria les dijera de dónde vendrían los tiros.

—Hemos acudido a vuestra llamada —decía el caballo bayo—, aunque no nos necesitéis en esta batalla. Pero la abertura de un nuevo puente es un acontecimiento crucial y debemos comprender las esperanzas y los poderes que permite.

—Necesito vuestra ayuda —dijo ella—, yo no puedo lograrlo sola.

—No —contestó él—, somos nosotros quienes necesitamos la brecha que tú creas y en la que fluyen las leyes de nuestras brumas. Pero no estás sola, y en cuanto al combate, el cielo, la tierra y la nieve están de tu parte.

—No estás sola —dijo Clara.

—No estás sola —repitió Petrus.

—La nieve está contigo —siguió diciendo Clara.

Y estas palabras al fin acabaron con todo lo demás, porque hay nieves del comienzo al igual que nieves del final, que brillan como farolillos a lo largo de un camino de piedras negras, y en nosotros son una luz que traspasa la noche. Un calor familiar envolvió a Maria al mismo tiempo que la noche caía sobre una escena desconocida. Una columna de hombres avanzaba en un crepúsculo lunar roto de manera intermitente por el eco de detonaciones lejanas, y ella sabía que a los soldados de la campaña victoriosa los condenaría para siempre al recuerdo de sus muertos, mientras que a aquella hora el frío abatía por legiones a los valientes a quienes no había podido abatir la mayor guerra de la historia.

Entonces uno de los crucificados levantó la cabeza y Maria supo que su mirada imploraba.

Se puso a nevar.

Se puso a nevar una hermosa nieve relumbrante cuya cortina se extendió rápidamente desde el claro hasta los escalones inundados de la iglesia. Ya no se distinguía ni el cielo ni la tierra, unidos en la densidad de los bellos copos inmaculados que chorreaban una milagrosa templanza. ¡Ah, la caricia del calor recobrado en las frentes congeladas! Si todos ellos no hubieran sido hombres de verdad, habrían sollozado como reclutas. Obedeciendo una señal de Maria, la tropa volvió a ponerse en marcha y bajaron el paso zigzagueante por donde habían subido antes con el corazón en un puño, mientras la nieve hacía soplar noviembre sobre febrero y traía el deshielo al campo helado. Cuando llegaron al centro del pueblo, los vientos habían amainado, y la tormenta, que había perdido su opacidad, rugía sordamente entre las últimas casas y el baldío. Pero los lugareños se quedaron como estatuas al descubrir al ejército que acompañaba a Maria y, al principio, no supieron si querían huir o ir a abrazar a la pequeña. Y aunque Chachard y los hijos Saurat saborearan el hecho de haber superado antes la impresión y de estar a sus anchas en medio de los unicornios, los otros necesitaron un poco de tiempo para considerar sin pánico aquellos extraños individuos cambiantes. Al fin, una vez que hubieron recobrado el dominio de sí mismos, se devanaron los sesos tratando de determinar las reglas de bienvenida en vigor para nutrias con rostro humano, y miraron al cura rezando por que éste indicara algunos preceptos de mundología aplicables a ardillas gigantes. André, por su parte, observaba la nieve espesarse y, paradójicamente, adquirir transparencia y calor, y, como tiene que ser, vieron llegar a Jeannot, al alcalde, a Lorette, a Rose y a las abuelas, que habían tomado el camino de la iglesia con los primeros signos de retroceso de la tormenta, mientras que los caballeros enemigos se habían desintegrado súbitamente bajo la nieve. Al ver cuáles eran los refuerzos del grupo de la iglesia, las abuelas y Lorette se santiguaron profusamente. En cuanto a los hombres, se sentían más o menos como la primera vez que se quitaron los calzoncillos. Sin embargo, los vigías trajeron una noticia apremiante y Léon Saurat, exhortándose a actuar como veterano, fue a informar a André.

—Detrás de la loma hay otra tropa —dijo—, más numerosa y con fusiles de combate. Nuestros hombres están en primera línea, pero no pueden retroceder a causa de las aguas que han subido.

Y, confuso por haber logrado pronunciar un discurso tan límpido, sonrió como un chaval a pesar del drama imperante.

Maria asintió con la cabeza. Cerró los ojos y la nieve se intensificó. Luego, por la misma magia que había infundido a la baja comarca estaciones gloriosas y que había mantenido allí la integridad del reino natural, la nieve se licuó en una cortina diamantina que avanzó hacia la muralla negra. En el momento del contacto hubo un temblor insólito en el campo, una forma de emoción que tenía poco que ver con el orden de los seísmos, y una onda de la misma naturaleza recorrió el destacamento élfico, y nadie necesitó traducción alguna para comprender que éste estaba conforme con lo que hacía la pequeña. Por último, vieron que la tormenta se hundía en sí misma de igual modo que los caballeros de la desdicha se habían desplomado en su nada: literalmente, el temporal se tragó por dentro, y supieron que la fuerza de Maria era muy superior a la de éste. Hubo un instante suspendido entre el recuerdo del miedo y el alivio de las victorias; se miraron sin saber demasiado qué había que pensar o decir (de hecho, no habían tenido tiempo ni de pensar ni de decir); al fin se echaron a llorar y a reír, y se abrazaron en una cacofonía de rosarios agitados y de entusiastas señales de la cruz. André era el único que mantenía idéntica actitud vigilante que los seres extraños y, como ellos, sólo miraba a Maria. Bajo la fina piel de su rostro, en círculos concéntricos a partir de los ojos, se diseminaban unas venillas oscuras, y tenía los rasgos tensos por una concentración extraordinaria que provocaba a los recién llegados del cielo una nueva reverencia. Los oyó susurrar en su lengua desconocida de una forma que expresaba asombro y admiración, y vio que se repartían a su alrededor como una guardia en torno a su mando supremo. Entonces Maria se volvió hacia André y le dijo:

—En marcha.

Pero antes de que la compañía echara a andar, llamó al padre François.

La vida del padre François había dado un vuelco hacia la cortina blanca. Al licuarse la nieve, había regresado la corola de cuando enterraron a Eugénie. Tres días antes sólo sabía que aquella corola participaba de un amor esparcido por un territorio más vasto que las celdas del alma. Pero el reflejo mágico de los copos de nieve traía la quintaesencia de los universos, y el sentido de su propia homilía al fin se le aparecía en toda su evidencia bíblica. ¿Por qué al fiel servidor de la causa de la separación de la tierra y del cielo tenía que revelársele con una fuerza tan inaudita la certeza de la indivisibilidad del mundo? Maria había reconocido aquello en él, y por eso quería que marchara a su lado en compañía de André. En una monstruosa epifanía, la inmensidad del conflicto que vendría infiltró de terror cada uno de los átomos vivos del cura. Perderían a seres queridos y sufrirían traiciones inesperadas, caminarían contra tormentas inicuas, temblarían por un frío inhumano y, perdidos en las tinieblas más diabólicas susurradas nunca a oídos humanos, perderían toda la fe y conocerían las columnas en medio del hielo y las desesperaciones que no tienen remedio. Pero no había recorrido inopinadamente dos milenios de revoluciones interiores para dejarse intimidar por el espanto. Lo atravesó un estremecimiento que a continuación dio lugar a la esperanza del niño que antaño jugaba entre las hierbas del arroyo, y supo que lo que se había separado se uniría, y que lo que se había escindido concordaría, o bien morirían y ya nada tendría importancia salvo haber querido honrar la unidad de lo vivo.

Así, tomaron el camino del baldío y llegaron a algunos cables de la loma donde se libraba la batalla de los fusiles. Las mujeres se habían quedado en la iglesia, pero el padre François marchaba junto a André y Maria a la vanguardia de aquellas líneas donde ya no se asombraban de encontrarse con unicornios o tordos. Nadie llevaba armas, pero estaban listos para luchar con las manos, máxime porque sospechaban que sus aliados no estarían desprovistos en el momento de concluir el asunto. Y con la compañía avanzaba el cielo de nieve, gracias al cual, como entendían los que tenían un poco de sesera, Maria mantenía el enclave donde podían combatir los soldados surgidos de la tierra y del cielo invertidos. Llegaron a la loma, donde comprobaron que Gégène y sus tres hombres se hallaban en un mal trance, pues aunque las aguas ya hubieran retrocedido, no habían podido replegarse, porque los otros los habían rodeado y los acosaban cruelmente. Cuando habían estallado los primeros disparos, se habían echado bajo la curva del terreno, pero la metralla había pasado muy cerca y el enemigo había dado un rodeo por la ladera. Con todo, eran cuatro contra cincuenta, y aunque vieron algunos malvados caídos a un lado, comprendieron que los nuestros sólo seguían vivos de milagro, y advirtieron que uno de ellos yacía en el suelo y se movía débilmente. Lo cierto es que debían de haber hecho gala de una resistencia heroica para no haber sido exterminados aún como cochinillas y, observándolos, los refuerzos sintieron crecer la ira sagrada que se experimenta ante el espectáculo de los combates desiguales, apostándose que sus aliados hervían de la misma indignación y del mismo deseo de restablecer el equilibrio de la justicia; de ahí que no les sorprendiera que el caballo bayo se inclinara sobre Maria y le dijera algunas palabras que su gesto volvía claras como el cristal, y que significaban: «Déjanos terminar el trabajo», a lo que ella asintió.

La nieve desapareció.

Despareció de golpe como si no hubiera caído ni un solo copo durante la batalla. La tierra volvió a estar tan limpia y seca como en verano, y entre las nubes blancas como palomas, el cielo se cubrió de un azul para dar brincos de alegría. Hacía siglos que no contemplaban aquel azul, y avanzaron más deprisa todavía en dirección a los enemigos, que al fin descubrieron el batallón fantástico. Se diría que unos hombres que habían lanzado flechas en medio de una tormenta sobrenatural sortearían mejor que otros aquella visión insólita, pero, en lugar de eso, parecieron quedarse de piedra y ahogarse en una capa de estupor y miedo. Uno de ellos, no obstante, salió con dificultad de la parálisis general y apuntó su fusil hacia la línea de los recién llegados.

La comarca se metamorfoseó. Era una extraña metamorfosis, en realidad, porque no se había transformado ni su apariencia ni su esencia, sino que sus elementos estaban sublimados y aparecían en la desnudez de sus energías sustanciales, y cada cual lo percibía por medio de sensores desconocidos abiertos a una dimensión del mundo que se volvía visible. Era primitivo y espléndido. Los aliados en ósmosis de animales terrestres hicieron correr unas vibraciones que levantaban la tierra y luego se propagaban como un terremoto subterráneo que arrollaba a los mercenarios. Las águilas, los tordos, las grandes gaviotas y todos aquellos cuya parte singular tenía que ver con el cielo dieron vueltas en el aire en un campo de remolinos cerrados sobre los blancos enemigos. Las nutrias, los castores y otros seres de la tierra y de los ríos transformaron el aire en agua, y a partir de ésta formaron unas lanzas que a los hombres les dio tiempo a encontrar magníficas, antes de que las proyectaran contra el enemigo, al que hirieron más que armas de metal o de madera. Pero mientras que parecía que la tormenta diabólica había extraído su furor de la deformación de los elementos naturales, sentían que el ejército extraño se introducía armoniosamente en sus flujos.

—No acaricies el gato a contrapelo —susurró el padre François.

A su lado, André lo oyó y esbozó una sonrisa que jamás había dibujado aquella cara consagrada a los pactos de gravedad. Pero aquel día sonreía como un joven por las curiosas palabras del cura, quien, viéndolo, le devolvió la sonrisa con todo su nuevo júbilo de sentirse un hombre, y se rieron brevemente bajo el cielo azul de la victoria porque habían venido de direcciones opuestas pero se encontraban amándose ante el mismo hogar fraternal.

El último enemigo cayó.

La primera batalla había terminado.

Gégène estaba herido.

Se precipitaron hacia el valiente, que no podía ponerse en pie. Una bala lo había alcanzado y, tras quitarle la chaqueta, vieron que una mancha de sangre se le extendía por la camisa. Pero sonreía y, cuando todos estuvieron a su alrededor, dijo en voz alta e inteligible:

—Me han dado, los muy cerdos, pero antes me he cargado a unos cuantos.

El padre François fue a examinarlo; luego se desanudó la bufanda y la apretó contra la herida.

—¿Tienes frío? —preguntó.

—Nada —dijo Gégène.

—¿Qué gusto tienes en la boca?

—Ninguno, y es una lástima.

Pero estaba más pálido que un fantasma y veían que sufría a cada palabra. Julot sacó de su gabán el frasco de licor de los monteros y se lo sostuvo entre los labios. Gégène mamó con un contento manifiesto y luego exhaló un largo suspiro.

—Creo que la bala me ha raspado un costado —dijo—. Si no, se sabrá pronto, porque me moriré antes de volver a ver a Lorette.

Maria se arrodilló junto a él y le tomó la mano. Pero antes se dirigió a Clara:

—He aprendido —le dijo simplemente.

Luego cerró los ojos y se concentró en los fluidos que pasaban por la palma de Eugène Marcelot. No había ninguna esperanza y supo que él lo sabía.

El padre François también se arrodilló a su lado.

—No será una confesión, hermano mío —dijo Gégène.

—Lo sé —contestó el cura.

—A la hora de morir, soy impío.

—También lo sé.

Entonces Gégène se volvió hacia Maria y le dijo:

—¿Puedes, pequeña? Dame mis palabras. Nunca he sabido pero todo está aquí dentro.

Y con un gesto agotado se señaló el pecho.

Ella le apretó suavemente la mano. Luego le preguntó a Clara:

—¿Puedes darle sus palabras?

—¿Con quién hablas? —preguntó Gégène.

—Con otra pequeña —dijo Maria—. Es ella quien conoce los corazones.

—Que el cura le tome la otra mano —dijo Clara.

Obedeciendo una señal de Maria, el padre François tomó la mano del moribundo. La música de Eugène Marcelot que oía Clara por medio de la mano que estrechaba la pequeña francesa era parecida al sueño que había contemplado antes en el cielo. Contaba una historia de amor y de batidas, una fantasía con una mujer y unos bosques perfumados de verbena y de hojas, expresaba la sencillez de un hombre que había nacido y vivido en la pobreza, y la complejidad de un corazón simple festoneado con encajes místicos, ella se envolvía en miradas francas y suspiros inefables, carcajadas y anhelos religiosos que no le pedían nada al buen Dios, y se hinchaba con la rugosidad y la generosidad que lo habían convertido en el mandatario de una comarca donde encontraban refugio las pequeñas españolas. Clara ya sólo tenía que tocar el piano y transmitir su elegancia, que le recordaba la de la vieja Eugénie y sus devociones de elevada naturaleza, y deslizó los dedos por el teclado con una fluidez magnífica, hasta que el padre François oyó a su vez aquella música que contaba la historia de Lorette y de Eugène Marcelot. Cuando el piano calló, puso la otra mano sobre la frente de Gégène.

—¿Se lo dirás a Lorette? —preguntó éste.

—Se lo diré a Lorette —contestó el padre François.

Eugène Marcelot sonrió y alzó la mirada hacia el cielo. A continuación le brotó un hilillo de sangre en la comisura de los labios y la cabeza le cayó a un lado.

Estaba muerto.

El padre François y Maria se pusieron en pie. Hombres y elfos callaban. En Roma reinaba el mismo silencio, y Petrus había sacado su pañuelo de gigante.

—Todas las guerras se parecen —dijo al fin—. Cada soldado pierde a sus amigos.

—Los que han muerto no eran soldados, sólo buena gente —dijo Maria.

Hubo otro silencio. En la loma habían oído a la pequeña y buscaban en su interior una respuesta que sabían que por definición era inencontrable. Pero fue el caballo bayo quien la descubrió solemnemente para todos los demás.

—Por esta razón debemos ganar la guerra —dijo—. Pero antes tenéis que despediros de vuestros muertos.

Luego retrocedió hasta la línea de los suyos, que se inclinaron como un solo cuerpo ante la tropa de los campesinos, que se quedaron pasmados, y en aquel saludo estaba el respeto y la fraternidad de los viejos compañeros de armas. Maria cerró los ojos y se le acentuaron las pequeñas arrugas oscuras que le recorrían la piel. Entonces, por los círculos de sus palmas, las brumas iniciaron un movimiento envolvente que borró a los seres extraños unos tras otros, hasta el emisario, que les sonrió y les hizo un gesto con la mano antes de desaparecer a su vez. En la comarca no quedó más que un puñado de hombres desgarrados entre la pena y el desconcierto, a quienes la partida de sus aliados dejaba tan desamparados como a críos. Pero al cabo de un rato en que no fueron sino huérfanos abandonados a la tristeza, se recobraron, porque habían perdido a un amigo a quien debían el tributo de la amistad que les había profesado hasta las puertas de la muerte. Asimismo, se afanaron por llevarse al hermano caído y presentarlo a su viuda de la manera más digna, y fue Léon Saurat quien, tomando el relevo, puso fin al combate diciendo:

—Le han dado, de acuerdo, pero antes se ha cargado a unos cuantos.

Cuando llegaron a la iglesia, donde los esperaban las mujeres y los niños, Lorette fue a su encuentro. Lo sabía. Tenía el rostro alterado por la cuchillada oscura de los dolores, pero escuchó al padre François decirle las palabras que Eugène hubiera querido que oyera.

—De Eugène a Lorette, a través de mi voz pero sólo de su corazón: amor mío, he caminado treinta años bajo el cielo sin dudar jamás de haber vivido en la gloria; jamás he vacilado, jamás he tropezado; he sido de lo más zampón y gritón, tan estúpido y frívolo como los gorriones y los pavos reales; me he secado la boca con el reverso de las mangas, he entrado en casa con barro en los pies y he rotado más de una vez en momentos de risas y de vino. Pero he mantenido la cabeza alta en la tormenta porque te he amado y tú también me has amado, y este amor no ha tenido ni seda ni poemas, sino miradas en las que se han anegado nuestras miserias. El amor no salva, eleva y crece, nos trae lo que ilumina y lo esculpe en madera de bosque. Anida en el hueco de días de nada, de las tareas ingratas, de las horas inútiles, no se desliza en balsas de oro por ríos relumbrantes, ni canta ni brilla y nunca proclama nada. Pero por la noche, una vez barrida la sala, cubiertas las brasas y dormidos los niños, por la noche entre las sábanas, en las miradas lentas sin moverse ni hablar, por la noche, en fin, en la lasitud de nuestras vidas de poco y las trivialidades de nuestras existencias de nada, los dos nos convertimos en el pozo del que bebe el otro y nos amamos el uno al otro y aprendemos a amarnos a nosotros mismos.

El padre François calló. Sabía que estaba lo más cerca posible de la misión de servir que daba a su vida el único sentido jamás hurtado al ensordecedor silencio del mundo, y se dijo que destinaría su porvenir a ser el portavoz de los que carecían de palabras. Recta y soberbia, Lorette lloraba, pero la cuchillada negra había desaparecido y, a través de las lágrimas, esbozaba una sonrisa. Entonces, con la mano sobre el pecho de su difunto marido, dijo mirando a Maria:

—Le haremos un entierro muy bonito.

Anochecía. Se agruparon bajo los tejados aún intactos, y en la granja Marcelot organizaron el velatorio de los muertos. Luego se tomaron tiempo para pensar. La baja comarca estaba cruelmente devastada y tardarían lustros en recuperar una apariencia de rutina. Primero tendrían que enterrar a los enemigos; los campos estaban asolados y no sabían qué había sido de los cultivos; reconstruirían las casas y la iglesia no sería lo último en repararse, porque no querían que un cura como el suyo se marchara a otro campanario. Por último, se preguntaban qué ocurriría a continuación, ya que sospechaban que aunque la mano negra se hubiera batido en retirada, había sobrevivido a sus peones y preparaba otros ataques. Pero habían tratado con jabalíes y con ardillas fantásticos y sabían, a pesar de las aflicciones y de los duelos, que eso los había transformado para siempre.

Así, al día siguiente, el segundo de febrero, se celebró un consejo en la granja de la Hondonada. Estaban André, el padre François, los compañeros de Gégène, Rose, las abuelas y Maria.

—No puedo quedarme en el pueblo —dijo Maria.

Los hombres asintieron con la cabeza, pero las abuelas se santiguaron.

Luego, mirando al cura, dijo:

—Mañana vendrán tres hombres. Nos marcharemos con ellos.

—¿Vienen de Italia? —preguntó el buen sacerdote.

—Sí —dijo Maria—. Clara está allí y debemos unir nuestras fuerzas.

Un gran silencio acogió la noticia. Por los acontecimientos de la víspera, habían comprendido que existía otra pequeña, pero no tenían ni idea de su papel en el asunto. Entonces, armándose de valor, Angèle preguntó:

—¿Conque el padre François debe marcharse con vosotros?

Casi parecía más asustada por aquella deserción que por la partida de Maria.

—Es porque habla italiano —dijo Julot.

El padre François asintió con la cabeza.

—Me marcharé —dijo.

Las abuelas se atrevieron a mascullar, pero una mirada de André las hizo callar.

—¿Estaremos en contacto? —preguntó éste.

Maria pareció escuchar algo que le decían.

—Habrá mensajes —dijo.

André miró a Rose, que le sonrió.

—Sí —dijo él—, ya lo creo. Por el cielo y por la tierra, habrá mensajes.

Al fin llegó la mañana del funeral, dos días después de que hubieran enterrado a Eugénie y de que la tormenta se hubiera abatido sobre la comarca. El padre François no dijo misa en la iglesia decapitada sino que, a la hora de despedir a los siete muertos, sólo pronunció algunas palabras que resonaron durante mucho tiempo en los corazones enlutados. En el momento en que calló, tres hombres entraron en el cementerio. Subieron por la avenida ante la mirada de los campesinos que, a medida que pasaban, se quitaban el sombrero e inclinaban la cabeza. Cuando los extranjeros llegaron a la altura de Maria, se inclinaron a su vez.

—*Alessandro Centi per servirti* —dijo el que se asemejaba a un príncipe destronado.

—Marcus —dijo el segundo, y pareció que un oso pardo se superponía fugazmente a su pesada silueta.

—Paulus —dijo el tercero mientras una ardilla rojiza daba unos saltitos en pleno día.

—*La strada sarà lunga, dobbiamo partire entro un'ora** —prosiguió el primero.

El padre François inspiró hondo. Luego, con un aparente pellizco de orgullo, contestó:

—*Siamo pronti.***

Alessandro se volvió hacia Maria y le sonrió.

—*Clara mi vede attraverso i tuoi occhi* —dijo—. *Questo sorriso è per lei pure.****

—Te devuelve la sonrisa —dijo Maria.

Desde que había terminado la batalla, las dos se veían transparentándose en su percepción habitual.

---

* El camino será largo, debemos marcharnos antes de una hora.
** Estamos listos.
*** Clara me ve a través de tus ojos. Esta sonrisa también es para ella.

Para Maria, la permanencia de aquel lazo era un bálsamo del que estaba especialmente ávida, porque la actualización de sus poderes, al sumergirla en una intimidad dolorosa con los elementos, la aislaba de los seres que más amaba. Cuando habló con el cielo de nieve, sintió en su interior la fuerza de cada partícula natural como si ella misma se hubiera vuelto una totalidad de materia, pero aquello también se traducía en un cambio interno que la aterrorizaba y cuya violencia presentía que sólo Clara sabría apaciguar. Por eso se guardaba sus temores, con la esperanza de que pudieran charlar libremente.

Justo después de la batalla, Clara había puesto el ancestro sobre sus rodillas. Cuando el Ejército de las Brumas hubo pasado otra vez por la brecha del cielo, éste se había vuelto inerte de nuevo.

—¿Qué va a ocurrir ahora? —le había preguntado al Maestro.

—Maria tomará el camino a Roma —le había respondido.

—¿Cuándo veré a mi padre? —había seguido preguntando ella.

—No todo puede tener una respuesta hoy. Y no eres la única en busca de luz.

—Mi propio padre —había dicho Pietro.

—Las pasarelas —había dicho Clara—. Hacen falta otras, ¿verdad? ¿Conoceré algún día el otro mundo?

Pero el Maestro se había callado.

Petrus, en su sillón, con la mirada sombría, le había parecido a Clara fugazmente desaprobador.

De pronto, aquel nuevo día de funeral, los cuatro se encontraban en la sala del piano.

El Maestro se volvió hacia Pietro.

—Amigo mío —dijo—, después de tantos años en que has aceptado no saber, te lo prometo: sabrás antes del final.

Y a Clara:

—Conocerás los mundos que has abierto para otros.

Luego guardó silencio y miró a Petrus con un gesto en el que ella creyó ver la huella de una capitulación benevolente.

—Escucha esto también —dijo Petrus— de parte del barrendero y del soldado. Me gustaría mucho beber tranquilamente mientras tú tocas el piano con el perfume de las bonitas rosas del patio. Podríamos pasear por los pasillos de las bibliotecas y extasiarnos ante el hermoso musgo, o bien ir a los Abruzos con Alessandro y charlar y comer ciruelas hasta reventar. Pero de momento ése no es exactamente el plan. Sin embargo, sé por experiencia que en medio de los peligros habrá luces. Conocerás las brumas y las piedras vivientes y también encontrarás tu sueño. Conocerás a Maria y será una gran historia de amistad, y verás qué es una compañía de hombres unidos en la fraternidad del incendio. Iremos juntos al país del signo de la montaña y allí beberemos té, pero algún día, y bendigo a nuestras brumas, serás lo bastante mayor como para beber una copa de moscatel. Y en cada paso de este gran periplo yo estaré contigo, porque soy tu amigo para siempre. Eso sí, aunque no soy del todo el gran héroe de los relatos, sé luchar y también sé vivir. Y no aprecio nada tanto como la amistad y la risa.

Se sirvió una copa de moscatel y se arrellanó en el sillón de sus sueños.

—Pero ahora —dijo— quiero brindar en honor de los que han caído y acordarme de lo que el padre François ha dicho esta mañana en memoria de un gran hombre que se llamaba Eugène Marcelot: «Hermano mío, regresa al polvo y recuerda para la eternidad de los oquedales y de los árboles cuánto has amado. Mantendré siempre esta victoria y esta fuerza». Y sin duda no es azaroso que en sus palabras se haya deslizado la divisa de nuestras brumas.

Manterrò sempre.

CONSEJO DE LAS BRUMAS
La mitad del Consejo de las Brumas

—Esta noche han atacado por sorpresa a los nuestros en Katsura —dijo el Jefe del Consejo.

—¿Cuántas bajas ha habido? —preguntó un consejero.

—Han muerto todos —dijo el Guardián del Pabellón.

—Es el comienzo de una nueva guerra —dijo otro consejero.

—Hemos reclutado un gran ejército —dijo el Jefe del Consejo—, a pesar de las traiciones y de los puentes renegados. Y los ejércitos de los hombres se unen. Pronto combatiremos en todos los frentes.

—¿Podemos enfrentarnos a dos guerras al mismo tiempo? Hay que encontrar el puente del enemigo.

—Maria es nuestro nuevo puente. Pero ningún ser humano ha pasado nunca a este lado e ignoramos los peligros que tendrá que encarar.

—Es una incertidumbre que me preocupa menos que las traiciones —dijo el Jefe del Consejo—. Y confío en los poderes de mi hija.

—Quizá ahora mismo hay un traidor entre nosotros —dijo el Guardián del Pabellón—. Pero las transparencias del camino son puras y al menos podemos estar seguros de este enclave. En cuanto a los poderes de mi hija, pronto superarán los míos.

—Consejeros —dijo el Jefe del Consejo levantándose—, la decadencia de nuestras brumas no sólo amenaza la belleza de nuestras tierras. Si las brumas desaparecen, nosotros también desaparecemos. Con todo, el mundo no ha dejado de fragmentarse y de perderse. En las edades antiguas, ¿acaso los humanos y los elfos no eran hermanos de especie? Los peores males siempre han venido de las escisiones y de los muros. Mañana, aquellos cuyos anhelos atesora el enemigo se despertarán en un mundo moderno, es decir, viejo y desencantado. Pero nosotros albergamos esperanzas en tiempos de alianza y perseguimos la ilusión de los poetas antiguos. Combatiremos con las armas de nuestro Pabellón y de sus ficciones, y no está escrito que los caminos de té y los sueños no triunfen sobre los cañones. Nuestro puente, que concentra la fuerza de las armonías naturales y une lo vivo con una connivencia indivisible, aguanta. En la estela que han dejado las pequeñas vemos hombres y mujeres que aspiran a pasarelas hechas de naturaleza y de sueño. ¿Acaso Maria y Clara son las que esperamos? Nadie lo sabe todavía. Pero luchan con valor y les debemos la esperanza que nos anima, dado que la primera batalla ha demostrado la bravura y el corazón de sus protectores humanos. Ocurra lo que ocurra en esta guerra, acordaos de sus nombres y combatid vosotros también con honor. Y ahora, una vez derramados los llantos por los que habéis perdido, retiraos y preparaos para la lucha. Por mi parte, haré lo que debo. Mantendré.

Agradecimientos y gratitud
a Jean-Marie, Sébastien y Simona

ÍNDICE DE PERSONAJES

LA BORGOÑA

En la granja de la Hondonada
Maria Faure
André Faure, su padre, un campesino
Rose Faure, su madre
Eugénie y Angèle, las tías abuelas de André
Jeannette y Marie, las primas mayores de Rose

En la granja Marcelot
Eugène Marcelot, un campesino
Lorette Marcelot, su mujer

EN EL PUEBLO

El padre François, el cura
Jeannot, el encargado de correos
Paul-Henri, conocido como Ripol, el herrador
Léon Saurat, un campesino
Léon y Gaston-Valéry, sus hijos
Henri Faure, conocido como Riri, el guarda forestal

Jules Lecot, conocido como Julot, el alcalde del pueblo y jefe de los peones camineros

Georges Echard, conocido como Chachard, el guarnicionero

LOS ABRUZOS

En la parroquia
Clara Centi
El padre Centi, su padre adoptivo, el cura de Santo Stefano
Alessandro Centi, el hermano pequeño del cura, amigo de Pietro Volpe
Una vieja criada

EN EL PUEBLO

Paolo, conocido como Paolino, el pastor

ROMA

En la villa Acciavatti
Gustavo Acciavatti, el Maestro
Leonora Acciavatti, su mujer, nacida Volpe
Petrus, un sirviente extranjero

En la villa Volpe
Pietro Volpe, un marchante de arte, cuñado de Gustavo Acciavatti
Roberto, su padre (†)
Alba, su madre
Leonora, su hermana

En la villa Clemente
Los Clemente, ricos aristócratas
Marta, su hija mayor (†), el gran amor de Alessandro
Teresa, su hija pequeña (†), pianista virtuosa

En el Capitolio de Roma
Raffaele Santangelo, el Gobernador de Roma

PABELLÓN DE LAS BRUMAS

El Jefe del Consejo del Pabellón de las Brumas (bajo el aspecto de un caballo gris / de una liebre)
El Guardián del Pabellón de las Brumas (bajo el aspecto de un caballo blanco / de un jabalí)
Marcus y Paulus, los amigos de Gustavo Acciavatti y de Petrus
Aelius, el jefe de los enemigos